命运有无限种可能

THE INVESTIGATOR

永城◎作品

秘密

黄雀

调查师

作家出版社

目录
Contents

秘密调查师

　　上次为《秘密调查师》写序是 2010 年的初冬，在由北京飞往莫斯科的航班上。七年之后，为《秘密调查师》的再版写序，仍是在飞机上，这次是由北海道飞往北京，舷窗外的北国大地又是白雪茫茫。也不知我有多少时间是在飞机上度过的，早年是漂洋过海求学谋生，然后是肩负着公务四处奔波，现在则是全职码字的闲云野鹤。无论调查报告还是小说，加起来总有十几万字是在机舱里写就的。看来，不管从事何种职业，注定是一个漂泊的人生。

　　转眼离开商业调查已有数年。但既是为《秘密调查师》作序，总要再提一提那"神秘"的行业。

　　每当有人让我从《秘密调查师》里挑一句最具概括性的话，我总是不假思索地选出这一句：

　　　　我们的产品，是秘密。值钱的秘密。

　　这是小说中充满神秘感的 GRE 公司中国区老大对前来面试的年轻女子说过的话。这两个人物自然都是虚构的，就像这小说中的大部分人物和情节。但生动的故事往往来自真实的素材。比如，作为中国区的领导，我也曾面试过许多踌躇满志的年轻人。他们大多从中外名校毕业，拥有数年的金融、媒体或法务的工作经验，但对商业调查一无所知。因此目光里总是交织着忐忑和兴奋。他们希望加入的，是鼎鼎有名的"华尔街秘密之眼"——全球顶尖的商业调查公司。其数千名员工，隐藏在六十多个国家的金融区摩天楼里，秘密执行着数百起商业调查项目。他们为投资者调查未来合作对象的背景和信誉，为遭遇欺诈的公司找出销声匿迹的罪犯，为陷入经济纠纷的客户寻找对手的漏洞和把柄，另有一些为VIP客户提供的隐秘服务，是公司里大部分员工都不知道的。

十几年前，当我心情忐忑地接受面试时，对此行业同样一无所知。参与了数百个项目，走过十几个国家，顶过南太平洋的烈日，也淋过伦敦的冻雨，在东北的黑工厂受过困，也在东京的酒店避过险。在积累了许多经验之后才真正明白，一个商业调查师到底需要什么。面对那些拥有傲人简历的面试者，我总要问一个问题。这问题和英美名校的学历无关，和硅谷或华尔街的工作经验也无关。那就是：

应对一切可能性，你准备好了吗？

我这样问，因为我也曾被问到过同样的问题，并不是在面试时，而是在更尴尬也更紧迫的时刻。

那是在大阪最繁忙的金融区，一家豪华饭店的餐厅里。

"老兄，你准备好了吗？"

问我问题的，是个铁塔般巨大的西班牙裔男人，短发，粗脖子，皮肤黝黑，戴金耳环和金项链，体重起码有三百斤。若非见到他的名片，我会当他是西好莱坞的黑帮老大。可他并非黑帮，他叫Mike，来自洛杉矶，是国际某知名律师事务所的合伙人。他身边是个身材娇小的西裔美女，那是他的私人秘书，他身后则是四名人高马大的保镖：两名白人，两名日本人，表情严峻，严阵以待。Mike低头凑近我，补充道："他们几个都带着家伙！"

我摇摇头。一个小时之前，我才刚刚在关西机场降落。民航不会允许我带"家伙"搭乘客机，即便允许，我也没有。

Mike也摇摇头，脸上浮现一丝不屑："没人告诉你吗？今天要见的证人，有可能是很危险的。我们不知他打的什么主意。但我们知道，他有黑帮的背景！"

这是一桩拖延了数年的跨国欺诈大案。骗子拿着巨款销声匿迹，直到三天前，Mike 在日本的同事接到了匿名电话举报，声称见到过他。听声音举报人是女性，日语并不纯熟，操着些中国口音。同事在电话中说服她和我们秘密约见。我和 Mike 就是为了这次会面，分别从北京和洛杉矶赶到大阪来。时间地点由对方定，我们严格保密，尽量减少随行人员。

Mike 的顾虑并不是多余的。销声匿迹的诈骗犯可不喜欢被人一直追踪，为了警告律所和调查公司不要插手，以"举报"为名把接头人约到僻静处"灭口"，也是发生过的。Mike 无奈地看着我，抱起双臂说："我给你半小时做准备。半小时后，我们在酒店大门见。"

重温一下项目背景：被骗的是一家美国金融企业，骗子和日本黑社会有染。Mike 的律师事务所受聘为美国企业尽量挽回损失，而我所就职的公司协助 Mike 的律师事务所，在全球追查骗子的行踪。半小时之后，我将同 Mike 在他的保镖和本地律师的陪同下，去接头地点和举报人见面。对于这位神秘的举报人，我们一无所知。她曾在电话里声称是那骗子的情人。但，谁知道呢？

半小时，我能做什么准备？举目四望，酒店门外有一家便利店，想必是不卖枪的。就算卖，我也不知怎么用，或许比没有更不安全。我回到十分钟前刚刚入住的酒店房间，取出手提电脑，给在北京的同事发了一封邮件，简单做了些安排——如果我发生了意外，请帮我……

写完那封具备遗书功能的邮件，我微微松了一口气。举目窗外，是一条被樱花淹没的街道，身穿和服的女人们，打着伞在花下拍照。原来竟是樱花怒放的季节，之前竟然丝毫也没注意到呢。

生活是美好的，但危险无处不在。作为一名商业调查师，危险似乎就更多一点儿。母亲因为我的职业抱怨过很多次：不务正业！在她看来，一个获得斯坦福硕士的机器人工程师，就该毕生研究万人瞩目的人工智能，改进那些我曾经研发的"蟑螂机器人"——那是我研究生时的课题：为丛林作战设计的仿生学机器人——穿越各种气候和地质条件下的丛林，深入敌人腹地，拍照，监听，执行其他更为秘密的任务。

毕业十几年之后，深入"腹地"的却并不是那些"蟑螂机器人"，而是我自己——整天西服革履地出入全球各地的高级写字楼，同银行高管和企业家们打着交道。我远离了机器人和人工智能，被众多的合同、账务、新闻、八卦、公开的和不公开的信息，还有无处不在的蛛丝马迹所淹没。

母亲一辈子做学问，无法量化商业咨询的技术含量和价值。一切用不上数理化公式的营生，她都当作不大正经。后来我辞了职，专心写起小说来。母亲就更失望了："你凭什么能写小说？又不是文科出身。而且，想象力又未必出众。"我不敢言语顶撞，只在心中默默辩解：没有经历，哪来的想象力？

因此，凭着当年寒苦的漂洋，在硅谷设计和生产机器人，以及之后走遍世界的调查师经历，想象力似乎真的日益发达了。那些匪夷所思的调查，跨越国境的历险，生意场上的尔虞我诈，绞尽脑汁的陷阱设计，高科技伪装下的原始冲动，被财富和欲望撕扯的情感和良知，就这样跃然纸上了。

当然，事实毕竟是和小说有所不同的。商业调查通常并不如小说里那般惊心动魄，正规公司的从业者也绝不会轻易踏入法律和道德禁区。而且这一行最需要严谨，容不得半点儿的牵强和不实。所以专业调查师会补充说："如果无法证明是真相，秘密一文不值。"

不过，前文所述的"大阪"经历却并非虚构。之所以要写这样一篇序，正是为了向读者透露一点儿藏在小说背后的真实情形。只不过，此类"情形"并不多见，而且只有资深人士才会亲自涉险，绝不会把既敏感又危险的任务推给普通员工。至于那次经历的结果：瞧，我还健在呢！至于其他细节，抱歉，那可不能直接透露。正如这部《秘密调查师》里写到的诸多"秘密"，是要经过了小说式的加工才能见人的。

说不定您手中的这部小说，就已经把谜底告诉您了。

2017 年 11 月 2 日
于札幌飞往北京的航班上

楔
子

燕子决定去星巴克买一杯咖啡，尽管排队的长龙已经到了大街上。对于急着上班的 IT 族来说，不梳头不洗脸都不是问题，可如果不来杯咖啡，一天都没法儿过了。

今天的五道口，跟燕子出国前完全是两码事。那时候就只是个被铁路横插一刀的丁字路口，马路不算宽，两排大杨树，路边是城乡接合的小店面，副食品店、游戏店、小书店、水果摊。再往外多走几步就是农民的矮平房。当年燕子虽是医学院的学生，却也经常到清华来约会，对五道口并不陌生。

可现在，这里的变化天翻地覆。马路宽了好几倍，轻轨站也起来了，最显眼的是那一群直耸入云的高楼。有人说五道口是中国的硅谷，其实真正的硅谷并没那么多高楼。后来者居上，就像中国的高铁、中国的快递、中国的购物中心。燕子出国九年，北京差点儿认不出了。

燕子也需要醒晨的咖啡。这是在美国惯出来的毛病，倒是跟没去过美国的 IT 男们差不多。可她洗了脸梳了头，而且还冲了澡、喷了香水。这也是美国惯的。她毕竟不是五道口的编程师。她是国贸的上班族。北京的 CBD 里有另一群高楼，比五道口的更高，也更时髦。那里的上班族，快赶上东京、香港了。

可燕子穿得并不时髦。运动衣、运动裤、白球鞋。平时上班她就穿这些。三个月前，面试的时候，她也曾穿着意大利套装，挎着法国名包，却成了自取其辱。那家公司不需要裹着名牌的"花瓶"。它虽然位于 CBD 的最中央——国贸 A 座 38 层，却同其他 CBD 的公司不同；老板就更是不同。偌大的 CBD，没几个人知道他们到底是干什么的。

燕子排在长龙的尾巴上，耐心等着往前慢慢移。

问题就出在这长龙上——实在太长,尾巴到了写字楼的大门口。所以燕子看见那个男人。这还不是问题。问题是:那个男人也看见了她。

　　那人中规中矩,戴一副金丝边眼镜,典型中年知识分子。夹着公文包,混在从轻轨站滚滚而出的人流里,其实丝毫不显眼。但燕子一眼就认出他。一个礼拜前,刚刚和他在地球的另一边,在南太平洋的小岛上,共度了良宵。

　　燕子拔腿就走。

　　却听那男人在她背后怯怯地喊:"高小姐?"

　　燕子浑身一颤,仿佛后背中了一箭。那男人的目光就是箭。尽管在她印象中,他的目光并不凶狠,甚至还很温柔,带着些许暧昧的暖意。可她已经犯了行里的大忌。她根本就不应该再让他看见她。一辈子都不能。

　　燕子兜了几个圈,不见那人追上来,心中安稳了一些,钻进停车场的宝马小跑车里。这也是忌讳。如果那男人是个高超的跟踪者,不仅发现了她,还发现了她的车牌照。简直就可以把她连根挖出来。她确实有点慌不择路。入职几个星期,本以为已经轻车熟路,可没想到真遇上突发状况,她就是个彻底的外行。燕子万分后悔。她今天其实根本不必到五道口来。她只是自告奋勇地开车把快要迟到的同事送过来。结果却遇上了他!

　　冤家路窄。

　　尽管他也许还不明白,燕子就是他的冤家。

　　四周都是人流,还好没有他。他原本急着上班,此刻肯定已经上楼,到他自己的办公室里去了。燕子渐渐平静下来。

　　可突然间,在燕子眼角的余光里,一团黑影从天而降,紧接着一声闷响!

　　就在车窗外七八米远的地方,有个男人趴在水泥地面上。

　　燕子尖声惊呼。她条件反射般地打开车门,踉跄着冲出去。她曾经是医生,具备抢救的知识和经验。

　　可她却在距那人两三米的地方猛停下来。

　　是他!在南太平洋的小岛上和她共度良宵的人。

　　燕子知道已经晚了,做什么都没用了。她曾经是医生。

一只黑亮的皮鞋，就在燕子脚边。另一只还在他脚上。雪白的衬衫，从黑色西裤里脱出来。殷红的血，正从白衬衫下向外漫延。

燕子一阵天旋地转，手脚冰凉，仿佛遇到了刺骨严寒，瞬间冻僵了。

第一章

南太平洋的任务

1

一周以前。

大韩航空 758 次航班，穿越赤道的夜空，飞往远在南半球的岛国——斐济。航班的乘客以黄种人居多。韩国人，日本人，也有不少中国人。五百美金一晚的海边度假酒店，对不少中国人而言，早已相当轻松。

758 的乘客中有这样一位：徐涛，华夏房地产公司的财务处处长。他四十岁上下，国字脸，戴金丝边的近视眼镜，显得越发儒雅忠厚。

徐涛周围的乘客都睡了，只有他头顶的阅读灯还亮着，膝头放着一本厚书。可他并没读书。他正凝视着邻座的小女孩。她叫丫丫，是他三岁的女儿。丫丫睡得很熟，嘴角微微带着笑意。那笑意令徐涛心碎。

他爱丫丫，可他也爱菊——那个将他拖入迷途的女人。菊是他的领导，华夏房地产公司的副总，万人企业的二把手。她漂亮、干练，她拥有令人羡慕的一切。可她没有爱情，在遇到徐涛之前——这是她告诉他的。她爱他。她不许他叫她赵总。她说：叫我菊，我的小名。只有你知道。

徐涛其实是个老实人，但那是在遇到菊之前。菊一定是妖精变的，对他施展了魔法。从他第一次把公司的账款汇入在百慕大注册的公司开始，就再也没有回头的余地。那家秘密注册在百慕大的公司，登记在徐涛名下，由他和菊共同拥有。除了他们俩，再没第三个人知晓。就算到百慕大的公司注册部门去调查，也查不出那公司的股东到底是谁，这就是在百慕大注册公司的好处。

菊不想继续周旋在领导和老总们之间。他们都是狡猾而贪婪的狐狸，把国家财产和职工的血汗塞进自己的腰包。菊曾是他们的帮凶，现在她要抽身而退，她想和徐涛终老一生，在一个不为人知的角落。赤道附近的大洋里有许多这样的角落，胜似天堂。

菊和徐涛的合作天衣无缝。几千万的承包工程款已经汇入百慕大的公司账户。只不过，那些承包工程的公司在地球上并不存在。下次审计是三个月之后，那时他们早就消失了。

他对不起妻子和女儿。他的妻子是高中化学老师，戴着深度近视眼镜，和他过着白开水一样的生活。他本来对此不算太反感。毕竟他爱自己的女儿，他是公认的好爸爸。曾经是。

但事已至此，回头是不可能的。徐涛发过誓，要给丫丫一切，除了完整的家庭。他瞒着菊和妻子给丫丫办了护照，买了机票。妻子在外地开会，他不想把丫丫丢到外婆家，他和女儿的时间已经屈指可数。菊正陪着领导打高尔夫，明天她将搭乘同一班次的航班，从北京经首尔飞往斐济。只有在万里之外的小岛上，他们才能像真正的恋人一般。但这一次，多了丫丫。菊会生气吗？她的脾气并不好。丫丫只有三岁，或许尚不具备泄密的能力。菊还从没见过丫丫。她们会彼此喜欢吗？其实这已经丝毫不重要了。

徐涛关了头顶的阅读灯，落入一片无底的黑暗里。整架飞机似乎都已沉入梦乡。

然而，并非所有的乘客都睡了。在徐涛斜后方，有位年轻的女乘客，正在黑暗中默默注视着徐涛的一举一动。

自首都机场的候机厅开始，谢燕已经偷偷地观察徐涛十几个小时了。大约还有两个多小时就要降落了，她却尚未得到多少有价值的东西。这是她第一次执行秘密任务，也是一次求之不得的机会。她绝不能空手而归。

她就只剩下 48 小时了。

2

758 次航班于清晨抵达斐济。

黑皮肤的海关官员们穿着长裙式的民族服装，使用着上个世纪 90 年代的电脑，脸上洋溢着热情的笑容。不远处，行李传送带咿咿呀呀地哼唱，和海关官员们一起迎接疲惫不堪的远方来客们。

徐涛领着丫丫站在传送带旁，颇有些身心疲惫的感觉。以往每次和菊约会，不论旅途远近，他都会非常兴奋和期待。这次却有些不同。也许是因为带着丫丫怕菊生气，或者因为以后再也没机会带上丫丫了。清晨的阳光洒在丫丫的童花头上，美得让他不忍心去看。

抵达的旅客迅速在徐涛和丫丫周围蔓延。丫丫头顶的阳光突然消失了。随着一连串交替的"对不起"和"Excuse me"，一个身材苗条的中国女孩正顽强钻过人群，胜利抵达丫丫身后那一点点小得可怜的空间。她戴一副黑框眼镜，一身发白的牛仔装，好像暑假出门旅游的大学生。徐涛莫名地想起妻子年轻的时候。妻子当年远没她漂亮，但年轻是能隐藏许多瑕疵的。

徐涛把女儿向自己身边拉了拉。中国女孩顺势站稳脚跟，扭头向他微微一笑。她摸摸丫丫的头，弯下身说："谢谢你给阿姨让地方！小妹妹，要小心哦，阿姨的箱子很大的！"

那是个巨大的老式黑色皮箱，因为塞着过多的东西而过度鼓胀着，看上去简直比她还要重。她探身抓住箱子，狠命拉了两下，却力不从心。徐涛帮她把箱子从传送带上拎下来。她说了一声"谢谢"，脸上洋溢着真诚而灿烂的笑容。

"阿姨有好吃的，你要不要？"女孩从提包里取出一大块巧克力。

"她不要。"徐涛忙拦着。

"没事的，你看还没开封呢！"女孩冲他眨眨眼。

"不是……她牙齿不好，不能吃太多。"

"那就先拿着吧，好吗？我们等一会儿再吃。"女孩把巧克力塞进丫丫手里。

徐涛的行李终于到了。巧克力已经被咬了个缺口。

"小妹妹，阿姨先走啦，拜拜！"女孩摸摸丫丫的头，顺便向徐涛莞尔一笑。

"阿姨别走！"丫丫噘起嘴，一脸的委屈。这喊声让徐涛心里发紧。丫丫一路惴惴不安，也不知是惧怕陌生的环境，还是预感到了将被父亲抛弃，对这样一位和蔼可亲的陌生"阿姨"竟然也分外留恋。徐涛拉起女儿的手："丫丫听话！阿姨有事。"

徐涛目送着"阿姨"走向机场大门。丫丫的留恋增加了徐涛对她的好感。她把牛仔外衣脱掉了，剩下一件白色的T恤衫。她的身体小巧而妩媚。没有名牌，没有化妆，没有佩戴任何饰物。她仿佛生活在20年前，在他大学初恋的年代。他们萍水相逢，几分钟之后，就要相忘于江湖。

几分钟之后，他们却在机场门口再次相见。徐涛领着女儿茫然地站在路边，"阿姨"则坐在旅行社安排的车里，而徐涛预约的那一辆车坏在半路了。

她摇下窗玻璃向他招手。

原来，他们住在同一家酒店。其实这也不能算巧，全北京的斐济自由行都是由同一两家旅行社包办的，可供选择的酒店本来就不多。

女孩告诉徐涛她姓高，是某外企的秘书。老板要来斐济会见客户，她提前一天来做些安排。这就巧了，因为徐涛的老板也是明天来——菊就是徐涛的老板。徐涛当然没告诉她这些。那是他和菊的秘密。她坐在前座，徐涛和女儿坐在后座。他通过后视镜偷看她。她的确漂亮，但眼镜和发型让她打了折扣，看上去并不出众。她一看就涉世未深。明明是他偷看她，被她发现了，却是她脸红。

酒店有一大片私人海滩。他们预订的客房都面朝大海，但分处两座不同的小楼里。这样最好。徐涛不想让高小姐看见菊，更不想让菊看见高小姐。他们在高小姐门外分手。丫丫拉着她的衣角不肯放，徐涛把丫丫硬抱回自己的房间，心怀侥幸地想着：如果丫丫和菊也能这么彼此喜欢就好了！

下午，他们在沙滩上再次相见。丫丫看腻了父亲手提电脑里的动画片，闹着要到沙滩上来。丫丫玩沙子，徐涛则躺在躺椅上。和煦的阳光让他很快又有了睡意。在半梦半醒之际，他听见丫丫甜甜地叫阿姨。徐涛把眼睛睁开一条缝，看见高小姐和丫丫一起跪在沙滩上，高小姐脑后的马尾辫左右摆动。再远处是一片无尽的海水，被夕阳染成了金色。徐涛突然来了兴致，从躺椅上一跃而起。高小姐吃了一惊，见徐涛笑着，这才松了口气。徐涛抱起女儿，高高举过头顶，有些细沙落进他眼睛里。丫丫尖声喊着："我飞起来了！爸爸，我飞起来了！"更多沙子落到他头上和脸上，他突然有种想哭的冲动。他的手机就在这时响了。

电话是菊打来的。菊正在首都机场等待登机。徐涛揉着含沙的眼告诉菊，他把女儿带来了。电话那边寂静无声。他立刻意识到自己是多么幼稚。他硬着头皮解释，电话却挂断了。五分钟之后，菊又打过来。她订好了另一家酒店，在岛的另一侧。过不过来随他的便，但她不想见到他的女儿。

他们在沙滩上一直待到深夜。"阿姨"给丫丫讲仙女的故事，直到丫丫睡着。徐涛把丫丫抱回房间，再回到沙滩上。"阿姨"身边多了两瓶啤酒。徐涛索性又去买了一打。他们有一句没一句地聊天，直到徐涛把啤酒都喝光。他的意识一直是清醒的，并没说什么不该说的话。他就只泛泛地聊了聊人生，抱怨家庭和工作，当然不涉及细节。他说老板明天要见他，可他不能丢下丫丫不管。他并没多加解释。他不善于撒谎，也不可能告诉她真实原因，不如就让它空着，好像故事书被撕掉了几页。

高小姐并不多问，万分遗憾地说，她明天也要工作，不然也许可以帮忙。徐涛原本没打算求她帮忙，自然不在意的回答。可第二天一早，徐涛却被门铃声吵醒。高小姐微笑着站在门外："公司的会议推迟了一天。是老天要帮你的忙，不是我。"

一个小时之后，徐涛在岛的另一侧见到菊。出乎他的意料，菊是一副兴高采烈的样子。菊给了他一个热烈的拥抱："你怎么没把女儿带来？"

又过了一个小时，徐涛和菊乘坐出租车回到酒店。菊自然要留在车里。即便是在斐济，也绝不能让人看见她和徐涛在一起。

徐涛在沙滩上找到丫丫和"阿姨"。他们回到她的房间，取走他的手提电脑。那里有丫丫爱看的动画片，不过今天没用上，因为她们一直在沙滩上搭城堡。

徐涛退了房，骗丫丫说阿姨一会儿就来。

在出租车上，丫丫又问"阿姨"何时来？菊警惕地问这"阿姨"是谁。徐涛说是同住一家酒店的中国人，他总得请人临时照顾一下女儿。说到此处，徐涛心里突然有些不安，努力回忆曾经跟"阿姨"说过些什么。可他并没回忆起什么。他们只是萍水相逢，都没交换过全名。

徐涛却不知道，此时此刻，可爱的"阿姨"正在斐济机场办理登机手续。她的黑框眼镜不见了，换作 Chanel 的墨镜，遮住大半张脸。牛仔服和运动鞋也不见了，换作套装和高跟鞋，都是今夏欧洲最新的款式，从骨子里透着洋气。她略施脂粉，使原本白皙的皮肤更加光嫩。她走出酒店时，没人认出她就是昨天早晨入住的那个土里土气的中国女孩。她并没办理退房手续。即便有人打电话到酒店，接线员也只会说：那位小姐不在房间里。谁也不知道，那位小姐已经提前离开斐济。按照酒店的记录，她还要在那房间里住上两天的。

她获得的信息并不多，但至关重要：徐涛来斐济和某人会面。他说那是他的"老板"，晚一天到达斐济。他不能带着女儿去赴约，但后来改变了主意。他和那位"老板"通话时，神态并不像是和领导通话，倒像是和情人。她昨晚就已经把这些信息通过她的黑莓手机发回北京。她的同事此刻正在排查检索，目标就是昨天从北京飞往斐济的所有乘客。

除了这些信息，她还有一样更有价值的东西：徐处长手提电脑的硬盘。在他离开酒店去见菊的短短两个小时里，她用随身携带的特殊设备，快速复制了一个内容完全相同的硬盘。她取出手提电脑的硬盘，装进复制品。除了专业电脑技术员，没人能看出硬盘是更换过的。她的动作非常麻利，这一切都是在搭建沙滩城堡的间隙进行的。她回到北京之后，徐处长的硬盘将被火速送往香港，并在专业硬盘分析室里进行分析，把那些没删的或已经删除的文档、信件、网页，甚至网络聊天对话都找出来——电脑从来都不是一种值得信赖的工具。

她把硬盘用牛仔裤裹着，放在那只老式的黑箱子里。黑箱子外面又套了一个墨绿色的套子，因此显得更加沉重。航空公司办理机票的黑小伙问她要不要帮忙，她微笑着拒绝，自己把箱子搬到行李托运柜台上去。黑小伙谄媚地把护照还给她。那是一本美国护照，上面印的姓氏当然不是高。她姓谢，祖祖辈辈和高这个姓没有任何牵连。可她偏偏就选定了"高"作为她的伪装。她要把那些不太"正大光明"的事儿，都赖到姓高的头上。

当飞机离开跑道的瞬间，黑莓手机在谢燕精致的爱马仕皮包中振动了两下。皮包里还有另一只手机，那是她的私人电话，起飞前就关机了。但黑莓不同，它只能沉默，不能关机。

起飞十分钟之后，她拿着皮包走进厕所，锁好门，取出黑莓手机，敲进密码。邮件是 Steve 发来的，她的老板。内容就只有一句："Yan，Great job！（燕，干得好！）"

燕子心中暗喜。Steve 对工作要求苛刻，是全公司出了名的。燕子入职不足两个月，以前从未有过任何调查经验。Steve 却破例对她委以重任。那个 GRE 最帅也最神秘的男人，常常不按常理出牌。

GRE，Global Risk Experts Inc.，全球风险管理专家有限公司，世界顶尖的商业调查公司。它的缩写和美国研究生资格考试相同。那场考试曾让燕子吃了不少苦头，将近十年之后，GRE 却给她带来新的希望。

她将成为一名出色的调查师，一个自食其力的人。

"Yan！"

一个男人的叫声，紧贴在燕子颈后，短促而诡秘。

燕子正拉着箱子从机场大厅的洗手间里走出来。她打算直接去公司，所以换掉了一身高档洋装。爱马仕皮包更是不能在公司出现。

燕子被突如其来的叫声吓了一跳。猛一回头，一个矮胖的中年男人正笑眯眯看着她。他的额头和腮帮子上都有些汗意，微微打卷儿的头发上泛着油光。

"老方？你怎么在这儿？"

老方是 GRE 公司的高级调查师，北京最早的员工之一。以他的穿着和举止，没人当他是外企白领，国企领导的司机也许更贴切些。老方嘻嘻笑着说："您是大功臣，当然得有人来接您了！"

燕子倍感意外。老板 Steve 曾经说过，斐济的行动须严格保密，家人和同事一概不能透露。可老方显然已经知道了。老方虽然顶着高级调查师的名头，其实并非公司骨干，平时就只做些跑腿的杂活儿。

"老板说你首战大捷，一准儿累坏了，得让你赶快回家去歇着。老板给你发了邮件，你查查看？"老方好像看出了燕子的心事，笑容里做着小文章。燕子避开他的目光，心中微微反感：老方是从体制里出来的老江湖，说话行事都有几分猥琐。为何不光明正大等在海关出口，却鬼鬼祟祟藏在厕所门口？

燕子掏出黑莓手机，果然有封新的电子邮件。Steve 用英语写道："把硬盘交给方，回家休息。"看上去很体贴。但老方笑眯眯地站在一边，不禁令燕子怀疑：是不是 Steve 不够信任她？要在她抵达中国的第一时间，就把重要证据从她手里拿走？燕子心中暗笑：加入 GRE 不足两个月，自己竟然也变得多疑了。其实，管 Steve 怎么想！反正交给她的任务胜利完成了。她就只是个初级调查师，却完成了高级调查师的工作。这还不够？

燕子冲老方微微一笑："那就谢谢老板啦！也谢谢你。我最喜欢在别人上班的时候休息了。"

"哈哈！"老方大笑了两声，挤眉弄眼地问，"打算去哪儿玩玩？跟谁约个会？"

燕子心想，老方倒是不生分，随便一开口就涉及隐私，毕竟不是外企出身。随即又觉得自己可笑：这只是她在中国的第一份外企工作，她并不知道这里的"外企出身"是怎样的。她的标准，其实是美国标准。燕子叹了口气说："嗨！还能去哪儿，回家看爹妈呗！"

这倒是真话。北京大得无边，却并没有让燕子产生兴致的地方。它就像个微缩的美国，以街区为单位，重复着同样的商店和餐厅。购物中心虽然炫目多彩，走不出两三公里却又来一遍。大街上人多灰大，商店里东西又贵，她还是个刚学会过马路的"海归"。在北京生活，远比在芝加哥局促和尴尬。可她还是上赶着跑回来了。年迈的父母当然只是借口，却是很好的借口。借口未必是贬义词，却是任何人都必不可少的。

燕子庆幸自己换了衣服。父母家比公司更不欢迎华装丽服。燕子爸曾经皱着眉头说："这件衣服多少钱？你一个月工资够吗？你能不能自食其力？"

▼
4

燕子的父母仍住在她出生的老楼里。老楼在二环边上，靠着铁路，阳台上曾经有个燕子窝。她出生在 4 月，家燕正回巢，于是她便成了"燕子"。如今阳台上的燕子窝早就没了。可她这只"燕子"毕竟还是飞回来了。

燕子把宝马小跑车停在小区门外。那也是父母不爱看见的。父亲做了一辈子内科医生，母亲做了一辈子卫校老师。他们宁可女儿也和他们一样，安安静静本本分分地过日子。在他们眼中，财富和权力都不是什么可靠的东西。可女儿偏偏是跟着时代走的：时髦出国的时候出了国，时髦海归的时候做了海归，而且住着豪宅开着宝马车。

父亲坐在客厅的沙发里看报纸，燕子溜进自己的房间。说是回家看父母，却又宁可不被父母看见。

九年来，燕子的房间始终空着。天色暗了，燕子没开灯。楼后有火车经过，灯光流过房间，墙壁上跳出两个耀眼的亮点儿。那是两枚按钉，曾经按住一张美国地图，九年前被她扯掉了，按钉却一直都在。地图是大学毕业时，一个清华男生送给燕子的。那年她二十二岁，他们一起毕业。她做了眼科医生，他则去了纽约。他临走的前晚喝醉了，当着许多同学和朋友的面，流着眼泪用英语跟燕子说："Would you be my wife？"

燕子每天看五十个病人，下班后还要骑四十分钟车去新东方学英语。她把工作头一个月的全部工资，用来买了微型录音机，剩下几个月的工资，买了各种英语书和磁带。她的英语原本很差，花了两年的工夫才勉强把托福和 GRE 考过关。她得到了几所不知名的学校发来的录取通知书，却没有任何形式的奖学金。她犹豫了整整一周，最后还是下决心去美国大使馆碰碰运气。她虽然从来没回答过那男生临走的提问，心里却是万分当真的。

去签证的前一晚燕子彻夜未眠。见到签证官的时候，她的眼睛本来就是红的。签证官面无表情地示意她离开，她的眼泪一下子就流了下来，过了半天才弄明白，自己竟然拿到了签证。泪水再次夺眶而出。

　　但如同电视剧里的爱情故事，在燕子得到签证后的第二天，那男生在越洋电话里告诉燕子：他们都还年轻，也许不该急着考虑个人问题。燕子在铁路边一直坐到深夜，听到有陌生男人朝她吹口哨，才突然感觉到危险。拔腿飞奔回家，在楼梯口狠狠摔了一跤。第二天早晨才发现，碎花长裙撕破了，上面都是斑斑的血迹。

　　两周之后，燕子用父亲借来的 5000 块钱，买了两只大号的帆布箱子和一张去美国的单程机票。她把英汉词典放进箱子里，把其他英语书和磁带都卖给收废品的，把卧室墙壁上的美国地图撕了，把一头长发剪短了，烫成许多零乱的卷儿。前来送行的朋友们都恭喜她要和男友团聚了，母亲小声嘱咐她不要过早住在一起。她一声不响地微笑，没告诉任何人她的目的地不是纽约而是芝加哥。她的内衣口袋里有 200 美金，那是她的全部家当。

　　九年之后，燕子回到北京。她住在朝阳公园边 300 平方米的复式公寓里，开着蓝色的宝马小跑车，拎着价值十几万的皮包。她在网上刊登了简历，申请了几个月薪数千元的工作，一周后接到猎头公司的电话。猎头说，有一家叫作 GRE 的外企咨询公司，Global Risk Experts Inc. 是全球顶尖的投资风险管理公司。这家公司想面试你。

　　面试定在国贸 A 座楼下的星巴克咖啡厅。那时还只是初秋。

　　如今的北京，星巴克好像流行性感冒，写字楼近了也要相互传染。燕子刚回到北京不久，为了找到正确的星巴克，颇费了些周折。燕子气喘吁吁地推开玻璃门，一眼看见咖啡桌后衣冠楚楚的男人。星巴克人流如织，那男人的目光却没有丝毫的疑问，就像他们已经认识多年了。

　　那人身穿修剪得体的西服，与这写字楼里大多数男人相似，却又有些截然不同之处，五官、鬓角、下巴，还有领带、袖扣、皮鞋，无不显得完美无瑕。他的身材并不高大，脸颊过于清瘦，目光中却又有一些比雄壮的身材更为强大的东西，使他成为一座冰雕，精致至极，冰冷至极。燕子背后不禁升起一阵寒意。

　　"我该叫您谭太太，还是谢小姐？"男人的英语很地道。

　　"谢小姐。"

"谢小姐，您知道 GRE 是做什么的？"

"咨询。"

"咨询什么？"他眼中射出炯炯的光，使燕子乱了方寸。她确实浏览过那公司的网页，却并不太理解里面的内容。毕竟，她的经历和金融投资没有过交集。燕子硬着头皮回答："有关投资方面的……"

"我们的产品是什么？"他毫不客气地打断燕子。

"咨询服务？信息？"

他紧盯着燕子，面无表情。燕子真想一走了之，把这个傲慢冷漠的男人丢在聒噪的咖啡馆里。

"我们的产品，是秘密。"那男人却开口了，男低音幽幽地穿透咖啡馆的嘈杂，"值钱的秘密。"

燕子的双颊被他的目光灼得发烧，却忍不住打了个寒战。一瞬间，她忘记了她正在参加一场面试，也忘记了她本打算离开。她仿佛被施了定身术，四肢都不由她控制。

他对她的窘迫全然无动于衷。他问："你做过调查吗？"

燕子摇头。

"今天就到这里吧。谢谢！"

他站起身，向她伸出手。他的动作突如其来，虽然在她预料之中，却没想到来得这么快。她茫然地也把手伸出去。再次出乎她的预料，他的手很软，手心滚烫。

"谭太太，您的包很漂亮。"他微微一笑，转身走出星巴克。

燕子在原地愣了几秒。

她手中的爱马仕皮包价值两万美金，她所应聘的工作月薪只有5000人民币，她却尚不能胜任。她浪费了他宝贵的时间。他不仅冷漠，而且刻薄，尽管是她不自量力在先。燕子突然感到委屈，好像受了莫大的欺负，却又无处申辩。

然而两天之后，燕子接到猎头的电话。猎头能说会道，若在旧时，或许能成为出色的媒婆："不错啊！GRE 那几个总监一向很挑剔的，这一拨都面试了二十多个了，你是最没经验的一个，居然就选中你了！这回是哪个总监面试的？初级调查师的职位虽然不高，但不管做什么，总要从头学起。不过我可跟他们说了，你是美国的博士，不能按着国内的本科大学毕业生开工资吧？GRE答应给你每月8000，比别的初级调查师高不少了！这是破格的待遇呢！"

猎头却并不知道，面试燕子的，并非总监，而是GRE北京办公室年轻有为的大老板，Steve。

燕子接受了Offer，收起爱马仕。面试时的窘迫她深记在心。既然Steve不喜欢中式的花瓶，她就干脆来个美式的实干家。一身运动衣裤，再地道不过了。可惜她不喜欢反戴棒球帽，也没有胡子可以不刮。上班第一天，公司前台Linda误以为她是送外卖的，弄清楚状况之后，用愕然的目光看着她。全公司的人都用这种目光看着她，却好过Steve面试时的那几眼。Steve的目光依然没有变，冷漠里夹着些许嘲讽。嘲讽也许是她自以为的，Steve都没跟她多说一句话。新员工的接待工作是由前台Linda全权代理的，Linda有意无意地重复了三遍：商业调查这种工作，有什么学位并不重要，有时候小学毕业反而做得更好。燕子后悔自己接受了这份工作，送上门来成为笑柄。她的爱马仕是笑柄，她的博士学位就更是笑柄，好像鸡笼里养了一只不会下蛋的熊猫。

燕子暗暗咬牙，决定学会"下蛋"。公司法定上班时间是早晨九点到下午六点，她每天七点就到公司，晚上十点才离开。她并不需要闹钟，她常常在黎明前就醒过来，想起尚未完成的工作。其实都是些最简单枯燥的工作——GRE的初级调查师就好像打印机，燕子则是最廉价的一台。指令来自其他初级调查师，他们都比燕子资深些。至于中级调查师以上的诸位，根本不当燕子存在。

燕子是耐用的打印机，不需维修也不必更换墨盒。工作枯燥无味，工作成果没有哪位领导看得见，可燕子在所不辞。她的座位就在Steve办公室门外，可那扇门永远关着，她就没见过Steve几回。偶尔见了，他也不和她打招呼。自第一天之后，他开始忽略燕子的存在，就像他根本不记得，燕子曾是星巴克里被他面试过的慌张小女人。

燕子并不着急。在美国熬过九年的岁月，在GRE的这几周算不上是什么。她把耳机和喜欢的CD唱片都带到公司，好让加班不再漫长。她还买了本《英汉商业大字典》，压在办公桌上。她相信只要努力和耐心，机会就一定能来。

机会果然就来了，比她想象的还早。

四周前的某个夜晚，Steve突然推门走出来抱怨："该死的电脑！我写了一天的报告突然丢了，你们谁能帮我找回来？"

晚上八点。办公大厅里一共还剩五个人。五人纷纷去尝试帮忙，燕子是最后一个，Steve的耐性已快到尽头。燕子在读博的时候选修过一些电脑课程，同样的问题她以前也遇到过，而且她有个良好的习惯：一切有价值的信息和技术，她都记在随身携带的本子上。

两分钟之后，Steve的报告再现在电脑屏幕上。

那天晚上Steve十点半离开办公室。当时办公大厅里只剩燕子一人。Steve说："今晚又加班？"一个"又"字，证明领导的眼睛是雪亮的。

一周之后，Steve把燕子叫进办公室，板着一张脸，对她说："电脑法政技术，你感兴趣吗？"

电脑法政，就是运用电脑技术，从嫌疑人的电脑里搜索能在法庭上使用的证据。具体程序是将嫌疑人电脑的硬盘，用专门设备进行复制后，将原硬盘取出封存。然后对复制品加以分析，搜索相关线索或证据。如属于秘密调查，则须在硬盘复制后，将复制品装回嫌疑人电脑中。电脑硬盘虽已被调包，但程序和数据保持不变。除非是专业技术人员，嫌疑人一般难以察觉电脑被做过手脚。

Steve交给燕子一本厚厚的英文说明书、一个电脑硬盘和一套复制硬盘的设备："一周之内，请将你电脑的硬盘复制好，把原硬盘替换出来，交给我。"

燕子不禁愕然。电脑法政是调查的前沿技术。在GRE只有少数中、高级调查师掌握。这并非是初级调查师应该涉猎的。按理说她该受宠若惊。可复制自己的电脑交给Steve？她的电脑里并没什么见不得人的东西。但这就像自己的卧室里并没有巨款，可还是不能让陌生人进来。这难道不侵犯个人隐私？

Steve像是看出她的心思，扬了扬眉毛，补充说："我指的是你的公司电脑，不是你的私人电脑。未经许可就复制私人硬盘，是违法的。"

Steve如此解释，燕子分外难堪。她无以辩解，就只能分外刻苦。她一共用了两天时间。废寝忘食地钻研。两天后，她把硬盘放在Steve办公桌上。

又过了一周，Steve 再次把燕子叫进办公室。他拿出一只黑莓手机和一份旅行社的行程单："你喜欢旅行吗？"

只身到国外去执行任务，是只有高级调查师才能执行的工作。黑莓手机更是资深调查师和领导们的配备。

"目标人叫徐涛，华夏房地产公司的财务处长。他的手提电脑是公司发给他的，公司是我们的客户，所以没有法律风险。但别的风险是有的。只能成功，不能失败。"Steve 严肃而冷漠，"你要没信心，就不要去。"

燕子毫不犹豫地点头，有些赌气地说："我去！我有信心！"

燕子的坚决，反倒让 Steve 一愣。他微微点了点头，向燕子挥挥手。

然而，就在燕子转身要走的瞬间，听到 Steve 在她背后说："从今天起，你直接由我管理。"

燕子妈在厨房里招呼着吃饭。燕子正要起身走出自己的房间，黑莓手机突然在她牛仔裤兜里振动了两下。Steve 用英语写道：

"明早八点，请务必赶到公司！"

燕子心中一喜：难道又有新的任务了？下午在机场小小的怅然一扫而光。其实她早就知道，Steve 总是不按常理出牌的。

燕子快步走出房间，客厅里的日光灯刺得她睁不开眼睛。

"您好。GRE……对不起，他现在不方便接电话……对不起，我不知道他是不是出去了……对不起，我是说，我不能告诉您他在不在公司……对不起，我不能告诉您他的手机……是的，这是公司规定，对不起！"

格外苗条的前台小姐 Linda，正把腰身扭叠在只有她才坐得进去的狭小空间里，用比细腰还细的声音，温柔地拒绝电话那端的一切要求。这是一间狭小的前台，尽管位于全北京租金最昂贵的写字楼里，却低调得还不及其他公司的茶水间。

国贸 A 座 38 层，有一家跨国会计师事务所，一家国际律师事务所。两家公司都气派非凡，拥有醒目的前台、背景墙和数百名员工。却没多少人知道，38 层还有这一家公司——GRE, Global Risk Experts Inc.。GRE 的小玻璃门远离电梯，藏在楼道拐角处。GRE 的前厅，恐怕只能容下一个小型的前台和身材纤细的 Linda。

调查师老方经过公司前台时，Linda 的表情很专注，没时间留意老方。反正公司有两道门。外面一道要用员工卡，里面一道要按指纹。GRE 的电脑系统已经录入老方进门的时间，精确到秒，所以本来就无须 Linda 的关注。当然如果是一位总监，或者副总监，甚至是有提级希望的高级调查师，Linda 也会流露出奔放的笑容。老方虽是高级调查师，却只有下岗的趋势。Linda 洁白的牙齿，犯不着向老方龇出来。

GRE 的调查师背景各异。记者，律师，经济师，会计师，五花八门，都是高级技术人才，在 GRE 却难得混上个"高级调查师"的头衔。有了"高级"二字，才有资格外出进行实地调查。没有这两个字，只能坐在办公室里当"小工"，每天搜索电脑网络和写备忘录，"坐"上五年八年也不稀奇，每天期待着得到实地调查的机会，哪怕给高级调查师拎包也要欢呼雀跃。GRE 有条不成文的规定：高级调查师绝无 35 岁以下的。一旦真熬到了"高级"，就要热切盼望着"项目经理"的头衔，那是提升副总监的敲门砖，可惜能抓住机会的高级调查师凤毛麟角，不知坚持了多少年，好不容易升上了副总监的位置，简直就像媳妇熬成了婆，但顶多只是管理项目，向各级调查师发号施令。客户都被总监看死了，落不到副总监手里，想要转正也就难上加难。几位总监大都来自其他国际大公司，说出来个个吓死人，但既然头顶上有 Steve，他们难有上升空间，各自守着几个客户，算是留在总监座位上的资本。

老方的头衔里虽然带着"高级"二字，却没哪个年轻调查师会羡慕他。老方不懂英语也不会打字，不会用那些花里胡哨的电脑软件和数据库。若是让他写一份报告，别人还得花时间翻译。GRE 每人的时间都以美元明码标价。总监每小时三百，副总监二百，高级调查师一百五，中级调查师一百，初级五十。项目组里有了老方，每小时就要花掉一百五十美元的预算。老方只能用中文写备忘录，翻译还需额外的预算。如今的初级调查师们都是大学本科加英语八级，没人愿意听老方使唤。CBD方圆几十公里，不会英语的外企白领早已灭绝。没有哪个项目经理愿意使用老方。

其实老方也算GRE北京办公室的元老。十年前，GRE北京一共只有四名员工。老方是中级调查师，职位在全公司排第二。那时电脑里什么也查不到，所有的项目都由老方出马。老方早年干过刑警，实地调查轻车熟路。GRE初到北京，老方是公司的栋梁，能不能写英文报告毫不重要。反正他手下有个刚毕业的初级调查师，除了英语什么都不会。老方常说：Steve，把这封邮件翻译一下。

当年的初级调查师却小看不得。十年天天加班，不结婚也不谈恋爱，甚至没人听说他和哪个女孩约会过。他是GRE里出了名的"修道士"。十年之后，道士修炼成仙，领导五个调查团队，一百多名员工。就在不久之前，顺利搬掉了头顶的"透明天花板"——高大的美国女人苏珊从GRE中国区负责人的位置上辞职，Steve顺利晋升GRE中国区一把手，头衔由副执行董事变成执行董事（Managing Director）。

Steve掌握了GRE中国的至高权力，平时只接见总监和副总监，和调查师们难得有话可说。公司里的大几十名调查师，对Steve就只有遥遥仰望的份儿，就像教众仰望着上帝。

老方心里明白，这位"上帝"并不打算"保佑"他。十年之中，老方只升过一次职，加过一次薪，那还是在九年前。如今月薪还不及中级调查师。奖金更是分文没有，已经连续五年工作绩效达不到最低指标，打破GRE全球的底线。

老方因此不得不成为大老板Steve的"御用调查师"。除了老方，Steve还有两名"御用"。一个中级调查师，一个初级调查师，三位"御用"独立于GRE庞大的调查师阵容之外，基本算是Steve的私人助理。但Steve恰巧不怎么使用私人助理，平时就连报销出租车发票都不用别人帮忙。初、中级调查师尚可帮其他项目组打杂，获取足够的有效工时，老方就只有做Steve的司机和跟班。但Steve神出鬼没，难得需要司机和跟班。Steve并非心慈手软的人，虽说是多年的同事，可按照Steve的狠劲儿，十个老方想开也就开了。

所以老方心里不踏实。以他的年纪，就算去当保安，也未必有人愿意要。因此即便是让他当司机，他也毕恭毕敬。哪怕是去机场给初级调查师跑腿儿，好让她回家休息。

其实那位初级调查师和老方一样，也属 Steve 御用，是 GRE 的边缘人。边缘人往往分为两类。一类毫无希望，一类前途无量。燕子属于后者。老方的嗅觉从不出错。这女孩的气质不是北京大街上随意能见的。而且，Steve 破格派她单枪匹马飞往斐济，去拆别人的电脑硬盘。难道这一次"修道士"动了凡心？

老方手捧公文包，走过明亮的办公大厅。大厅里坐满了人，男女参半，表情严肃，肌肉紧张，手臂和键盘难分难离。他们眼睛紧盯着屏幕，脑子里想着工作绩效。谁也没留意，老方脸上正堆满笑意。

第二章

意外的『晚餐』

1

第二天一早，六点五十分。按照国贸 A 座走廊里那昏暗寂静的情形，简直都算不上是早晨。

燕子拿着一杯热拿铁走出电梯。Linda 还没来上班，前台漆黑一片。

燕子把右手食指轻轻放在指纹识别器上。磨砂玻璃门的门锁"啪"地弹开。燕子又是第一个。GRE 的中央电脑系统已记录在案：

Yan Xie, Entrance, GRE Beijing Office, 6∶51 am, November 15, 2010.

这位资历最短的初级调查师，本月第 15 次第一个来到公司。

燕子推开磨砂玻璃门。那后面是一条狭长的走廊。走廊里没有灯光，漆黑如一条无底的隧道。走廊两侧有许多门。有一扇通往能容纳五十人的会议室。其他都是总监和副总监们的办公室，门都紧闭着。多年前燕子工作过的医院里也有一条阴暗的走廊，通往最阴森的房间。当年她常常深夜值班，独自在夜里从那走廊走过。听着自己的脚步，两腿打颤，后背发凉。GRE 的走廊铺着地毯，走在上面悄无声息。她反倒宁可听到些响动，不然仿佛是走进另一个世界了。

走廊的尽头豁然开朗，是宽阔的办公大厅，仿佛一座巨大的洞穴。黑暗略淡了些，百叶窗帘的缝隙中透入细微的光。电脑上的发光二极管们，就像趴在石壁上的萤火虫。"洞穴"的中央，是一片密集的桌椅，由隔板分割成许多方块。燕子小心翼翼，绕过这片桌椅丛林，来到"洞穴"的底部，隐约看见两扇门。

左边的一扇通往电话室。那间房间的总面积不亚于会议室，格局则好像以前的电报局。整座房间被分割成许多小隔间，间间隔音，配备 IP 电话和耳机。号码是屏蔽的，专门用来打匿名电话。

右边的一扇门里，就是 Steve 的办公室。

Steve 门外有三张桌子，属于三位"御用"调查师。燕子的座位就在其中。三张桌子和那片密集的桌椅隔着一块空地。在一片黑暗中，仿佛宝岛和大陆，遥遥相望。

燕子扭亮了灯。身后却突然"呼啦"一声。

燕子吓了一跳，连忙转身，滚烫的拿铁溢到手上。燕子强忍着没有尖叫。

有个人正懒洋洋地坐起来，桌子上的纸笔纷纷落地。她二十六七岁，胖胖的圆脸，头顶上方是喷泉似的长发，一根根木讷地立着。

胖女孩打了个哈欠，揉揉眼："几点了？天亮了吗？"

"Tina？你昨晚没回家？"

Tina 是燕子的同事，大老板 Steve 的"御用"中级调查师，与燕子和老方构成 GRE 的"边缘人团队"。Tina 工作努力，但并不出色。加班并非提升的唯一条件，但 Tina 酷爱侦探小说，铁了心留在 GRE。连干了五年初级调查师，五位总监的团队依次转了一圈，最终沦为 Steve 的御用初级调查师。直到燕子也成为御用初级调查师，Tina 终于晋升了中级。Tina 视燕子为幸运星，对燕子格外关照，两人倒成了要好的同事。

"唉！是啊，加班呢！"Tina 竭尽全力地伸懒腰，仿佛要把座椅撑散了架："Steve 给了一个活儿，让做机场排查，查得我快要吐血了！一共五十多位呢！幸亏查的是去斐济的，要是去香港或者美国的，我还不得累死！"

燕子猜测，Steve 让 Tina 找的人，该是那位打算和徐涛见面的"老板"。Tina 要是听说她的斐济之行，恐怕要大惊小怪地尖叫。Tina 做梦都企盼着能做实地调查，哪怕就在北京城里，也会叫她垂涎。其实燕子知道自己还是新手，需要学习的还有很多。

"机场排查是什么？"燕子问。

"就是查从机场离境的人都有谁，有没有目标人呗！"

"机场能把名单给别人吗？"

"别人不能，咱能啊。"Tina 得意地晃晃脑袋，"咱有'渠道'啊！"

所谓"渠道"，就是一些神通广大的小公司，出售各类"公共信息"——法律上并不禁止的信息，但不通过"渠道"却难以获得。当然有时候也能弄些"灰色"的。这就要看报价和运气了。

"有渠道，还需要加班？"

"嘿！光拿名单就完事了？你知道名单上那些人都是谁？就给你名字和身份证号，你知道他在哪儿上班，家里几口人？你以为很容易呢？再说又不是一个两个。"Tina翻着白眼，好像在偷看房梁上是不是藏着什么东西。

有了名字加身份证就能确定身份，确定了身份就能查到更多，比如工作单位。这些燕子都清楚。不过这并不是一件轻松的工作。查一架大型航班上的全部中国乘客，就算有三个Tina，三五天也做不完。

"查出来了没有？"

"这我哪儿知道啊！"Tina吐吐舌头，"老板不说要找的是谁，就让我把上百人的情况都写好发给他，要不然也不用这么费劲——哎，对了，不说倒差点儿忘了，报告还没发给他呢！得赶快发，不然等到上班时间再发，夜都白熬了！"

Tina向着电脑键盘扑过去，两只黑色文件夹应声落地。她办公桌上是一座无规则的纸山，电脑键盘挣扎着从山下露出一小块，又被一双胖手按了回去。Tina狠敲了几下电脑，突然又抬头对燕子说："对了，老规矩哈！"

燕子会心一笑。GRE的规定：和工作相关的事情，连亲妈也不能告诉。同事的级别比亲妈高一些，工作毕竟需要团队合作。但即便如此，除非工作需要，同事间原则上不讨论项目。

"其实，就是别提斐济。"Tina又缀了一句，还是有点不放心。毕竟是大老板Steve直接派的工作。在GRE中国，Steve就是上帝。对于一个普通调查师而言，能跟Steve说句话，起码激动大半天。

"Yan，请进来一下。"

极具穿透力的男低音，突然在燕子背后响起。

燕子慌忙转身，拿铁再次溢到手上。好在已经不如刚才那么烫了。

Steve正站在办公室门口，从发梢到鞋尖都完美无瑕，仿佛一座会说话的精致蜡像。可"蜡像"仿佛生了翅膀，来无影，去无踪。他何时来的？又或者他原本就在办公室里？

燕子跟着Steve走进办公室。Steve的背影更加完美。西服笔挺，与身体之间没任何多余的缝隙。他指尖的戒指幽幽一闪，燕子莫名地打了个寒战。

"你很冷吗?" Steve 背对着燕子问,背后仿佛长了眼。燕子摇摇头,没吭声,也没做任何表情。

Steve 突然转过身,手中变魔术般的多了两张 A4 纸:"Yan,这是你的新任务。"

燕子捧着两张 A4 纸,实在有些难以置信。

这就是传说中的项目清单,有 Steve 的亲笔签名。燕子对其早有耳闻,可绝没想到这么快就能见到。

在每个项目开始之前,都会有这样一份项目清单,由 Steve 亲笔签署,交与项目经理保管。当项目结束后,再由项目经理签字,交还Steve。清单里不但包含项目经理、团队成员和预算,还包含最秘密的部分:客户和调查对象。GRE 的客户都是严格保密的。即便是高级调查师,也难得知道自己的调查到底是给谁做的。按照 Tina 的形容,项目清单就好像先皇的密诏,锁在古画后面的暗格里。此时它却在燕子手中。

项目清单的主体使用了英文。第一页的内容是这样的:

项目名称:Dinner(晚餐)

客户:英国古威投资银行公司

目标:怡乐集团(香港)有限公司 / 大同永鑫煤炭机械有限公司

项目开始 / 结束:2010 年 11 月 15 日 / 2010 年 12 月 8 日

项目类型:背景尽职调查

项目介绍:

怡乐集团乃香港上市公司,其主要资产为大同永鑫煤炭机械有限公司,一家位于山西大同的采煤机械零配件制造公司。

据称,大同永鑫是山西省煤矿机电产品定点单位,具备先进的煤炭开采机械配件生产线，亦具备煤矿主要设备（配件生产）资质证，煤矿主要设备（检修）资质证，具备完善的售前、售中、售后的全过程服务体系。大同永鑫固定资产经评估达四千九百万美元，并已从国内外百余家相关企业获得长期订单，预计未来五年的销售额都将在两千万美元以上。

香港怡乐集团于2009年8月以五千万美元成功收购大同永鑫，至今其股票已上涨两成。客户（英国古威投行）看好大同永鑫的实力和未来的发展空间，拟于近期购入怡乐集团30%的股份，遂聘请GRE对大同永鑫做独立而秘密的调查，以便进一步了解该企业及其控制人的背景和历史，及其是否存在任何被隐瞒的不良信息，以及对其投资将面临的任何其他风险。

具体调查事项：

第一，确认大同永鑫的初始控制人（公司创办人）；

第二，调查大同永鑫创办人的背景；

第三，调查大同永鑫的规模和发展历史。

第一页还配有一幅简单的图表。

"晚餐"，一个奇怪的项目名。出于保密的目的，GRE的项目名均不能使用调查对象或客户的名字。但为了便于项目经理记忆，又会多少有些联系。不过这回似乎是个例外。

"晚餐"是个背景尽职调查项目。

GRE的商业调查项目主要分为两类。一类是反欺诈调查：客户怀疑自己遭受了欺诈，需要找GRE协助调查。这就像病人怀疑自己生了病，要找医生检查治疗。另一类则为背景尽职调查：客户正打算投资或者收购某家企业，需要请GRE调查这企业及其老总的背景和历史，防患于未然。这类调查好像体检，什么病都没查出来，那才是皆大欢喜。体检自然比治病简单，所以背景尽职调查也比反欺诈调查简单，每个项目经理都能应付。

但项目经理可不是人人能当的。燕子早听Tina说过，GRE对项目经理的级别虽无明确规定，但按照惯例，只有副总监以上，或将要

英国古威投行
（客户）

准备 投资

香港怡乐集团

当前 100% 股东

大同永鑫

提升副总监的高级调查师，才有资格成为项目经理。而燕子只是个入
职不久的初级调查师。她小心翼翼地翻开第二页，心跳顿时加速了：

　　项目预算：US$ 30,000
　　项目经理：Steve Zhou/Yan Xie
　　团队成员：Yan Xie, Tina Wu, Jiangang Fang

　　燕子不大相信自己的眼睛："晚餐"的项目经理由 Steve 和燕子共
同担任！尽管背景尽职调查项目往往只需一个项目经理，而 Steve 让
自己和燕子共同担任项目经理，显然是对燕子不够放心。但燕子还是
倍感难以置信：由初级调查师兼任项目经理，这在 GRE 全球所有的办

公室，恐怕也是头一次！燕子又看了一遍第二页。白纸黑字，绝无差错。"/"就好像 Steve 的细长胳膊，紧紧拉着身后的 Yan。他打算把她带到哪儿去？

燕子偷看一眼 Steve，他正侧目向着窗外。清晨的阳光涂在他直挺的鼻梁上，格外精致优雅，却又冷漠无情。

Steve 的视线猛然转向燕子，燕子猝不及防。

"客户必须保密。"Steve 顿了顿，又说，"我会通知 Tina 和老方，这项目由你负责。"

燕子用力点头，只觉脖子都有些不太听自己使唤。她努力压抑激动的心情，默默等待着 Steve 做更多的交代。

"帮我把 Tina 叫进来，OK？"

燕子顿然醒悟：Steve 已经结束了对自己的发言。这就是他的全部交代。和上次一样，他只交给她任务，却并不告诉她如何完成。

Steve 对燕子微微一笑，像是在请她离开，同时鼓励她努力工作。完美的笑容，可以摆到楼下品牌专卖店的橱窗里。这是 Steve 对她的第二次微笑。第一次在星巴克，那次让她颇受了些委屈，这一次却让她心中微微一动。

电脑启动，硬盘吃力地呻吟。燕子凝神思考新的项目，心情倒是恢复平静了。

客户须保密。其实用不着 Steve 提醒，燕子也知道保守这个秘密的重要性：古威投行打算购买香港怡乐集团的股票，一旦走漏了风声，不知多少人要提前抢购股票。香港证交所决不会对此善罢甘休的。但除此之外，Steve 就再没其他可指点的了？毕竟到现在为止，燕子还从来没有从头到尾参与过一个完整的项目，更不要说管理领导了。项目截止日期 12 月 8 日，三周的时间一点儿也不充裕。

Steve 对她这么有信心？

这想法让燕子为之一振。既然老板都有信心，她又有什么可担心的？又不是刚出校门的小女孩。虽然从未全程参与过任何背景尽职调查项目，对基本的执行程序也早有了解——有 Tina 每天在耳边唠叨，燕子对 GRE 的任何一项业务都不太陌生。再加上燕子平时事事细心留意，这种初级的调查项目应该不难应付。燕子拿出备忘录，提笔制订工作计划：

"晚餐"的三个主要任务：确认大同永鑫的初始控制人（公司创办人）；调查大同永鑫创办人的背景；调查大同永鑫的规模和发展历史。

"晚餐"的三个步骤：

第一步：向服务供应商购买大同永鑫的工商档案。

内地的工商档案，好像一本详细的编年史。除了股东、董事、注册资金和营业范围这些基本信息，还有许多更加细致的信息，比如法人代表简历，是否遵守计划生育政策；公司的资本从何而来，由哪家会计事务所验资；公司营业状况如何，营业额和利润都有多少，是否被工商制裁或罚款；自成立第一天起，做过哪些变更，是否变换过股东、法人代表或董事；法人代表的履历，是否遵纪守法，包括计划生育政策……只有工商局想不到的，没有工商局不能要的。如此万能的一份档案，"渠道"就能提供。如果顺利的话，第一步就能基本解决三个问题。

第二步：上网调取香港怡乐集团的注册信息。这一步貌似和三个问题没有直接关系。但古威投行买的是怡乐集团的股票，总归要了解它的实际控制人是谁，有没有诉讼或破产记录。香港公司的档案可以直接通过网络数据库查询，但信息比内地公司简单得多。股东和董事是可查的，但其他细节就没有了。怡乐集团在香港证交所上市，因此需要披露的信息倒是比私人公司多一些，在证交所的网站上就能查到。

第三步：媒体调查。这一步是对前两步的补充。调查的对象包括大同永鑫、怡乐集团，及其所有股东和董事。媒体是许多重要线索的发源地。大公司或大事件自然会受到新闻媒体的关注，名不见经传的小公司也要给自己打广告。老板们要为自己树碑立传，少不了媒体的帮助。媒体想要发财致富，也乐得把新闻素材变成客户。就像唱片公司的客户是歌手，出版社的客户是作者——新时代的新趋势。自吹自擂的报道虽不可信，但吹牛多了也要出漏洞，好比 2003 年被评为廉洁奉公好领导，2004 年却成了白手起家的企业家。看来"好领导"多半在边做领导边做生意。

前三步工作完成后，如果并未发现任何可疑之处，尽职调查则基本完成，剩下的就是写报告了。如果发现了问题有待考证，则需进行实地调查，由高级调查师走访目标公司、供货商、客户和竞争对手，还有当地政府和行业协会。这一类调查需要秘密进行，不能让被调查对象察觉。这是 GRE 的高级调查师所擅长的。

把老方安排在"晚餐"的团队里，莫非是为实地调查做准备？燕子看看 Steve 的办公室，门依然紧闭着。Tina 似乎已经进去很久了。"晚餐"由燕子负责，Tina 会不会不开心？电脑法政，实地调查，管理项目。Tina 的理想莫过于此，通宵加班也在所不辞。可燕子只是初级调查师，比 Tina 还低着一级。

门铃突然响了。早上 8：30，是访客，还是忘记带门卡的同事？燕子没理会。可门铃又响，一声连着一声，急不可待。燕子抬头四望，办公大厅里空无一人。燕子起身朝前厅走去。

燕子转出走廊，一眼看见公司玻璃大门外的男人。

燕子浑身一抖，仿佛被人迎面重重一击！一瞬间，她周围的一切似乎都凝固了。凝结成了冰。门外的男人也看见了燕子，也瞬间凝固了。

冰雪渐渐消融。燕子眼前模糊一片。

4

"卖给我一半儿，成吗？"

这是八年前的某个冬夜，在芝加哥某粤菜馆的厨房里，那高个子男生对燕子讲的第一句话。

那是个格外繁忙的夜晚。饭馆老板给燕子一盆大虾，让她立刻把它们洗干净。虾一个劲儿地跳，好像专门要欺负北方长大的孩子。燕子慌忙拧开水龙头。没过多久，虾不跳了，浑身通红。燕子这才想起用手试试水温。

老板指着燕子的鼻尖，用广东话大声骂街。厨房里有人在窃窃地笑。燕子用力咬住嘴唇。她不能当着他们流泪。她力气不够大，不会说广东话，不认识鲈鱼或者芥蓝。没人知道她的手曾经做过眼科手术，只当它们刷碗洗菜尚且不合格。燕子不能在乎这些，她需要每晚20美金的收入，她得交房费和学费。燕子抬起头，用清晰而标准的普通话宣布："这一盆虾，我都买了！"

老板大吃一惊："你知道这虾多少钱一磅买回来的？"

"我不稀罕知道。反正这虾我都买下了，钱从工资里扣就好。"

众人偷偷看着燕子，好像今天才认识她。老板走后，有人小声说："你真强！你好酷，好像那个叫王菲的女歌手！"燕子低头继续洗她的碗，直到那个高个子男生默默地来到她身边，用地道的普通话低声问："卖给我一半儿，成吗？"

燕子鼻子一酸。她都算不上认识他。她扭头背对他，捋起落在腮畔的散发："不用。"

他却不知趣地坚持："卖给我吧，明晚我请人吃饭，本来想从店里买的，现在只能跟你买了。"

燕子不由得停下手里的活儿。他二十三四岁，瘦高个子，宽肩膀，穿着白衬衫和黑马甲。那是侍者的制服，意味着收取小费的资格。他有一张英俊的古铜色的脸。燕子扭开脸。厨房里有人在偷看他们。燕子没好气地把那盆虾用脚一踢："都拿走吧！"

那天夜里，他开车把燕子送回家。在执着的要求下，燕子勉为其难地答应了。那是一段徒步40分钟的路程，雪后的人行道冰冷湿滑。对于筋疲力尽的打工妹而言，那段路其实很辛苦。

他的旧雪佛兰只用了十分钟，漫长的十分钟。

他说他叫高翔，山西人，25岁，在芝加哥大学商学院读硕士。她也告诉他自己的姓名，算是尽搭车人的义务：她叫谢燕，北京人。她没提学校，和芝大相比，不值一提。

"燕子。"高翔说。

燕子心中一酸。很久没听到过"燕子"二字了。她说："我不是燕子，我又不是一只鸟儿。"

从那以后，每晚11点，旧雪佛兰准时出现在餐厅后门外，高翔则准时出现在覆盖着薄雪的人行道上。尽管他每周只打一天工。他是公费留学生，国家负担一切。打工原本是为了丰富经历，为未来的仕途添一些谈资。

他们起先聊得并不多，到后来无话不谈。雪佛兰停在燕子公寓楼下，四周是漆黑空旷的街道。车里弥漫着颓废的歌声：忽然之间，天昏地暗，世界可以忽然什么都没有。燕子跳下车，一阵风似的跑进公寓楼。

他则静静地坐在车里。等她的窗户亮了，他才发动引擎。

某天晚上，他突然说："去我那儿坐坐吧！"

"为什么？"

"过了圣诞节，我就快毕业了。"

公费生毕业要回国。可美国又有什么好？这里对燕子来说，原本没什么可留恋的。她半开玩笑地问他："着急回国了？想你女朋友了？"

他却沉默了。

燕子有种不祥的预感："大男人还害臊？你女朋友漂亮吗？"

"没你漂亮。"

那四个字，燕子终生难忘。

"我不能去你那儿。你女朋友会误会的。"燕子喃喃着，扭头去看窗外。一片雪花，轻轻飘落在窗玻璃上，渐渐地融化。

他把车开进街边的加油站。雪大了起来，而且起了风，街上空无一人。他下车去操作自助加油机，雪花很快就把他变成了圣诞老人。燕子讨厌圣诞，她更讨厌自己。

突然一阵嘈杂。几个黑乎乎的影子朝着车子奔跑过来。燕子立刻意识到将要发生什么，这在深夜的芝加哥并不算稀奇。高翔伸手去拉门把手，门却没开。他猛敲车窗玻璃，燕子慌忙扑向车门。门猛地开了，冰冷的风一下子涌到燕子脸上。高翔一头扎进车里，她没来得及躲闪，他的羽绒服包住她的脸。羽绒服冰凉，他的身体滚烫。

车门"砰"地关闭，发动机声嘶力竭。燕子想坐直身体，高翔却用力把她拉回自己怀里。"嘭"的一声巨响，她的脖颈一阵冰凉。就在此刻，车子如脱缰野马般飞驰而出。他强壮的臂膀，紧紧把她裹在怀里。

车子不知疾驰了多久，才渐渐减慢速度。燕子从他怀里挣脱出来，刺骨的寒风立刻吹到她脸上。他那一侧的车窗碎了，窗外是向后疾驰的夜。

"亏了他们没枪！"他的声音微微打颤，口中冒出大团的白气。他咽一口唾沫，故作轻松地笑："妈的，铁棍子能扔这么远！"

"你没事儿吧？"燕子的声音也在发颤。

"没事。"他扭头冲她一笑。

"呀！你流血了！头上！"

"没事！"他连忙把头摆正，用右脸对着她。

"给我看看！"

他们口中的白气混作一团，浮在四目之间。

"真的没事！"

燕子不再坚持。他额头怎样，是他女朋友该关心的。

车子终于停稳了。燕子一声不吭地下车，默默走向公寓楼的大门。几步之后，她又转身跑了回来，在雪地上踩出一串凌乱的脚印。

燕子绕到车子另一侧。高翔的左脸赤裸在她眼前。两道很长的血迹，一直从额角延伸到下巴。在车玻璃被击碎的瞬间，他用自己的身体做了掩体。

燕子沉默着拉开车门。高翔顺从地下车，默默地跟着她，像个非常听话的小孩子。燕子把他领进自己的房间，取出酒精、碘酒和消毒棉球。她在尽医生的职责，他却并不需要医生。棉球到达太阳穴的时候，他一把把她拉进怀里。

她并没有挣扎，抬手抚摸他的脸，指尖轻轻滑过那条凝固的血迹。

天亮之前，四周格外漆黑。燕子什么都不知道，只知道他的身体滚烫如火。就在最恍惚的一刻，他在她耳边呢喃："燕子，让我留下吧，永远留在你身边。"

热气贯穿燕子的耳垂。燕子却突然清醒过来，一把推开他，坐直了身子，扭亮了灯，炯炯地看着他："你留下吧，永远留在我身边。"

灯光很刺眼。他也清醒过来，把头深深埋进胳膊里："我出国的名额，是她爸给弄的。"

他饱满的肩膀，闪烁着古铜色的光。燕子抓起他的衣服扔给他："走吧。咱们以后别见了。"

第二天晚上，他果然没在餐馆门外出现。

燕子已经很久没独自走在芝加哥深夜的大街上了。她心里并不害怕，甚至盼望有人来抢劫，朝她胸口捅上一刀。她若悄然地死在大街上，他将再也见不到她。她并非他的女朋友，她死不死都无所谓。他也许一辈子都不会再出现了。燕子托人介绍其他的餐厅。可她的顾虑是多余的。他已经把饭馆的工作辞了。

两个月后的某个深夜，燕子却又见到高翔。

他穿着衬衫和牛仔裤，站在覆盖着薄雪的人行道上。她本想不搭理他，他却主动走上前来："送你回家吧。"

"为什么？"

"下雪了。"

"已经下了一个冬天了，春天就要来了。"

"我等不到春天了。明天我就要回国了。"

他漫无目的地把车向着一个方向开下去。直到再也无路可走，眼前变成一片无际的黑暗。没有灯光，没有希望，只有歌声：

　　　　如果这天地最终会消失，不想一路走来珍惜的回忆，没有你。

他突然转过身来抱住她。

她没有反抗，也并不配合。她就像一尊没有生命的雕塑，任由他炙热的嘴唇划过脸和脖子。她没有流泪。有生以来，她第一次明白，在最伤心的时候，泪水未必会流下来。

东方出现第一道白光。眼前那片黑暗，化作无边的湖水。

密歇根湖，冰冷如镜。

他送她回到家。城市依然沉浸在拂晓的静寂里。

燕子平静地道别，上楼走进狭小的公寓，默默坐在床头，始终没有拧亮台灯。她想他看不见灯光，也许会跑上楼来。可他果真上来了，又能改变什么？她不该让他为难的。她于是伸手去按灯的开关。然而就在手指将要触到开关的一刻，她听见汽车引擎发动的声音。她抽回手，趴倒在床上。再也没有开灯的必要。清晨的阳光正透入房间。房间狭小如一副棺木，把她永远埋葬了。

天大亮的时候，电话急促地响起来。燕子从未入睡，却仿佛突然从梦中惊醒。她一把抓起听筒，却听见一个陌生的中年男人的声音，讲着蹩脚的普通话："是谢小姐吗？我姓谭，是大湖海鲜的经理。您是不是要找一份餐馆的工作？"

燕子应了一声"是的"，心想还是换一个餐厅吧，如此才能彻底把以前遗忘。燕子抬头看看窗外。街边的积雪消失了，春天果然快要来了。他们这一生都不会再见了。

然而八年之后，他却站在她面前。他们之间，仅隔着一扇透明的玻璃大门。

5

电梯门尚未完全打开，Linda 就迫不及待地侧身钻出来。

Linda 本打算八点二十分到公司，比会计公司的人提前十分钟。可她刚从地铁里钻出来，立刻接到 Steve 的电话，叫她去买一杯咖啡。国贸星巴克的不行，要嘉里中心的。从国贸到嘉里中心，步行起码十分钟。就算要走一个小时，Linda 也决不怠慢。Steve 的话是最高指示，不论那指示有没有道理。Steve 难得直接给她任何指示。

大老板不能得罪，本职工作也不能耽误，这是外企白领的法则。Linda 拿着咖啡，往公司一路狂奔。让客人等在门外，那是前台玩忽职守，因为别人不知她有最高指示。同事的闲话不会标注日期和时间，一旦传入老板耳朵，她连解释的机会都没有。可今天她还是迟了一步。Linda 一走出电梯，就立刻意识到情况不妙。会计公司的人已经进了前厅，和 Yan 说着什么。

Linda 还没摸清 Yan 的底细，年龄背景和动机都是未知数。Linda 不相信表面现象：一个初级调查师，月薪不过五六千，却穿着三叶草的运动装，足蹬 Gucci 的运动鞋。看上去虽然低调，实则价格不菲。长得漂亮并不稀奇，难得的是气质。反正男同事没人讨厌她，包括至今未婚的 Steve。Linda 虽然不是调查师，观察能力却超一流，尤其是男人对女人的眼神。这位审计公司的高先生莫非也对 Yan 神魂颠倒？两人见面才几分钟？Yan 果然有本事，表情竟像情窦初开的中学生。为了一个会计公司的小经理，有必要吗？

说来也奇怪：工商局今年为何破例推荐会计公司来做审计？而且还偏偏推荐了一家从没听说过的小公司？Steve居然就接受了。真是一年比一年抠门儿。年底评级快到了，估计今年薪水涨不了多少。

Linda的脑子就像超级计算机，不过几秒时间，事件和跨度已超乎想象。推开大门时，Linda早已胸有成竹。倒是前厅里的一男一女，略显惊慌失措。

"是高先生吗？太对不起了，我迟到了！这位是我同事，她叫Yan，你们已经认识了吧？"

高翔的脸上瞬间堆满笑容。他从西服口袋里掏出两张名片。燕子如梦初醒，赶忙接过名片。

正在此时，大老板Steve推门走出来。

燕子连忙转身走进公司。借着玻璃门的反射，她看见高翔和Steve握手寒暄，高翔的笑容憔悴而虚伪。他是真的虚伪？或者只是她的成见？八年前的情景再次浮现在她脑海：他把头深深埋进胳膊里："我出国的名额，是她爸给弄的。"哪个男人不虚伪？燕子这样安慰自己，心中却愈发的起伏不定。

Steve的声音传进走廊里："Linda，高先生这几天就坐在会议室里。高先生，这几天要辛苦你了！"

"没有没有！应该的应该的，谢谢谢谢……"

高翔确实有些虚伪，也许当年就是如此。只不过燕子并没看出来。燕子加快脚步，心思却好像仍留在前厅里。他要在会议室里待几天？难道从现在开始，又要天天见面？

燕子心事重重地走进办公大厅。一抬头，Tina叉腰站在眼前，头顶盛开着喷泉："你行啊你！请客请客！就今天中午，千万别想赖账！"

6

国贸的员工食堂在地下二层。

燕子本打算找个好点的餐馆，Tina偏说想喝食堂的玉米粥。燕子知道Tina不想让她破费，这大厦里除了员工食堂找不到老百姓能天天承受的餐厅。其实员工食堂也没什么不好，每人12元，主食和凉菜管饱。燕子平时注意饮食，今天却想大吃一顿。

　　会议室的门关着，燕子快步走过。高翔早成了别人的丈夫，她不是早就已经把他忘掉了？就算记忆也会像癌瘤一样复发，她也得再次狠心动个手术。她是来上班的，不是来怀旧的。她的脑子里就只该有大同永鑫和香港怡乐。她把他的名片塞到键盘底下去了。其实应该扔进垃圾桶里的。

　　员工食堂里满满的人。燕子和Tina并排坐定了，Tina的问题立刻连珠炮似的发射出来："快说，你怎么把老板搞定的？上班才几个月，就能当上Case Manager？你以前到底是干啥的？真的没干过调查？你以前不会是CIA吧？"

　　Tina眼睛瞪得溜圆，随时有掉出眼眶的危险。燕子微笑道："我以前还是克格勃呢！鬼知道为了什么。"

　　"我看啊，呵呵……"Tina欲言又止。燕子故意不接下茬。她知道Tina憋不住。

　　"Steve刚才跟我解释了半天，弄得我都特别扭，就跟我真有多眼红似的，不过，呵呵，我可真的眼红呢！"Tina伸伸舌头，顾盼神飞地说，"Steve可把你夸了个溜够。说你英语好，心细，吃苦耐劳，让我多跟你学。说得就跟我整天迟到早退似的。"

　　燕子自嘲地笑了笑。她并不十分相信Tina。Steve才不是善于夸人的人，更不要说夸燕子，一个刚刚入行的新手。

　　"嘿！你还不信是怎么着？"

　　"怎么听上去不像Steve说的，倒像是你说的？"

　　"我骗你干吗？Steve就是这意思，真是的，还非得把原话背出来，好让你美？"

　　"别说，千万别说。"燕子低头吃饭。

　　"嘿，你今儿怎么这么蔫儿啊，是不是哪儿不舒服？还是表面假装低调，心里正可劲儿偷着乐呢？"Tina好像心理医生似的盯着燕子。

　　"三周交报告，正担心呢！"燕子找了个借口。也确实如此。大同永鑫的档案已经向渠道服务商订购了，香港证交所的数据正在查，媒体调查也得抓紧开始。还有很多事要做，每分钟都不能浪费。公司却突然变成了令人志忑的去处。

　　"哎！真是身在福中不知福啊！"Tina一声长叹，"我要是你，这会儿都美死了！你说我怎么就这么倒霉呢？其实我还真没雄心壮志，就想当个高级调查师，有机会能去做实地调查，或者去卧底，或者跟踪，那多有意思！"

Tina 双眼忽明忽暗，仿佛闪烁的铁路信号灯。燕子闷头吃饭。Tina 的老生常谈，她已听过一百回了。食堂里年轻人真多，二十三四岁，穿着商场或物业公司的制服，无论穿什么都活力四射。高级"金领"们一身名牌，在高级咖啡厅里吃一百块一份的午餐，面色黯淡，疲惫不堪。岁月带来了什么，又带走了什么？穿不完的高级时装，数不尽的名包名表，如今都被她打入冷宫了。

"嘿！看！"Tina 用胳膊肘轻碰燕子，压着嗓子诡秘地说，"别回头！看这个！"

Tina 把手机立在桌上，摄像头朝向背后，万分神秘地问："看见了吗？那个男的？就那个，胖子，留寸头的？"

咔嚓一声，手机上的画面定了格。

"他怎么了？"

"他在跟踪咱们！估计不止他一个！"

"跟踪咱们？"燕子大吃一惊。

"嘘！小声点儿！别看我。看你自己的盘子！继续吃，别停下！"Tina 对着筷子说话，好像作法的女巫。

"干吗跟踪咱们？"

"这还用问？抓你做线人呗！GRE 的秘密多了去了！"

"那怎么办？"燕子后脖颈子发紧，好像发胶喷错了地方。

"继续吃！再吃五分钟，然后站起来走人！就好像什么也没发现！明白吗？"

五分钟可真不算短，足以令人消化不良。Tina 终于站起身，大摇大摆地往外走："跟我聊天！笑一笑！快！"

燕子挽住 Tina 的胳膊。不慌是不可能的，燕子力求表面不动声色。但事到眼前，坦然迈步已变成艰巨的任务。再加上 Tina 故意发出的两声嘹亮的笑，好像缺乏演技的话剧演员。燕子反倒吓了一跳。

两人走出食堂，还好一切太平。燕子和 Tina 走进电梯，电梯里只有她们两个人。

电梯启动。一层，二层，速度越来越快。燕子微微松了一口气，

Tina却又神色紧张，抬头向着电梯顶部巡视。燕子的心立刻又悬了起来："怎么了？"

"希望不会停！停了就完蛋了！"

"电梯会停？"

"那可说不定。对他们，这是雕虫小技！"

一个封闭的大铁盒子，哪儿都没有出路。电影里曾有的情节：深夜的公寓楼，电梯突然停在两层之间。螺丝钉松动了。燕子抬头紧盯着电梯顶，大气也不敢出。可螺丝钉都在哪儿呢？

电梯却果真忽的一下子停住了！

Tina一把抓住燕子的胳膊。燕子跟着一个趔趄，不禁叫出声来。

螺丝却并没松。电梯门自动打开了——安全抵达38层。门外有个瘦高的男人，穿着西装，腋下夹着公文包，手里攥着手机。是高翔。

高翔看见燕子，微微一怔，嘴却没停："王总，您别着急！文件我已经让小蔡送来了，拿到文件我就出发，20分钟准到！"

7

严格来说，高翔的会计公司就只有两名正式员工——高翔和小蔡。高翔是总裁兼经理，小蔡是会计师兼秘书。

小蔡大学毕业之后，没能实现进入四大会计师事务所的理想，不过跟着高总也能学不少东西。别人的公司抢客户，高总的公司却挑客户。不用登广告，客户就排队。

当今的社会，有人凭技术，有人凭关系，高总两者兼备。小蔡佩服的人不多，但对高总五体投地。任何账务问题，只要高总出马，大事化小，小事化了。正因为有本事，才需要挑客户。高总虽是孙悟空，却不是如来佛。孙悟空什么都办得到，只要如来秋后不追究。高总说过："搞定并不难，只怕留后患——不是什么钱都能挣的。"

比如外企，高总就从来不接。外企死板，喜欢较真儿。又要你办事，又不许请客送礼。美国公司尤其麻烦。美国政府有条"海外反腐败法"，不论请客还是送礼，超过50美元就算行贿。想要办成事，简直是天方夜谭。高总绝不接美国公司，GRE是个例外。

GRE 是王总介绍的。凡是王总介绍的客户，高总绝没一个"不"字。GRE 的账务的确有点问题，不然也不会换掉普华用高总。其实对高总而言，那只是小事一桩，一个电话就能搞定，高总却亲自坐镇 GRE。王总的面子实在是大。

王总是高总的大客户，地位超过"上帝"。王总一个电话，高总决不怠慢。别说下午一点半，就算凌晨一点半，高总也照样立刻行动。而且小蔡也得跟着行动——飞车把文件送到国贸楼下。高总在电话里说："一点四十，别让我等！"

小蔡恨不得给自己的小丰田装上风火轮。一点四十，小蔡正点到达国贸 A 座大门口。高总约会只提前，不迟到。

今天却有点反常。楼门口没人，高总还没下来。

8

燕子拉着 Tina 快步走出电梯。

燕子的脸色有点苍白，心里惶惶的。说不清是不是因为被跟踪。高翔在场，不知是更安全，还是更危险。Tina 却偏偏丢下燕子去了洗手间。楼道里突然就只剩下两人，一男一女，彼此别扭着。

燕子目光低垂，和高翔擦肩而过。她只恨公司大门太远，其实不过几步之遥。

可她偏偏忘了带公司的门卡。

燕子背对高翔，在公司门前磨蹭了片刻，听见电梯门徐徐关闭。她松了一口气，一回头，高翔竟还站在原地，看着她。

燕子吃了一惊，忙把头扭回来。身后却响起皮鞋敲击大理石地面的声音。一步一步，由远而近。声声都像敲在她心脏上。

"用我的。好吗？"高翔在她背后低语，门卡伸了过来。就像多少年前，他说："卖给我一半儿，成吗？"

燕子的眼圈儿发了红，就像多少年前。

门禁"嘀"的一响，燕子立刻推开玻璃门，用了不少力气，为的是让高翔没机会帮忙。还好他并没跟进来。

"燕子！"

他却在她背后轻声呼唤。这两个字太过锋利，在她心中狠狠一戳。她并没回头，只稍稍减缓了步子，手扶着玻璃门，为了不让它关上。

"刚才有你一个包裹，秘书不在，我放在前台了……"

"谢谢。"她还是没回头。

"再见。"高翔的声音有点沙哑。

燕子走向前台。玻璃门"啪"的一声在她背后锁上。她这才使劲儿吸了吸鼻子，把鼻涕和眼泪一股脑儿吞进肚子里。

快递是从芝加哥寄来的。包裹里有一盒西洋参，还有一张贺卡。封面很精致，里面的字迹却似出自小学生之手："保（煲）汤用，每天一粒。如果没时间，滚水泡也可。"

贺卡很浪漫，内容很实际。

燕子丢下贺卡，用双手撑着头。一大半的座位还空着，同事们午休还没回来。

燕子闭上眼。无可避免的，她看见漫天飞雪的芝加哥，深夜空旷的街道，无边的大湖……一个满脸风霜的老男人，捧着汤碗，满身油腻地站在中餐馆的后厨里，偷偷摸摸地说："阿燕！给！西洋参煲的汤，快点儿喝掉它，不要让别人见到……"

燕子使劲儿揉揉眼。办公大厅里转眼已坐满了人，同事们就像从地板下瞬间冒出来的。只有她身边的位置还空着。

Tina！

燕子从座位上一跃而起，奔跑出公司去。

老方中午带了饭。

国贸的饭馆贵得出奇，员工食堂也要 12 元一份。公司里有微波炉，吃完午饭还能眯上一会儿。反正公司带饭的人不多，小咖啡间里没几个人。

不过今天老方没睡午觉。他刚刚洗好饭盒，就被 Steve 叫进办公室里。

老方从 Steve 的办公室出来，心想自己的推断绝对正确——Yan 在 GRE 果然大有前途。不到两个月，电脑硬盘也拆了，实地调查也做了，如今居然成了项目经理。老方在 GRE 干了十年，这么快的提拔还是头一回见。Yan 的确机灵，工作刻苦也是有目共睹。英语写作强不强老方不知道，既然在美国拿到博士，想必也不会太差。反正要说搞调查，她肯定还是嫩了点。不过项目经理也用不着干什么，装模作样地发号施令，然后再改一改报告，齐活儿。

老方看不起小屋里那帮正副总监。只要不上街，就不配拿调查公司的薪水。可如今世道变了，动不动就要提电脑和英语。大学里的小屁孩儿谁不懂电脑和英语？难道他们都能当调查师？这个道理无论如何也说不通。Steve 又提有效工时——每周五下午，GRE 的调查师们都需填写一份工作报告，汇报这周做了哪些项目，花了多少时间。由项目经理一一审核。如果报告里填写的工时与事实有出入，或者工作质量不高，又或者项目本身预算有限，报告里所填的工时就会被项目经理压缩。经审核后输入公司系统的数据就叫有效工时，是 GRE 调查师绩效考核最重要的数据，调查师们的命根子。

别人平均每周 35 小时的有效工时，老方上周只有五小时。Steve 双手交叉，面无表情地说："老方，想想办法，让别人多给你点儿工作。不然到了年底，我可真没办法了。"

Steve 有没有办法，老方心里很清楚。能不能从别人那里弄到工作，老方也很清楚。离年底还差一个月，搁谁也学不会电脑和英语。"晚餐"里有他的名字，可那只是个尽职调查，需不需要实地走访还难说。除了实地调查，别的他也干不了。而且，能不能从"晚餐"里弄到有效工时，到头来还是得问 Steve。Steve 才是真正的项目经理，Yan 徒有虚名。起码调查师的活儿还得她自己干。就算要一步登天，也得先吃点苦头，这也合情合理。好在还有 Tina 打下手，那也是个快下岗的主儿，给谁打下手都心甘情愿。

老方瞟了一眼燕子和 Tina 的座位，居然还都空着。平时挺积极的两个人，居然快两点半了还没回来。老方正琢磨着，燕子绷着脸走进大厅，Tina 嬉皮笑脸地跟着。老方不禁撇了撇嘴：这个没头没脑的傻姑娘。干调查有什么好？谁都要巴结着。

10

    燕子一屁股坐回座位上，耷拉着脸不看 Tina。她刚才把国贸找了个遍，Tina 却在哈根达斯里吃冰激凌。

    "Yan 姐姐，我的好 Yan 姐姐！不要生气了好不好？"Tina 冲着燕子挤眉弄眼。

    "你蒙我？"

    "我怎么蒙你啦？"

    "跟踪咱们的人呢？"

    "哦，呵呵，被你看出来了。"Tina 吐吐舌头。

    "刚才没见你回来，我有多担心你知道吗？"燕子心里蹿火，不全是因为 Tina。Tina 只是个调皮孩子，燕子知道自己有点儿反应过度。有同事往这边看。燕子瞪着电脑屏幕不再言语。

    Tina 偷偷看一眼燕子，掏出手机一阵狂按。没过几秒钟，燕子的手机就在衣兜里振动。

    "姐姐大人，饶了我吧，以后不敢了。"

    燕子扑哧一笑。

    "偏不饶，谁叫你自己偷偷去吃冰激凌！"

    "好姐姐，饶了我吧，今晚我请客还不成吗？我有好消息要告诉你！"Tina 手舞足蹈。燕子小声问："什么好消息？"

    "晚上再说，现在保密！"

    燕子撇了撇嘴："那就甭说了！"

    Tina 又吐了吐舌头："还生气呢？"

    燕子白了 Tina 一眼："那是。刚才真吓死我了！"

    "没想到你这么好骗呢！就那个猪头，那么蠢，也能干调查？"Tina 嘻嘻笑。

    燕子心想：可怜的胖子，不知眼皮会不会跳。

11

当天晚上，Tina 在国贸附近一家小饭馆请燕子吃饭。一来赔罪，二来宣布她的"好消息"。

"知道吗？下周———大早，我要跟 Steve 出去！"Tina 两眼闪闪发光，把原本昏暗的小饭馆照亮了几分。

"真的？太棒了！头一回实地调查啊！"燕子知道这是 Tina 朝思暮想的。

"其实也不算实地调查，不过难度绝不亚于实地调查！"Tina 眨眨眼，故弄玄虚，"这可是实实在在的反欺诈！"

"是不是要保密？要保密就别告诉我。"燕子故意做出无所谓的样子。Tina 反倒更要忙不迭地往下说："没有没有，跟你用不着保密。呵呵，这回是找嫌疑人谈话。"

燕子心中一动。难道是徐涛那个案子？

"直接和嫌疑人谈？是贪污案？"

"真不愧为项目经理！一下子就猜中了！呵呵，是个房地产公司的财务处长，据说贪了好几千万！"

燕子暗暗点头。她猜对了。燕子故意装作充满好奇地问："拿到真凭实据了？"

"你真聪明！没证据那不就打草惊蛇了！据说这证据来得还挺不容易。那位财务处长表面特干净，没有豪宅，没有豪车，穿的用的比公司的小文员都不如。咱们把他查了个遍，一点儿证据没有。客户都急了，Steve 只好亲自管理这个项目。Steve 就是厉害，据说派了个高手，转眼就把那处长的电脑硬盘给拿回来了。"

燕子心中隐隐一阵兴奋。她知道那所谓的"高手"是谁，还知道"高手"跟财务处长一起在南太平洋看过星星。

"硬盘里有什么？"

"有那些往海外转款的假合同底稿，还有百慕大公司的注册信息和银行账号！那公司就登记在他自己名下，几千万资金都打进那个账号了！"

"那不是人赃俱获了。还审什么？"

"当然得审了！赃款还没拿回来呢！再说谁知道有没有同伙。"

"也是。"燕子点点头。徐涛不是等着和某个"领导"会面呢？Tina为此还熬了通宵。不过她未必知道这是同一个项目。

"这种审讯可不容易！靠的是心理战术。"Tina好像审讯专家一般，"就算你有证据，人家也未必老老实实认罪，老老实实把赃款交出来！咱又不是警察，没有司法权力。他要真死不认账，谁也不能把他关起来明天再审。只要他一出公司大门，谁知道会不会携款潜逃？"

"那干吗不直接报警？"

"家丑不可外扬呗！自己手下贪污了好几千万，起码也算渎职吧？再说赃款还没追回来，闹得满城风雨的，怎么收拾？"

燕子点点头："所以，他们公司领导就请Steve去跟他谈话，让他认罪，交出赃款？"

"是啊。咱们公司也就只有Steve干得了这活儿。"

"你跟着他多去几次，以后你就也能干了。"燕子微微一笑，心中却怅怅的。她知道Steve的厉害。徐涛看上去并不像坏人，斯斯文文，老实诚恳。而且，他那么爱他的女儿丫丫。

"啧啧，要是那样就好了！我是纯粹跟班的。一句话不许说。我的任务就是观察和记录，不放过任何蛛丝马迹！"

"速记？"

"哈哈，那多落后啊！咱有录音笔，还有微型摄像机！"Tina深吸一口气，"不知到时候会不会出乱子！那家伙说不定会狗急跳墙！听说以前就有人拔过刀子，不过据说一下子就被Steve制服了，看不出来吧？"

燕子点点头。看不出来Steve会武功，更看不出徐涛会动刀子。

"他得坐多少年牢？"燕子关切地问。

"谁？哦，你说那财务处长？谁知道！弄不好得坐一辈子！"

燕子心中狠狠一沉。一辈子就这么毁了。

第二章

祸从天降

1

星期一，燕子依旧提前两小时走进公司。这是本月的第 16 次。"晚餐"距离"deadline"还剩两周零四天，她必须抓紧时间。自从周五早上向"渠道"发出任务，燕子心里就一直盼着。今早大同永鑫煤炭机械有限公司的电子档案果然就在邮箱里了。看发送时间是周日深夜，看来"渠道"也都废寝忘食。

大同永鑫的情况并不复杂——香港福佳有限公司的全资子公司，2009 年 1 月成立，法人代表叫叶永福。香港怡乐集团 2009 年 8 月支付五千万美金将其收购。作为大同永鑫的初始股东，香港福佳的注册信息也都在大同永鑫的档案里。香港福佳 2008 年 11 月成立于香港，有三个股东，都是英属处女岛注册成立的公司，分别叫作长佳控股、金盛控股和紫薇控股。香港福佳还有三位董事，一位就是大同永鑫的法人代表叶永福，另外两位叫张红和刘玉玲。

燕子拿出项目清单里那张附图，用铅笔在上面画起来。

燕子取出备忘录。那上面记着"晚餐"项目的三个主要任务。第一：到底谁是大同永鑫真正的控制人？

香港福佳就在大同永鑫成立前两个月注册，显然就是为了持股大同永鑫而成立的"壳公司"。而香港福佳的三个公司股东——长佳、金盛和紫薇，显然也是为同样目的成立的壳。那三家公司背后的股东，才是大同永鑫的真正拥有者。可这三家都是在英属处女岛注册成立的。英属处女岛，英文缩写 BVI。和百慕大一样，BVI 也是注册公司的"天堂"。股东和董事的身份严格保密。为了大同永鑫架设这么复杂的壳，实际拥有者显然不希望暴露自己的真实身份。

不过除了三家公司股东，香港福佳还有三位董事。叶永福既是大同永鑫的法人代表，又是其股东公司的董事之一，可见大权在握。

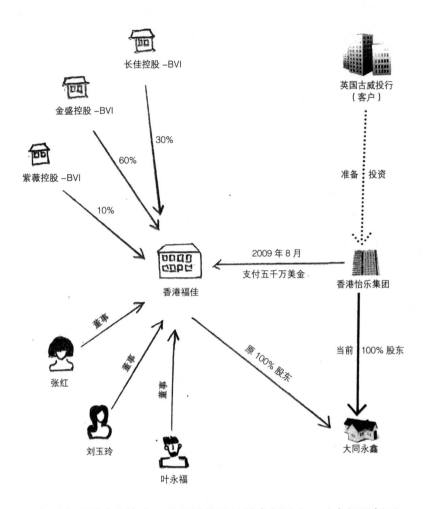

长佳控股 –BVI

金盛控股 –BVI

紫薇控股 –BVI

30%

60%

10%

英国古威投行
（客户）

准备　投资

香港福佳

2009 年 8 月
支付五千万美金

香港怡乐集团

董事

董事

董事

张红

刘玉玲

叶永福

原 100% 股东

当前　100% 股东

大同永鑫

中国公司的法人代表，就是该公司的最高领导人。叶永福即便不是大同永鑫唯一的原始控制人，也该是最重要的。除非那位真正控制人实在不想抛头露面，而且对叶永福信任有加。至于香港福佳的另外两位董事张红和刘玉玲，都没直接在大同永鑫的董事会里出现，对公司也不会有太多话语权。

燕子得出了初步结论：按照工商档案显示，大同永鑫的初始控制人为三家 BVI 注册的公司。这三家公司的股东无法查到，但叶永福应该是大同永鑫成立时的主要控制人。

备忘录上的第二个任务：大同永鑫创办人的背景。

如果叶永福是大同永鑫的主要创办人，他的背景如何？大同永鑫的公司档案里有叶永福的简历：1966 年出生，山西万源人，1988 年大专毕业，到大同一家煤炭机械研究所工作。1998 年开了一家机械加工公司，2009 年成立大同永鑫。

燕子推断：叶永福原本是研究所的技术员或者工程师，90 年代末自己下海开公司，从事机械制造类的生意，生意越做越大，2009 年 1 月注册成立了大同永鑫。

备忘录上的第三个任务：大同永鑫的规模和发展历史？

这个任务最简单也最直接，答案就在大同永鑫的电子公司档案里：大同永鑫成立时的注册资本为三千万元人民币。从 2009 年 1 月到 6 月，注册资本增至三亿元。注入的资本都是设备和土地使用权。同年 8 月，香港怡乐集团支付五千万美金（大约三亿二千万人民币）向香港福佳收购了大同永鑫百分之百的股份，成为其唯一股东，价格也算合理。

怡乐集团收购大同永鑫之后，叶永福留任大同永鑫的总经理，但法人代表和董事会主席更换为一名叫作 Ted Lau 的英国人。这位 Ted Lau 同时也担任大同永鑫的新股东香港怡乐集团的董事会主席。燕子把 Ted Lau 也加进她的图表里：

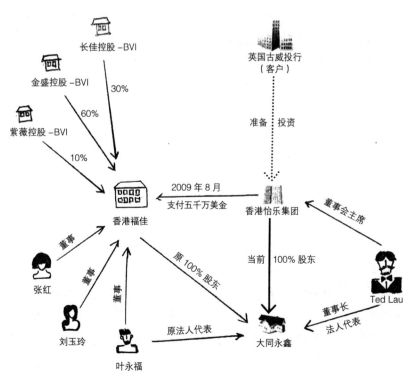

燕子飞速在电脑上记下自己的推断，心中略感轻松：一本大同永鑫的档案，基本回答了三个问题。唯一不够确定的，是大同永鑫的初始控制人——到底是不是叶永福？搭建几层海外的"壳"公司，是不是为了掩藏其他股东？

但按照常理，在许多国际并购之前，交易者都会在境外注册成立公司，用来持有被交易公司的股份。如此一来，股权交割都在境外进行，既省税又省手续。所以香港福佳和它的三家 BVI 股东公司的存在也有合理性。在并购之后，叶永福在一段时间内仍留任大同永鑫的总经理，大概是为了保障公司运营的持续性。这也是符合常理的。谁都知道，BVI 公司差不多是商业调查的死胡同。没人能拿到那些公司的股东资料。合理的推断在所难免。如此说来，大同永鑫的调查基本完成了。下面只需再查查香港怡乐集团。然后就是写报告。看来"晚餐"并不复杂，难怪交给她。简单的项目也需写出漂亮的报告，虽然没有惊人的发现，但信息还是不少。详尽而清晰地阐述细节，也是客户所需要的。那将是下两周的重点。

燕子伸了个懒腰。其实才只有 8：10am。办公大厅还空着。

走廊里突然传来急促的脚步声。Tina 龙卷风似的冲了进来。

"Tina？你不是跟 Steve 去房地产公司了？"

"怎么办啊！我忘了充电了！"Tina 手举微型摄像机，急得直跺脚，"今天早上才发现，就剩一格电了！充电器还落在公司了！"

"没关系，别急。慢慢找。你跟 Steve 约的几点？"

"9 点整，在华夏房地产大堂！"Tina 边说边奔向自己的桌子。

"华夏房地产在哪儿？"

"五道口！"

Tina 一把把充电器从包装盒里揪出来，其他配件纷纷落地。燕子赶忙弯腰帮忙捡拾。

"肯定来不及了！地铁得倒好几趟！这会儿根本打不到车！"Tina 带着哭腔说。

"等等，这是不是车载充电器的接头？"燕子从地上捡起一个黑色的东西。

"什么接头都救不了我！"

"未必。"燕子抓起皮包和外套，"我开车送你去西直门，你就在我车上充电，不会迟到的！"

"真的？你太伟大啦！"Tina举手欢呼，可转眼又担忧起来，"可你的有效工时怎么办？"

GRE的规定：迟到5分钟就要扣1小时的有效工时。有效工时是调查师们的命根子。

"快点儿！你还磨蹭什么？"燕子一步跨进走廊，"离上班还一个小时呢，能耽误得了几分钟？"

燕子飞速穿过阴暗的走廊，不禁瞥了一眼会议室。门紧关着，门缝里并没有灯光。她想着自己正要离开公司，而高翔还没来，暗暗松了一口气。可又觉得自己可笑：躲得过初一躲不过十五。总不能一天都不回公司来。她的"晚餐"还在等着她。

燕子的宝马小跑车8点58分到达五道口。Tina顾不上等车完全停稳，跳下车向着大厦飞奔而去。燕子本想立刻回公司，却发现Tina的钱包躺在副驾驶的座椅上。Tina刚才找口红，把皮包翻了个底朝天。头一回外出工作，抹抹口红无可厚非，落一两样东西在外面，对Tina也再正常不过了。

燕子给Tina发了短信，很快得到Tina的回复，说现在正忙，一会儿下来取。燕子也不急，反正已经迟到，五分钟和一小时都没多大区别。她索性把车停进路面停车场，下车透透气。短信又来了。这回却并不是Tina。133035××33，不在手机电话簿里。

"这些年，你还好吗？"短信只此一句。

燕子一愣，不由得抬起头，仿佛那短信从天而降。难道是高翔？他的确给过她名片，但她却从没给过他手机号。

天空很深很蓝，好像密歇根湖那无边的湖水。一瞬间，燕子有些恍惚，不知身在何方。不，她并不在芝加哥，也不在那监狱般宁静的大宅子里。她正在地球的另一侧，四周都是迫不及待追寻着目标的人流。即便是在这看似清澈的天空下，她仍能闻到空气中的尘埃气息。如今她也是他们当中的一员。但她的目标又是什么？

　　燕子果断地删除了短信，把手机丢进皮包里。也许是发错了，或者纯粹无聊。她不该因为这样一条没头没脑的短信就胡思乱想。她决定去买一杯咖啡。尽管队伍很长，但是她想，只要咖啡在手，她的思路就会回到大同永鑫上。

　　就因为那一杯未到手的咖啡，她见到了徐涛。也让徐涛看见了她。

　　燕子站在那只皮鞋边上，浑身剧烈地颤抖。殷红的鲜血正在水泥地面上漫延。快到她脚边了。可她挪不动步子。她对浑身的肌肉失去了控制能力，眼看就要瘫倒在地。保安和路人正围拢上来，没人是来抢救她的。天地正倒转过来，她是真的撑不住了。

　　她的胳膊却被一只有力的手抓紧了。

　　燕子触电似的一抖，猛回头，看见 Steve 炯炯的目光。他薄薄的嘴唇，几乎贴到她脸颊上："He is dead.（他已经死了。）"

　　一股热浪袭过耳垂。燕子狠狠打了个寒战，浑身顿时瘫软下来。彻底落入 Steve 怀里。

　　Steve 暗暗用力，把燕子托起来："这是他们公司的内部事件，我们不要掺和。警察马上就要来了。"

　　燕子闭上眼。眼前浮现出金色的沙滩。沙滩上的中年男人，把女儿高高举过头顶。小女孩大声喊着："我飞起来了！爸爸，我飞起来了！"

　　燕子被 Steve 拉出人群，行尸走肉一般。泪水断线般地流下来。

　　燕子说不清自己是怎么回到公司的。她浑浑噩噩，脑子里一片空白，心却清清楚楚地悬着，悬得很高，就堵在嗓子眼，让她难以呼吸。

　　燕子坐进自己的工位，目光掠过 Steve 的办公室，心中又是一悸。那扇紧闭的门里，似乎藏着一只怪兽，随时就要吞噬生命似的。她就是帮凶。她从斐济盗取了一只电脑硬盘，有人因此送了命。

　　眼前那扇门却突然开了，Tina 从门里冲出来，一屁股坐回自己的座位，窸窸窣窣地抽鼻子。燕子从迅速关闭的门缝中瞥见那张精美而冷漠的脸。Steve 也提眼看她，只一瞬间，却让她浑身一凛。

"他要 terminate（解雇）我！"Tina 抽泣着说。

"为什么？"燕子吃了一惊，脑子豁然清醒了。

"因为我把你带到华夏房地产去了！"

燕子把纸巾盒子递给 Tina，Tina 不接，却哽咽得更厉害。燕子心头猛地燃起一股冲动。她丢下盒子，直奔 Steve 的办公室。

Tina 大惊失色，抽泣都暂停了。老方在一旁眯起眼睛微笑。

4

"请把门关上。"Steve 漠然注视着电脑，根本不看燕子。仿佛他早料到她要闯进来，又仿佛她根本就没在房间里。

燕子关了门，转过身问："为什么要 terminate Tina？"

"她玩忽职守。"

"她只是忘了充电而已，不至于被 terminate。"

"对于调查师来说，任何错误都可能是致命的，错误没有小大之分。"

"别的调查师也犯过类似的错误，但没被开除。"

"她不但忘记充电，还带你去华夏房地产。"

"是我坚持要开车送她去的。"

"她该阻止你去，因为目标人见过你。"

"她不知道目标人见过我。你没让我告诉别人去斐济的事儿。"燕子顿了顿，用更坚决的语气说，"可我知道！我知道目标人见过我！该 terminate 的是我！"

"到底该 terminate 谁，不是你该操心的。"Steve 瞥一眼燕子，目光中竟似有一丝轻蔑，随即把视线转回电脑，"这对话可以结束了。"

燕子一时语塞，她只觉自己在微微颤抖。不知是因为愤怒还是忐忑。其实她一直在颤抖，根本就没停止过。她深吸了一口气说："领导虽然说了算，但起码要公平，不能为所欲为！"

Steve 抬眼看着燕子，表情有点儿愕然。脸色瞬间阴沉得吓人。

他大概还从未被下属如此挑战过。燕子心一颤，立刻感到了恐惧。可既然话一出口，她就要顽抗到底。她的倔劲儿上来了，不吭声也不挪动地方。

Steve 的目光却突然柔和下来，声音却依然低沉而威严："你知道有多危险吗，如果让他看见你的话？"

燕子狠狠咬住嘴唇。其实徐涛已经看见她了。她眼中顿时又有了泪，声音微颤着说："可他什么也做不了了。"

"那是你幸运！" Steve 逼视着燕子，眼睛里射出凶光，"也有人不会寻死，他会杀了你全家！"

燕子狠狠地打了个寒战，不由得低垂了目光。她看见 Steve 那双黑亮的皮鞋，脑中再次浮现另一只皮鞋，泪水立刻落了下来："可他死了。就因为我……"

"他贪污了三千万人民币，是多少人一辈子工资的总和？你只不过揭开事实真相，那是你的职责！" Steve 厉声说。

燕子垂下头，一时无话可说了。

"Yan，" Steve 的声音再度柔和，"坚强些。这在调查师身上是难免的。"

燕子微微地点了点头。她心里其实还在对抗着他，可他的话仿佛具备巨大的力量，迫使她不得不点头。

"好了，现在去工作吧！顺便叫 Tina 进来见我。" Steve 眼中闪过一丝温柔的光。昙花一现，却使燕子心中升起一股暖意。她感激地笑了笑，泪水还噙在眼里。她知道，Steve 最终让步了。

5

Tina 被记过处分，留职察看。比解雇略好一些。

Tina 对燕子感激涕零，嚷嚷着要请燕子吃饭。午饭就免了，燕子没胃口。水泥地上那一片殷红的鲜血挥之不去，心里始终压着一块巨石。她努力把注意力都集中在工作上，埋头苦干，心情终于渐渐平静。突然间，她听见有人在走廊里跟 Steve 打招呼。

是高翔。

燕子不禁讶然。上午的惊心动魄，竟然让她把高翔的存在都忽视了。她向走廊里张望了一眼，看不到会议室的大门。燕子勒令自己放下想要走过去看看的无聊念头，却又突然想起早晨收到的短信。好不容易渐渐平静的心脏，一下子又不安起来。她在办公桌上翻找了半天，无论如何找不到高翔的名片，心想也许在不经意间扔掉了。又一转念，找到名片又有何用？反正短信也已经被她删了，她也没记住号码。

Tina 给燕子带回两个肉夹馍，燕子没碰，感觉有点恶心。

下午大家闷头干活儿，一切恢复正常。起码表面如此。

Tina 工作得格外卖力。她把其他工作都放在一边，主动帮燕子搜索香港证交所的网站，收集香港怡乐集团的资料。过不多久，已经打印出厚厚的一大摞纸。

"报上怎么说来着？呵呵，对了，森林谋杀者。"老方端着茶杯在一边笑。

"哎！没办法啊，电脑我看不习惯，所以得打出来看。"Tina 阴阳怪气，话里有话。老方假装听不出："是吗？我也不习惯看电脑，所以每天还要买报纸。"

燕子从 Tina 手中接过那一摞纸，认认真真研究起来。

怡乐集团 1999 年成立，2003 年在香港证交所上市，起初经营电子业。2009 年初，两家 BVI 公司入股怡乐集团，一家叫永辉控股，另一家叫大洋控股。永辉控股用两亿港币收购了怡乐集团 60% 的股份，大洋控股则用五千万港币收购了 15%。收购之后，怡乐集团的主业也随之换成煤炭机械制造。此次变更后不久，怡乐集团发行了两亿股新股，融资两亿港币，融资之后，永辉控股变成持股 22% 的股东，而大洋控股则变成 5.5% 的股东，剩余 72.5% 的股份为众多的公众小股东所持。增资扩股后不久，怡乐集团收购了大同永鑫百分之百的股份。

这是典型的"借壳上市"。通过反向收购一家现成的上市公司的控制权，来实现把自己企业上市的目的。怡乐集团只是一个工具，永辉和大洋两家投资公司利用怡乐集团把大同永鑫上市。这种"借壳上市"在香港是很常见的。可见永辉和大洋就是香港怡乐集团当前的控制人。两家都是 BVI 注册的公司，股东和董事还是无法通过官方渠道调查。但怡乐集团的董事会并非秘密，香港证交所刊登的公司公告上都写得清清楚楚。

怡乐集团当前的董事长叫 Ted Lau，英籍华人，同时持有英国护照和香港身份证。Ted Lau 于 2009 年 1 月继任怡乐集团董事长，正是永辉和大洋收购怡乐集团的时间。可见 Ted Lau 代表新的控制人。

燕子把永辉和大洋加进她的结构图表里。

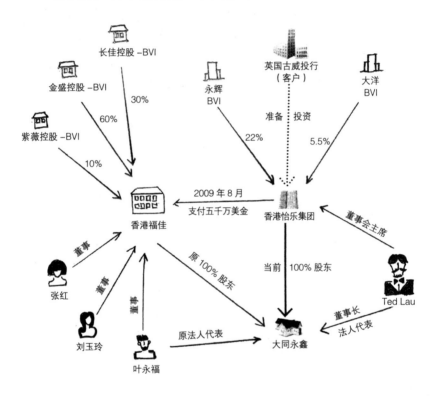

燕子对 Ted Lau 做了一些媒体调查。新闻不多，大都和怡乐集团有关。Ted Lau 早年在香港做生意，后来把业务发展到英国，主要经营国际贸易。有媒体说 Ted Lau 的妻子是英国白人，育有一子，和妈妈长年住在伦敦。

香港怡乐集团的信息收集完毕，大同永鑫的"前世今生"也在燕子脑中清晰浮现：大同永鑫的创始人叶永福，在大同当地经营采煤机械厂。港商 Ted Lau 打算并购叶永福的企业，然后借壳上市。叶永福和 Ted Lau 纷纷成立 BVI 公司为收购做准备。叶永福和其他投资人成立了长佳、金盛和紫薇从境外控股大同永鑫；Ted Lau 则成立了永辉和大洋收购香港怡乐集团。两方准备完备，香港怡乐集团随即收购大同永鑫，完成借壳上市。大同永鑫有技术设备和订单，香港怡乐集团是个融资的好平台，这是一个理想组合。

当然，调查仍有不尽完美之处：五家 BVI 公司真正的股东无从查证。但"晚餐"仅仅是个尽职调查项目，经费区区三万美金，无须大动干戈地做更高难度的调查，比如电脑取证。对于尽职调查的客户而言，查到现在的深度就基本达标了。

燕子已在心中开始为"晚餐"的最终报告打草稿了。

但按照项目程序，在开始写最终报告之前，她需要先准备一份备忘录，发给项目的负责人，以便负责人评估项目的进度和结果是否满意。"晚餐"项目虽有两个项目经理，但大家心知肚明，真正的负责人就只有 Steve。

说干就干，趁热打铁。燕子立刻打开 Word 文档，开始写备忘录。虽然已经接近下班时间，但 GRE 的调查师们本来就难得正点下班。而燕子又是晚中之晚。下午六点，距离她下班还差好几个小时呢。

备忘录进展得非常顺利，晚上 9 点，三千多个单词的备忘录已经完成了。简直神速。燕子把备忘录发往 Steve 的邮箱，顿觉轻松不少。一抬眼，Tina 正提着书包站在眼前："燕姐姐，晚上肯赏脸了吧？"

"早上到底是怎么回事？"

燕子和 Tina 坐在国贸楼下的小饭馆里，面对面低声聊天。在别人看来，就像闺蜜正在讲悄悄话。

"是这样的！我和 Steve 跟着华夏的几位老总一起坐电梯到了七层财务科。那间办公室是个套间，里外两间。也是巧了，那个财务处长也刚来上班，跟我们前后脚进的屋子，在饮水机边上倒开水。屋里还有俩女的，他们老总让那俩女的出去，然后关了门，跟那处长说：'小徐，这位是周先生，调查公司的高级领导。他们在协助我们做一项秘密调查，有关先前的几个项目。周先生今天来，是要问你几个问题，希望你能配合。’那处长脸一下子就白了，可还是硬撑着说：‘问我什么？我只管财务，又没直接参与过项目。’这时 Steve 把公文包打开，从里面拿出电脑硬盘来：‘徐先生，这是从您的手提电脑里拆出来的，我们从里面找到几封邮件，是百慕大的一家公司注册机构发来的。’”

Tina 顿了顿，像是查看燕子的表情。燕子脸上并无多少表情，心里却隐隐不安。那硬盘是她拆出来的，此刻却丝毫不觉得骄傲了。

Tina 继续说：“那男的立刻歇斯底里地叫：‘这绝对不可能！你们要诬陷我！’然后 Steve——他可真够阴的，还笑着说：‘徐先生，我还什么都没说呢，您怎么就知道我要诬陷您呢？’那男的瞪着眼睛嚷嚷说电脑从来没离开过他，别人不可能拿得到他的硬盘！看他那架势，就像要跟谁拼命似的，我大气儿都不敢出。然后，一位副总说：‘我们要是没有证据，是不会直接来找你的。现在就看你的表现了。’那处长一屁股坐进椅子里，脸白得跟纸似的。过了一会儿又站起来说：‘让我想一想。’说完就走进里屋去。Steve 要跟进去，被老总拦住了，说让他冷静冷静。可那处长刚进去，屋里就稀里哗啦的一阵响。”

Tina 又故意顿了顿，好像评书说到了高潮，突然来个“下回分解”。燕子故作镇定，手心里却在出汗。其实就算 Tina 不说，她也知道下面发生了什么。

“Steve 赶快冲进去，我们也都紧跟着跑进去，可还是太晚了，里屋窗户大开着，桌子上的东西掉了一地，人已经跳下去了。所有人都惊了，Steve 倒是特冷静，跟他们老总小声说了几句，立刻带我下楼了。”Tina 咽了口唾沫，“然后我们在楼下远远儿地看见你。Steve 立马就跟我翻脸了，我还没见他发过那么大脾气。他把我扔马路上，让我自己打车，我还想解释两句呢，一转眼就找不着人了。结果我上了出租才想起自己根本没钱包儿，车费还是叫 Linda 下来帮我交的。”

Tina 终于讲完了，满怀期待地等着她发言。

“为什么要自杀呢？”燕子嗓子发干，一句话说得有些困难。

“谁知道！想不开吧。”Tina 噘了噘嘴，“我真的特纳闷儿，Steve 为什么要开除我？就因为把你带过去了？”

燕子沉默不语。其实她知道为什么，可并不确定是否能告诉

Tina。

Tina 皱着眉想了想，耸了耸肩："管他呢！真是个怪人！"

Tina 转瞬间换上一副兴奋表情，从桌子底下抓住燕子的手，倒是让燕子浑身一抖。

"燕姐姐，你知道吗？今天早上你闯进 Steve 办公室，啧啧啧，简直帅呆了！这公司里除了你再没第二个人敢这么干了！我早知道你是个好人，可没想到你这么仗义！就冲这一条，你让我上刀山下火海，我都决不会眨眼！以后你就是我亲姐！哦耶！我居然有个超级美丽无敌的调查师姐姐！至高无上的 Steve 也得让她三分！"

Tina 突然放低了声音，一挤眼："没用美人计吧？"

"贫嘴！"燕子作势要起身打 Tina，咧了咧嘴却并没笑出来。徐涛的影子仿佛还在眼前，挥之不去。

燕子和 Tina 在国贸楼下分手。燕子独自走向国贸的地下停车库。

深夜的国贸大厦，稀稀落落的几个人，都步履匆匆。快到午夜了，就连大厦下班最晚的投行，此时也没几个人了。过了上班时间，CBD 变成全北京最冷清的地方。

燕子走进电梯，随手取出手机。手机上有个未读短信，又是来自 133035×××33。

"太晚了不安全，快回家吧。"

燕子吃了一惊，顿觉后背一阵寒意。电梯门正徐徐分开。她向外四处看了看，这才小心翼翼走出电梯。停车场里零零散散地停着几辆车，一个人影都没有。

手机上显示的收信时间是十分钟之前。难道真是高翔？他怎知她还没回家？他在跟踪她？为何要跟踪她？为何躲在暗处？

如果这短信不是高翔发的呢？

这想法突如其来。燕子打了个寒颤，再次环视四周。停车场依然空无一人，阴森得让人喘不过气来。燕子拔腿跑向小宝马。自己的鞋跟砰砰敲击地面，反倒让她略微安心些。她仿佛突然回到十年前，独自穿过医院的地下走廊，经过太平间的门外。

两分钟之后，小宝马疾驰着驶出地库。四周顿时宽阔明亮起来。长安街从没像此刻这般亲切和安全。

燕子手扶着方向盘，把头靠在椅背上。车窗外是灯火映红的夜空。

高翔的名片到底哪儿去了？明天得想办法再弄一张。燕子不禁感到愧疚：她果然不是称职的调查师。那张名片她看到过的，对那上面的手机号码却全无印象。

第四章

神秘的问候

1

第二天上午，Yan 借故到前台溜达了两趟，脚步有点拖沓，目光向着犄角旮旯逡巡摸。别人注意不到反常，前台 Linda 的眼睛却不揉沙子。

"Yan，需要帮忙吗？" Linda 故意问。燕子暗暗吃了一惊。莫非心神不宁都写在自己脸上了？

"有没有看见一张名片？" 燕子索性开门见山地问。会议室的门一直关着，她并不知道高翔在不在里面。无论如何，她也并不想见到他。记得 Linda 也有高翔的名片。燕子做出漫不经心的样子，"就给咱们做审计的那位会计师。他的名片。有个朋友问我认不认识会计师。我记得他给过我一张名片，可我找不着了，不知道是不是丢在这儿了？"

燕子这下可以光明正大地往地上看了。Linda 也站起身来，踮着脚尖四处瞭望："哎呀！我好像没看见呢！好几天了吧？会不会让保洁扫走了？"

名片抽屉里就有一张，Linda 偏不拿出来。Yan 果然也是演技派的。没人的时候跟那位高先生眉来眼去，Steve 一出来，撒脚就往屋里跑，就跟贞洁烈女似的。

"算了算了，不找了。我再去管他要一张。" 燕子直奔会议室。她看得出 Linda 的心思，这心思莫名地让她鼓起了勇气。

"啊，真不巧，高先生已经走了！他周末加了两天班，昨晚加班到十点，提前把活儿干完了！" Linda 故意用格外委婉甜腻的声音补了一句，"还挺关心人的，说不好意思老让我陪着加班！"

"那就算了！" 燕子暗吃了一惊，心中顿时空荡荡的。她并不回头，走向公司深处，尽量让脚步显得轻松。她知道自己并不是一个好演员，不能让 Linda 看到她的脸。

高翔已经走了。昨晚十点走的，正是她接到短信的时间。短信多半就是高翔发的。也许只是在地库里碰巧看见她。可是，干吗不亲自打个招呼？

又是一次不辞而别。燕子心中愤愤的。其实八年前那次他跟她辞别了，却还不如不辞。

突然间，燕子眼前有人影一晃。她仿佛惊醒过来，猛抬起头，看见 Tina 冲她眨着大眼睛："Steve 找你呢！让你到他办公室里去！"

"能查的都查了？"

Steve 凝视着电脑，依然面无表情。声音里却充满怀疑。不知是不是因为 Steve 的语气，燕子突然感到沮丧，昨晚的信心少了一大半。她嗫嚅地说："嗯……大同永鑫查完了，叶永福和 Ted Lau 得再补一点儿媒体调查？"

"哦？"Steve 抬起眼皮看她，仿佛突然来了兴趣，"大同永鑫真的都查完了？"

Steve 话里有话。燕子只好强打精神，认认真真地回答："公司档案看过了，我查了 Wiser、Factiva、Lexus Nexus，还有 Google 和百度，还有……"

"大同永鑫的注册资金是哪儿来的？"Steve 打断燕子，宛如几个月前在星巴克的那场面试。但这一回燕子早有准备："香港福佳投入的。从公司档案看，百分之九十是厂房和设备投资，百分之十是现金投资。"

"那些厂房和设备是哪儿来的？"

"叶永福的。"

"哪儿写的？"Steve 的目光灼灼逼人。燕子一愣，顿了顿，回答道："我猜的。"

"你凭什么猜大同永鑫的资产是叶永福的？"

"因为他是大同永鑫最初的控制人。"

"为什么？"

"叶永福是大同永鑫的法人代表和执行董事，也是大同永鑫的公司股东香港福佳的董事。"

"香港福佳的股东呢？也是叶永福？"

"香港福佳的股东是三家 BVI 公司，查不到股东了。"

"既然由叶永福一人控制，为什么会有三家 BVI 公司？"

Steve 火眼金睛，直戳燕子的软肋。这是整个"晚餐"项目里燕子最含糊的部分。她顿时招架不住了："也许……也许还有别的控制人？"

"那怎么叫已经查完了？"Steve 不依不饶，星巴克面试时的窘境终于再现了。她硬着头皮辩解："那三家股东都是 BVI……"

"你的团队都有谁？"Steve 坐直身子，逼视着燕子。

"Tina 和老方。"

"你都让他们做了什么？"

"Tina 下载了香港怡乐集团的通告。"

"老方呢？"

燕子摇摇头，心中一阵委屈：老方能做什么？她能有资格让老方做些什么？

"你和你的团队研究过这个项目吗？"Steve 的目光越发锋利。

燕子又摇摇头。这次她是真的无话可说了。Steve 没说错。有关这个项目，她从没咨询过 Tina 和老方。尽管他们都比她工作的年头长多了。

燕子的双颊微微发烫。仿佛 Steve 的目光是微波炉里射出的微波。

Steve 却突然把视线转回电脑，冷冷道："你可以出去了。"

3

"还能查什么啊？"Tina 使劲儿皱眉，好像要把眉毛拧出水来，"要不然，我再搜搜香港的诉讼数据库，看看能不能找到香港福佳另外两个董事的信息？叫什么来着，张红，刘玉玲？其实看名字应该是内地的，可这俩名字太普通了，重名的还不得不计其数？"

老方在旁边捧着大茶杯。会议室里的讨论进行了 20 分钟，杯子里的茶水几乎见了底。开会就得一直喝茶，不然容易打瞌睡。这可是老方多年的经验。老方把茶杯放回桌子上，因为燕子正看着他。

　　老方讪讪地笑："呵呵，开这样的会怎么还叫上我？什么这库那库的我可不懂！"

　　"这库那库的有什么用？还是实地调查最有用！"Tina 阴阳怪气地接下茬，"你让老方去山西看一眼，就什么都清楚喽！"

　　老方赶忙点头。他才不管 Tina 是不是在讽刺他："要不我去山西看看？保不齐真能查出点儿啥？"

　　燕子沉默着没接话。GRE 不养闲人。老方的有效工时远不达标，他自然是很想做实地调查的。燕子也想帮他的忙，但实地调查成本昂贵。Steve 还没发话，她可不敢自作主张。燕子站起身，轻轻一跃坐到长条会议桌上，认认真真看着老方："还有别的可做的吗？有关大同永鑫，我们调了公司档案，也搜索了媒体资料，除此之外，还能查些什么？"

　　老方被燕子紧盯着，立刻也认真起来，挺直了脊背，蹙着眉问："媒体怎么查的？"

　　"就把'大同永鑫''山西永鑫''永鑫机械''永鑫煤机'，还有'永鑫煤炭'这些关键词都输入到媒体数据库里，看看能找到什么。"

　　"什么媒体数据库？"

　　Tina 抢着回答："Factiva，Wiser，还有 Lexus Nexus，多了去了，您电脑上也都有。"

　　"什么这娃那娃，老毛子发明的？是不是就跟百度差不多？"老方呵呵地笑。

　　"什么呀，那都是专业媒体数据库，全世界好多报纸杂志都在里面，贵着呢，不是白用的。"Tina 眼珠向着房梁。

　　"呵呵，这咱就不懂了，就只听说过百度这种不要钱的。不过，除了公司名字，就没搜搜别的？比如地址和电话号码什么的？"

　　"切，您又没用过那些数据库，别瞎出主意了！"Tina 从牙缝里滋出一股气，仿佛就要启动的内燃机车。

　　"是你们问我的。我本来也没说，我明白你那些这库那库啊！"老方倒是并不生气，脸上带着笑，眉眼都挤到一处。可他浑身又懈怠了，而且把大茶杯也拿起来了。

燕子脑中一闪：地址！她飞身跳下桌子。

"Tina，那就拜托你用数据库搜搜张红和刘玉玲的香港诉讼记录。"燕子对 Tina 说罢，又转身对老方说，"老方，谢啦！"

燕子回到自己的工位，在百度里敲入"万沅、梨山、解放路"。搜索结果的第五条：大同万沅机械厂，大同市万沅县梨山镇解放路。

就在大同永鑫所在的那条街上，居然还有一家机械厂——大同万沅机械厂？一个小县城，一条街上有两家机械厂？又或者，本来就是同一家？两家的地址里都没有门牌号。难道真得派老方去万沅县看一看？燕子正琢磨着，突然觉得身边过来个人。一扭头，老方正捧着茶杯，笑眯眯站在身边："怎么样？查出点儿什么了？"

"按您说的搜了地址，还真找到另一家机械厂，也在同一条街上。可地址没有门牌号，不知是不是同一家？"

燕子说罢，暗暗有些担心，怕老方就着话头提实地调查。就算看上去非常必要，她也不能越过 Steve 直接做主。她这个"项目经理"的确徒有虚名。

可老方并没提实地调查。他问："大同永鑫的公司档案里有电话号码吗？"

"有啊！"

"那就好办。这边请吧！"

老方拉开 Steve 办公室旁边那个门，里面都是一间间的小隔间，好像以前的电报局。

GRE 人人都有自己的分机，但分机不能用来做调查。调查专用的电话机都在电话间里，不但能录音和监听，还能在对方话机上显示一个虚拟的来电号码。既不会让对方因看不见来电号码而产生怀疑，又让他查不出到底是谁打的。

老方随便挑了一架电话机，燕子则在一旁戴上监听耳机。

"喂？"

"是大同万沅机械厂吗？"老方声音突然变得洪亮而粗犷，捎带着些不知哪里的口音，好像工地干活儿的工人，跟此时燕子眼前的形象完全不符。

"您是哪里？"

"快递公司的，核实一下收件人和地址，请问是不是大同万沅机械厂？"

"是。"

"地址是不是梨山镇解放路？"

"是。"

"这么说地址是没错了，可系统里的单位名称为什么对不上呢？是不是改名了？"

"是，改了一年多了。"

"我说呢，现在叫什么？"

"大同永鑫煤炭机械有限公司。"

"噢，永远的永，新旧的新？"

"三个金的鑫！"

"好嘞，多谢！"

老方挂断电话，冲燕子嘿嘿一笑。燕子已经佩服得五体投地！Steve 的确是对的。她的经验还差得远呢！

万沅机械厂果然就是大同永鑫的前身。是不是叶永福早先建立的那家采煤机械厂？燕子走回自己的工位，把"万沅机械厂"输进百度。第一条就是这样的一段：

> 万沅机械厂于20世纪70年代初建厂，是一家国有企业，归万沅县财政局管，2000 年以来，厂子经营不善，长年亏损，到 2008 年年底破产重组。

燕子不禁疑惑：是国企？那和叶永福有什么关系？按照之前看到的简历，叶永福 90 年代末从研究所辞职，然后下海开了公司。难道是媒体报道不实？如果真是叶永福的企业，又为何会破产？他不是经商有道，生意越做越大吗？

万沅机械厂以前到底是谁的？到底有没有破产？

这个问题倒是也不难回答，把万沅机械厂的工商档案调来，自然就一目了然！燕子立刻拨通服务供应商的电话，调取大同万沅机械厂的工商档案。可除了提取档案，还能做些什么？

燕子继续在百度搜索"万沅机械厂"。

"大同万沅"或者"万沅机械厂"都搜过了，没什么更多的消息。燕子变换关键词："机械厂＋梨山"，搜索结果的第三条，是一篇公共论坛里的留言：

> 机械厂黑心老板，不顾梨山百姓死活。

燕子眼睛一亮！网页点不开，不过缓存页可以。

> ……叶老三是黑社会！仗着自己的舅舅横行乡里，鱼肉百姓！去年又和县政府勾结，通过假破产把机械厂的财产归为己有，致使大批员工下岗，一万元买断工龄，梨山镇变成"下岗镇"，孩子没钱上学，老人没钱看病！去县里上访，叶老三的人就在县政府门口守着，拳打脚踢不说，还威胁要扒房子！天理何在？

叶老三是不是叶永福？公共论坛上的一篇匿名留言，到底有多少可信度？

看来万沅机械厂的工商档案是关键。那里有厂领导名单，如果叶永福真是黑社会，他就不可能是国有工厂的领导。除此之外，工商档案还能反映厂子的经营状况。是否真的破产？如果破产，破产清算程序是否合理合法？审计报告内容如何？大同永鑫成立时的资产，到底是不是来源于万沅机械厂？

"哎呀呀，累死我了！"Tina捧着厚厚一摞纸哇哇叫，"张红这种名字实在太坑人啦！你看看！光诉讼记录就有五百多条！也不知哪些是重名的！反正我都打印下来了，你看！"

"辛苦啦，能者多劳，加油啊！"燕子朝着Tina做了个"加油"的手势，自己都觉着肉麻，可国内现在好像流行这个。

"我晕！还加油？都快十点了！你还不走？"Tina瞪圆眼睛，"喷泉"又在头顶摇晃，"外企可不评三八红旗手！"

燕子白了Tina一眼，抬手一看，果然已经九点五十了。再环视四周，办公大厅里除了她和Tina再无旁人。百叶窗始终紧闭，大厅里整日灯火辉煌，不看表还真的不知时间。不过，晚上十点对燕子也不算太晚。Steve 咄咄逼人的眼神，让燕子堵了一口气。她非得干出点儿名堂来："你先走吧！我再干会儿！"

Tina 噘着嘴出了门，公司立刻鸦雀无声。大厅里就只剩燕子一个。也许整间公司，或者整个国贸 A 座 38 层，就只剩她一个。

手机却突然"叮咚"一声。燕子隐隐地感到不安。她抓起手机。果然又是一封短信，来自同一个号码：133035×××33！

　　快回家吧！太晚了不安全！

手机显示的时间：10：00 pm。同样的内容，同一个号码，同一个时间！

燕子心中一抖。

到底是不是高翔？高翔的名片到底到哪儿去了？她不禁再去翻桌子上的文件。茶杯应声而倒，茶水绕着键盘往地上流。

燕子抓起键盘，一眼看见名片。

不！那不是高翔的手机号码！

不是高翔，又能是谁？燕子左思右想，不得其解。心里不禁发毛，后脖颈子却发了麻。她不喜欢这种游戏。她鼓足了勇气，拨通那个号码。

铃声只响了半遍，对方就拒接了。

燕子举目四望。空空荡荡的办公大厅，被百叶窗帘遮严了。日光灯把四壁照成苍白一片。燕子在这大厅里加过无数次班，有拂晓，也有午夜。可她却从没发现，这大厅竟有这般阴森。燕子突然有一种冲动，想要立刻逃跑。

可那阴暗幽深的走廊里，又好像正藏着什么。

突然又是"叮咚"一声，惊心动魄。

还好这回是 Tina："公车一直不来，肚子饿死了！都为了给你加班，要补偿我哦！"

燕子不假思索，立刻拨通 Tina 的手机："还没上地铁呢？今晚就补偿你好不好？宵夜怎么样？麻辣小龙虾？"

手机里一阵欢呼。那是 Tina 的最爱。

"想吃，就快点上来给我拎包！"燕子嗓音嘹亮，办公大厅里回荡着她的声音。可放下电话，四周立刻又安静了。她突然觉得好笑：自己竟然胆小得像个小孩子。

东直门内的簋街，与"鬼"同音，却未必是鬼爱去的地方。就算到了后半夜，这里的阳气也足得让鬼发怵。

"干吗突然请我吃宵夜？良心发现了？"Tina调皮地笑。

"发现你个大头鬼！我可没带钱！"燕子眨眨眼。

"没带也没关系，把你的宝马押这儿，回家取去！"

"我就把你押这儿，给饭馆刷碗。"话一出口，燕子心情有些异样。刷碗可是她以前干惯了的事。就因为刷碗，让她遇上了几个人。人生就是这样，有些事看上去丝毫也不重要，可命运就这样改变了。

"好残忍啊！就这么对待我！有钱人就是心狠手辣！"Tina苦大仇深，仿佛白毛女附身。

"那还敢得罪我？小龙虾没收了！"

"别……"Tina手护盘子，笑容却突然僵在脸上。

燕子被Tina惊悚的表情吓了一跳，压低声音问："怎么了？"

"你别回头啊！千万别！"Tina两眼发直，好似真的见到鬼了。

"又来了！这招儿你都使过一次了。"燕子不屑地说。

"我发誓！这回没骗你！你别动，我拍给你看。"

Tina拿出手机摆弄了一阵子，偷偷递给燕子。屏幕上有个穿夹克的胖子，留着寸头，拿着一份报纸边吃边看。

"还记得吗？上次在员工食堂，那个穿白衬衫的寸头？"

似乎真的有点儿像！

"真的是他？"燕子的心立刻悬起来了。

"肯定的！上次我拍的还没删呢。等着！"

Tina上回拍的照片果然还在。她把两幅照片依次放大了给燕子看。两个胖子不但长得像，就连拿报纸的姿势都差不多！燕子顿时浑身绷紧，心跳加速。这是怎么回事？上次Tina明明是在开玩笑，随便找了个人拍照，这次却真的又碰上了？只是巧合？概率太小了！

"我得仔细看看！"燕子深吸一口气，低声对 Tina 说。Tina 点点头，小声嘱咐："别回头！假装上厕所！"

燕子去洗手间转了一圈，再回到座位上，脸上已经没了血色：千真万确！正是同一个胖子！燕子突然想到了神秘的短信。她拿出自己的手机，找出那个 1330 的号码，复制到拨号界面。

"你帮我盯着他，看他有没有把手机拿出来！"燕子对 Tina 说。Tina 一脸诧异："你认识他？"

燕子没吭声。她悄悄按下拨出键。

手机里的回铃音响了。一声，两声。又拒接了。

Tina 摇头：那胖子没碰过手机。不是他！那是谁？胖子又是谁？燕子越发的毛骨悚然。尽管簋街正热闹着。在大多时候，恐惧其实来自未知。

"回家吧！我送你！"燕子起身去结账。她想尽快离开这里。

5

小宝马驶入公寓的地下车库。车载石英钟闪烁着蓝光：12：35 pm。

燕子停好了车，锁好车门。这里应该很安全：百来户人家的小区，最便宜的户型也要八九百万。不明身份的陌生人，保安是不会放进来的。

又是"叮咚"一声，在地下车库里带着回音。燕子吓了一跳，忐忑地摸出手机：

这么晚才到家，真的不安全！以后一定要早点！

果然又是那个号码！燕子顿时一阵惊惶，仿佛噩梦成真。难道那人正在这车库里？

燕子环顾四周，许多黑暗的角落。车库里寂静无声，再无其他人影。她猛然想起躺在血泊里的男人。她曾经做过医生，深知死人是不会发短信的。可她的双腿还是忍不住打颤。她快步走向电梯，后来索性小跑。电梯间是整座地库里唯一明亮的地方。

电梯门开着，里面充满温暖的光。

又是"叮咚"一声。燕子脚下一个趔趄。

"不要用电梯！走楼梯！"

那人果然就在车库里，把她看得一清二楚！燕子猛回头。昏暗的车库里，连个鬼影都没有。再转过头，电梯门正徐徐合拢，把光芒关在门里。

燕子四周立刻变暗了。

为什么要相信他？不走电梯，岂不是要冒更多风险？公寓在三层。那原本狭窄的楼道里，说不定有些灯已经坏了。

燕子再去按电梯按钮，电梯门已经关严，门后的钢索吱吱作响。这么晚了，还有谁要用电梯？燕子惴惴地想着，可电梯再没下来。燕子等了许久，按了很多遍按钮。按钮似乎失灵了，钢索再没发出任何声音。

看来，只能按照那短信所说，去走楼梯了！燕子推开通往楼梯的小门。如她所料，楼道里伸手不见五指，开关并不好使，简直就像一场梦魇！

一层，两层，三层……燕子凭着直觉，一步步摸上去。她安慰自己：你什么也看不见，别人自然也看不见你。可她的心正跳得震耳欲聋，整个楼道都听得见似的。

突然间，铃声大作！燕子几乎失声尖叫！一低头，手心正闪烁着诡异的光。

还好只是手机。

燕子冲进公寓，反锁了门，扭亮了灯。这才把目光投向手机。手机显示一串奇长无比的怪异号码。燕子费力地按下接听键，手指几乎已经失去控制。

电话里却传来格外熟悉的声音。操着瞥脚国语的中年男人高声喊道："阿燕？这么晚了，怎么还没回家？！"

6

从芝加哥到北京的经济舱客票，竟然要3000美金一张。以老谭的价值观，简直就是抢劫。20年前，老谭初到美国，3000美金是他半年的收入。30年前，老谭初到香港，3000美金是他三年的工钱。

现在当然不同以往。老谭的饭馆一天能进三五千美金。价值观却是早年形成的。老谭一辈子都不轻易浪费一分钱。

但这回即便是被抢劫，老谭也认了。谁叫他买的是当天的机票？当天已经太迟。若能买到昨天的，三万他也掏了。老婆在做些什么？午夜之后还不回家，接到他的电话就惊慌失措！

阿燕是独自一人吗？她到底和谁在一起？！

其实曾经有不少人说过，阿燕和老谭不是一路人。她是漂亮的女博士，而他，年过半百，初中都没毕业。老谭的同路人们用广东话骂人，用手掌抹鼻涕，把痰吐在地板上，再用鞋底蹍化。他们是一堆石头和沙，她却是一颗玛瑙。她与他们从不混作一谈。不论后厨有多乱，只要老谭一走进去，必定能看见她。或者，感受到她。

阿燕并不属于厨房。她的身体过于弱小，皮肤过于白皙，眼神过于忧郁，她不会讲广东话。老谭本来不该雇她。可他不能把她辞了。她就像一只弱小的兔子，天生缺乏奔跑的力量，一旦丢到大街上，她会被狼叼走。所以老谭必须把她留在眼前。

老谭却又不能过分照顾她。老板需要奖罚分明，不然餐馆就要出乱子。她无论如何也不是贡献最大的一个。老谭为此煞费心机。他把装着点心的饭盒偷偷塞进她书包里。夏天厨房里又忙又热，他派她去超市买一样可有可无的东西。如果行得通，他宁愿她坐在前厅的空调边上什么也不干，他照样给她发工资。可她并不是他的什么人。老谭的妻子已经去世多年了。

阿燕把饭盒原封不动还给他，很懂事地背着别人。老谭的国语不好，无法用言辞修饰自己的行为。阿燕红着脸抱歉地微笑，仿佛她才是需要尴尬的人。

有一天晚上，阿燕脸色苍白，满头冷汗，在墙角缩成一团。老谭赶忙把她送到医院，医生说是急性阑尾炎。

老谭支付了一切费用，每天煲汤送到医院。护士以为他是她的家人，她并不多加解释。老谭是她的债主，她在美国没有家人。她出院后，她的邻居也常把老谭当成她的家人。老谭换掉她的沙发和床垫，每天送来饭盒和水果。后来她终于拿到一笔奖学金，所以再没去任何餐厅工作。奖学金足够她生活，却不足以清还债务。老谭说不急，等毕业了再说。毕业遥遥无期，债务却越积越多，老谭却从未有过过分的要求，像家长似的和她交往。她自然不好拒绝。毕竟他们都孤独着。

转眼几年过去了。她获得博士学位的那天，老谭打来电话："我好忙，今晚不来了。"

老谭消失了六天，第七天再度出现："你现在是博士了，很快也会有体面的工作。以后我该少来看你。"老谭微笑着，双眼变得混浊。在那潮湿的目光里，她看到一股温暖。她愕然发现，这股温暖已经润泽了她好几年，现在突然就要离去了。

阿燕什么也没说。她把灯关了，把他拉近自己。那一夜，屋顶霓虹斑斓。

他们没举行婚礼。她给父母寄了封平信：我嫁了个开餐馆的广东人。

父亲连夜打电话来。她对父亲说："事已至此，祝福一下吧。"父亲挂断了电话，一年没再和她交谈。她虽有博士学位，却没有体面的工作。老谭负责生活的一切。她在湖边的大房子里无事可做。但她从不去湖边散步，好像湖里藏着怪兽，一口就能把她吞了。

有一年春天，母亲突然打来电话："你爸病了。胃癌。"

三天之后，她回到北京。父母苍老得叫她认不出来。生命包括过去和未来，她把过去统统抹去了，里面也有不该抹去的部分。

父亲的手术还算成功。回到芝加哥，她鼓足勇气告诉老谭，她要回北京生活一段时间。老谭没有发脾气，尽管他平时有个极坏的脾气。

老谭陪阿燕回到北京，买了房子和汽车，安排好生活必需的一切。

老谭独自返回芝加哥，坐了十几个小时的飞机，浑浑噩噩。走出机场的一刻，心中突然一阵感伤。他盼望阿燕果真能像一只燕子，在季节变换后就飞回家来。

然而两个月之后，盼望已成奢望。阿燕在万里之外，找到一份老谭完全不了解的工作。日复一日，北京家中的座机不再有人接听。早晨八点，她已经出门。夜里十点，她还没回来。昨晚更是夸张，居然午夜还没到家！老谭从不轻易打阿燕的手机，但昨晚他不得不打。果然，她听上去惊慌失措！尽管她说："我一切都好！"

可她真的都好？为何深夜不归？难道真是为了工作？

老谭买了当天的机票。

老谭走进巨大的波音客机，闻到机舱里的气味，微微有点反胃。

7

第二天，燕子早早下班。反正也暂时无事可做。万沅机械厂的档案还没到。刘玉玲的诉讼记录比张红的还多。无法辨别哪些同名同姓。被Tina"谋杀"的树死得很冤，那么一大堆打印资料。

虽然说早，却也是晚上八点。但八点总好过午夜。诡异的短信，篡街的胖子，失灵的电梯，漆黑的楼道……她可不想再次重复地库里的午夜惊魂。

可夜幕还是早已降临。

不到九点，小区的地库里依旧寂静阴森。还好没接到短信，也许是因为还不到十点。电梯门上挂着牌子：电梯故障，请走楼梯。燕子的心立刻又悬起来了。

楼梯里依然漆黑一团，只有自己的高跟鞋咚咚作响。毕竟已经摸黑走过一次，这一次熟练了一些。终于走到三楼，一路太平。

燕子正要开门，手却停在半空。

一条细长的光丝，在漆黑的楼道里格外醒目。自家门缝里怎么会有灯光？

燕子屏住呼吸，却控制不住心脏的狂跳。她把耳朵轻轻贴在门上，屋里果然有动静！而且，像是在翻箱倒柜！找保安还是报警？燕子快步走向电梯。可电梯按钮完全不听使唤！她猛地想起来：电梯坏了！

燕子把手伸进皮包。手机光滑如一条鱼，一时竟没抓起来。到底打给谁？燕子灵机一动，悄然躲进楼道拐角，深吸一口气：调查师！请冷静！

燕子掏出手机，按下自家的座机号码。隔着屋门，燕子听到客厅里的铃声响过五遍，电话留言机里响起燕子自己的声音：

"你好。我现在不在家。听到提示后请留言。"

　　燕子用手捂着嘴:"喂喂?谢燕?在家吗?我们马上就到你家门口了!一大帮人呢!你准备开门啊!"留言机嘹亮地直播,楼道里听得很真切。

　　门内果然响起急促的脚步声。燕子缩进黑影里,甩脱了高跟鞋,捡一只握在手上,另一只手举着手机,开启录像模式。她要看清到底是谁仓皇而出!

　　根本没人仓皇而出。手机里突然传出蹩脚的国语:"阿燕?是不是你?自己给自己打电话留言?你搞什么鬼?"

第五章

老谭

▼
1

客厅中央摆着两只大号的空箱子，东西都堆在一边，形成不小的一座山。老谭把美国超市都搬回来了。

老谭穿着T恤衫和运动裤，盘腿坐在地毯上，拿着一把钳子，皱着眉研究箱子。

"刚到？"燕子进屋好几分钟了，老谭还没正眼看她。燕子腹中一阵翻腾，片刻前的惊惶已化作了委屈。她就像个孩子，盼着老谭张开双臂，可老谭显然没那个打算。他是个正在生气的家长，把燕子撂在一边，由她尴尬地站着。

"你要回来，怎么没告诉我？"燕子嗫嚅地问。

"告诉你又怎样？"老谭瞪眼看着燕子，有点儿凶巴巴的。

"可以去接你……"

老谭不语，又把视线挪回箱子。

"箱子坏了？"燕子小心翼翼地问。

"刚才上楼时被我拖坏了！"老谭闷声闷气地回答，但好歹是回答了。老谭不善言辞，却是万能的维修工。从收银机到抽水马桶，都是由他负责的。

"你自己把箱子扛上来的？"燕子想起来，电梯坏了。燕子有点儿心疼。

"嗯。"老谭点了点头，语气略微舒缓了些。

"干吗带这么多东西？北京都有的卖。"

"这里的质量不好，而且还很贵。钱不是这样浪费的！"老谭又气哼哼的。老谭一向勤俭持家，可燕子也并不奢华，只是不懂持家，或者思想里并没有那么一个家。

燕子站在原地，看老谭将铁丝扭一个弯。那握着钳子的大粗手的确是干活儿用的，不是拥抱用的。

"吃过晚饭没有？"老谭仿佛是在问箱子。

燕子摇摇头。她是真的没吃。即便吃了也会这么回答。因为客厅里正弥漫着鸡汤的香味。

"先去冲个凉。晚饭马上就好！"老谭还是没看燕子。

浴室里的洗发水换了新的。洗面乳从洗脸台转移到淋浴边上。浴巾叠成方块，放在伸手可及的地方。

半小时之后，客厅地毯上的箱子和小山都消失了。餐桌上铺着新桌布，摆了一碗鸡汤、一碟烫青菜、一碟红烧大排，还有一杯白葡萄酒。

老谭头仰在椅背上，半张着嘴打呼噜。

燕子蹑手蹑脚地坐在椅子上。老谭一下子醒过来，使劲儿揉揉眼睛："冰箱里都空了。你平时有吃东西吗？你好像又瘦了。有那么忙？给你寄的西洋参，收到很久了吧？怎么还原封没动放在柜子里？"

燕子不声不响地喝汤。

"每天收工都这么晚，到底是一份什么工作？"老谭撇了撇嘴，怨气冲天地自问自答，"我知道你不愿意告诉我！"

"是咨询公司。商业调查。"燕子尽量使用平和的语气。

老谭似乎有点儿警觉："是不是就好像中国城里的私人侦探？跟踪别人老公吗？你不是博士吗？为什么不找一份光明正大的工作？我们又不缺钱！"

"不是你想的那样。第三者的事，我们可不查。"燕子眨眨眼。

"那你查什么？"老谭半信半疑。

"我现在正在调查一家公司。"

"什么公司？"

"山西万沅一家生产煤炭机械的厂子。"

"干吗要查人家？"

"看看有什么问题呗！有家英国投行要投资，但那公司的背景好像有点儿问题。"

"有什么问题？"

"可能跟黑社会有关系，还有可能涉嫌非法私有化。"

"黑社会?！"老谭吃惊地瞪圆了眼睛，"怎么个查法？"

"用电脑查。"燕子用一个词高度概括了所有线上调查。对于老谭而言，"电脑"这一个词就足够了。可老谭的表情似乎并不满意。燕子又补充说："还可以调工厂的档案。也可以派人到山西去。"

"那还不是要跑出去盯梢？会不会很危险？你又不是警察！为什么要做这个？"

"放心。有专业的调查师呢！我是项目经理，不用亲自做那些。"燕子尽量轻描淡写。她想，斐济的事肯定不能让老谭知道，否则明天就会被他硬拉去芝加哥的。

"你不是什么初级什么吗？这么快就做 Manager 了？"老谭半信半疑。

"是初级调查师！同时也是项目经理！不矛盾的。"

"薪水涨了多少？"老谭皱着眉头，似懂非懂地问。以老谭的价值观，成就必定以收入衡量。

燕子耸耸肩："刚开始做。不知会不会涨。"

"不涨工资，那有什么好做的？"

燕子无语了。项目经理只是个职务，并不是职称。燕子没法儿跟老谭解释这个区别。她也没法儿告诉老谭，资深的高级调查师也未必有管理项目的机会。Steve 会给她连升两级变成高级调查师吗？

"我只会开饭馆，不懂你们这些高级玩意儿！"老谭又撇了撇嘴，还是气哼哼地，"是不是这家工厂查完了，就可以涨工资？"

燕子点点头，纯粹为了应付老谭。就算是吧！如果这样能让老谭觉得更合理。

"是不是那个什么档案拿到，就能查出来了？能随便拿到吗？那什么档案？"老谭吃力地回忆着，极力想要弄明白燕子所说的。燕子有点感动，耐着性子解释："是工商档案。储存在工商局里。应该可以拿到的，只不过要等几天。那家机械厂的位置比较偏僻，档案在万沅县工商局。"

"要自己去山西拿？"

"不用。让服务商去就好。他们有渠道，有时候能拿到更详细的资料。"

老谭皱眉想了想，还是有点不明所以。撇了撇嘴说："总之听上去不像是正儿八经的事！快吃吧。十点了！明早还要上班。"

"叮咚"一声，手机的声音惊心动魄。又是十点整发来的短信。燕子拿起手机，手机上却显示了一个不同的号码：

　　　明晚有时间吗？

这号码燕子认识。这是高翔名片上的号码，燕子已经把它记住了。看来高翔果然知道燕子的手机号码。不知是不是跟哪位同事要来的。如此说来，那些匿名短信也有可能是高翔发的？可他为什么要用两只手机？大概并不是高翔，而是另有其人。能是谁呢？总在深夜窥探着她？

燕子不禁又惶恐起来。猛一抬头，一双眼睛正对她怒目而视——是老谭。

老谭最讨厌别人在吃饭的时候摆弄手机。尤其是燕子。对于老谭来说，手机就是个玩具。吃饭的时候玩玩具，是连小孩子都不该的。燕子早知道老谭的脾气，只是刚才心中忐忑，一时忘了老谭正坐在对面。燕子忙把短信删了，讪讪地解释："又是垃圾短信，卖保险的。"

老谭并没吭声。

燕子低头继续吃饭，心中惴惴的。又一转念：为什么要鬼鬼祟祟的？又没做什么见不得人的事情。

皮包里又突突地振了两下。这回是黑莓，多半是 Steve 的邮件。燕子有点为难。犹豫了片刻，还是把黑莓掏出来了。她也了解 Steve。

　　　Dinner 进展如何？你还有两周时间。

燕子抱歉地举起黑莓，冲满面怒容的老谭晃了晃："老板的E-mail。催我交报告呢！"

"你老板这么晚还在做工？"老谭看看表，脸上颇有些疑色。

"当然。"燕子耸耸肩，"他是工作狂。工作不分时间地点。"

燕子并没说错。Steve 此时的确正在工作。而且他就在国贸 38 层的办公室里。

"还是上次那活儿。"Steve 手拿电话，声音小得出奇，尽管偌大的公司里，就只有他一个人。

"最近查得紧……"

"成还是不成？"

"成！"

"目标号码是，133035×××33。"

"老价钱，五千，三周以后给您。"

"我付一万。三天以后给我结果。"

"这……我试试吧！"

"成，还是不成？不成我找别人。"

"成！"

"结果不能发邮件，直接派人送来。"

"这回……记在您公司账上？"

"当然不！记住，公司不做这个。"

"明白！"

Steve 挂断电话，拨通另一个号码："我明天出差，一周后回来。通话记录三天后有人会送过来，你知道该怎么做。"

3

星期四。7：30am。燕子是在煎蛋的香气里醒过来的。装着早餐的托盘就放在床头。

除了早餐，别的也都各就各位：牙膏挤在牙刷上，风衣挂在门边，皮鞋和皮包都被擦得一尘不染。

老谭提着两个大塑料袋，送燕子下楼。塑料袋里是两罐腰果、几包巧克力："拿去给公司里的人吃。面子上的事不能不做的！"

电梯坏了两天了，卡在一楼和二楼之间。幸亏电梯里没人。这消息是老谭早晨出门买菜时听扫楼道的阿姨讲的。燕子猛地想起那条短信:"不要用电梯!走楼梯!"

发短信的人显然已经预知电梯要坏。到底是不是高翔?高翔又怎会知道她家的电梯要坏?他就只是个会计公司的小经理,怎会如此神出鬼没?难道都是为了她?要不然为何要突然约她见面?这么多年都不联系,突然碰上了,想要再续前缘?燕子暗暗摇头:不!绝不可能!一个人曾经伤害过你一次,就一定舍得伤害你第二次!燕子心中隐隐刺痛。过了这么多年,竟然还会痛?燕子无端地恼火起来,在心里斥责自己:难道有毛病吗?只是约着吃顿饭,怎么就浮想联翩了?难道还是青春期的小女生吗?更何况,老谭正在身边呢!用肩膀把芝加哥的超市搬了来,又吭哧吭哧地提着给同事的礼物往楼下走。燕子顿时有了愧意,她对老谭说:"中午来公司找我吧,给你吃好吃的!"

4

"谢小姐,那个,实在是不好意思!万沅机械厂的档案拿不到了。"

隔着电话,燕子几乎看到服务商的一脸歉意。这着实让燕子感到意外:自她开始在 GRE 工作,还从没遇上过拿不到工商档案的情况。

"为什么?万沅机械厂不是正规注册成立的企业?"

"不,那机械厂很正规!但实在是太不巧了,本来昨天下午都已经查到了,就等今天复印了发出来。可万沅县工商局的人刚才打电话来,说梨山机械厂的档案一早被上级单位调走了。"

"上级单位?哪个单位?"

"没说!税务局、县政府、法院,都有可能临时把工商档案调走。不过我打电话问过万沅县法院,说没有和机械厂相关的诉讼。"

"什么时候能送回来?"

"那就不好说了。短了十天半个月,长了一年半载,都有可能。"

运气实在不好。如果早一天提取万沅机械厂的档案,现在已经拿到复印件了。还剩两周时间,档案肯定等不到了。档案为何被调走了?莫非政府机构也在调查这家县城里的煤炭机械厂?

既然拿不到工商档案,还有没有别的方法了解万沅机械厂?

燕子抬头看了一圈。Steve 办公室大门紧闭。Tina 座位空着,大概去洗手间了。老方抱着茶杯吸溜。看来，只能找老方请教了。

"哎呀，这还真不好办呢！您说怎么办呢？"老方放下茶杯，搓着手反问燕子。

"您觉得呢？还有别的办法吗？除了实地调查？"燕子问。是否能像上次一样，一个电话就把档案搞到手？燕子满怀期待地看看电话间。

老方却摊开双手："能有什么办法？那就等着档案呗！啥时候拿来啥时候看！"

燕子有些失望。看来除了实地调查，老方也没更好的办法了。燕子终于开口："要是亲自去当地工商局走一趟呢？能拿到档案吗？"

"你说那堆纸？那可不一定能拿得来。不过呢……"老方又把茶杯拿起来，向里吹了几口气，"只要那档案里有的，咱差不多都能问出来。"老方眯缝起眼睛，看着茶叶在杯子里漂，看着看着，又追了一句："那档案里没有的，说不定咱也能打听出来。"

燕子点点头，但这不是她能做主的。她得请示 Steve。燕子起身往外走，在前厅遇到 Tina。Tina 果然刚去过洗手间，指尖还湿答答的。前台没人，Linda 该是去吃饭了。燕子小声把和老方的对话复述给 Tina。

Tina 翻了翻白眼："他就指望着去做实地调查呢，查不出东西来怎么办？"

"可这万沅机械厂是关键，没它的信息，咱就寸步难行了。"

"Steve 发话了吗？同意派老方去做实地调查？"

燕子摇摇头："今天就没看见 Steve。"

"好像出差了，早上好像听 Linda 说过来着。"

有人突然按门铃。燕子和 Tina 同时转身。老谭站在门外，T 恤和运动裤换成了西装，周身不自在。

"是我朋友来找我吃饭！"燕子抢着去按墙上的开关。Tina 向她挤眉弄眼，燕子假装没看见，手却停在开关上，等着 Tina 走进走廊深处去。

燕子指尖轻轻用力，门锁"啪"地弹开。

"怎不听电话？要手机有什么用？"老谭张嘴就火冒三丈，好歹压住音量。燕子的手机留在办公桌上，大概错过了老谭的电话。她拔腿跑进公司去取手机和外套。

"门口那位老板是谁？" Tina诡笑着问燕子。燕子做了个鬼脸，却并没回答。Tina知道燕子已婚，可她并不知道燕子的老公比燕子大25岁。燕子在公司使用的名字是"Yan Xie"，除了Steve，没人知道她护照上其实印的是"Yan Tan"。

燕子把老谭带进距公司较远的一家西北菜馆，这里难得有GRE的员工光顾。

"哪里不舒服？还是不开心和我吃饭？"老谭眉心打着结，满脸都是怨气。燕子心中暗暗吃惊：他是个粗人，可有时直觉很准。燕子连忙敷衍道："没有！工作不太顺利。"

"怎么？"

"就昨晚我跟你说的那个工厂的档案，突然被上级单位调走了！"

"唔。"老谭似懂非懂地点点头，关切地问，"那怎么做？"

燕子答："实在不行，派人去万沅看看。"

"派谁？"老谭突然警觉起来，瞪大眼睛看着燕子。

"别担心，我不去！有老方呢！"燕子特意笑了笑，为了让老谭放松，"老方是一位老调查师，有十几年的经验呢，让他去就行。"

"他有十几年经验，还会听你的？"老谭半信半疑。这一点燕子并不担心。项目又不是她的，是Steve的。GRE中国公司里没人敢不听Steve的。燕子轻描淡写地回答："老方巴不得去呢！他最近没什么活儿干。就是不知道我老板同意不同意让他去。"

"为什么会不同意？"老谭一脸不解，似乎真的产生了些兴趣。

"实地调查成本高，风险也大。"

"那还是不要去！"老谭挺直了脖子，像个忧心忡忡的严父。但这是燕子的工作，不该在老谭的管辖范围里。燕子耸耸肩："可是没别的办法了。"

"那就先问问你老板！"

"老板好像出差了。"

"你不是说他随时都在工作，不分时间地点？"

燕子颇为意外，没想到自己随便一句话，竟被老谭记牢了。她掏出黑莓："好吧！我现在就给他发个邮件问问！"

老谭却丢下筷子，瞪眼看着燕子。对他来说，黑莓也是手机，手机就是玩意儿，不该吃饭的时候拿出来。

"一分钟都等不了吗？这么忙，就不要叫我过来吃饭好了！"

燕子忙把黑莓再收回书包里，低头默默吃饭。自昨晚见面，老谭一直气不顺。随时就要小题大做地发脾气。

"你很忙，多吃一点！"老谭往燕子碗里夹了一筷子菜，这是老谭给她的台阶。他知道燕子也是倔脾气，如果真的吵起来，几天互相不说话。要是在美国，他反正成天在餐厅里。但现在是北京。燕子乖乖地把菜吃了。她也不想在这时候跟老谭展开冷战。

燕子的手机突然"叮咚"一声。短信来得真不是时候。

老谭又瞪了瞪眼，嘴里却软了："知道你忙！接吧！"

"是短信。"

"看吧！不要鬼鬼祟祟的！"

也不知是老谭话里有话，还是燕子心里有鬼。这手机好像一下子不能不看了。燕子掏出手机，果然又是高翔！燕子大吃了一惊：老谭的直觉真有这么准？

> 对不起，希望没打扰到你。多年不见了，很想跟你聊
> 聊。今晚有空吗？一起吃饭？

燕子将手机丢回皮包里。老谭瞪眼看着燕子，分明是在等着下文。

"没什么。同学发的，说要今晚聚聚。"燕子轻描淡写地说。

老谭沉默了片刻，沉沉地说："去吧！"

"算了，下班挺累的，你又好不容易来一趟。"燕子用筷子拨弄碗里的米饭。

"千万别怪到我头上！"老谭立刻急赤白脸起来，随即又缓和了声音，"去吧！早点回来就好了。我不想打乱你的生活！"

燕子没吭声，继续吃饭。燕子了解老谭，知道是好意。但即便是好意，也无法友好地表达出来。刀子嘴豆腐心，这就是老谭。可无论如何，燕子都不能顶嘴。她顶一句，老谭立刻就能拍桌子。隔壁餐厅的客人都能听见有个老公在教训年轻老婆。

隔壁餐厅果然有一位客人，看着燕子和老谭走进西北菜馆。他是

个胖子，留着寸头，一手拿报纸，另一只手拿着手机，用只有他才听得见的细声说着：

"晚上？晚上不是没我事儿吗？我还得去……是！明白了王总。您放心吧，一定完成任务！"

5

下午，燕子接到了高翔的电话。她其实早有预感，高翔会打给她。他给她连发了两条短信，她都没有回。高翔并不是善罢甘休的人。

当时燕子正在给 Steve 写邮件，请示能不能派老方去山西实地走访万沅机械厂。高翔的电话就是这时来的。

燕子犹豫了片刻，还是拿着手机钻进"匿名电话间"，找了一间单间，这里是绝对隔音的。

"对不起……没打扰你吧？"高翔的声音突然在燕子耳畔响起，带着被数字无线传输压缩成的特有音效，像是从另一个世界传来的——一个八年前的世界。

"没事。"燕子的声音有点涩。尽管她已有心理准备，两颊还是在发热。

"给你发了短信，你没回。"高翔讪讪地说。

"不知道谁发的。"燕子撒了个谎。

"噢，我给过你名片，我以为……"高翔的声音里，有那么点失望。

"可我好像没给过你名片？"

"那天有你的包裹，上面有你的手机号码。"

燕子明白了。是老谭寄来的西洋参。要是按她的性子，她会说：想要电话就直接要，为什么这么偷偷摸摸的？可她什么都没说。

"好吗？现在？"高翔的声音越发沙哑，仿佛有什么堵在嗓子眼。

"什么？"燕子其实知道高翔问的是什么。可她不知该怎么回答。

"我是说，忙吗？"高翔含糊其词。不，他并不是问这个。

"嗯。挺忙的。"

"看出来了。每天都那么晚下班！呵呵！"高翔讪讪地笑了笑。

燕子眉头一蹙：那几个神秘短信，果然是他发的？燕子问道："怎么看出来的？"

"我在你公司那两天，你下班都很晚。"

"就那两天？"

"是啊，别的时候，我哪里知道？"

"哦。"燕子一阵失望。其实她希望那些短信都是高翔发的。

"在忙什么项目？"高翔又问，没话找话似的。

"一个山西的项目。"

"哦？那我也许能帮上忙！"高翔自告奋勇，声音有点儿兴奋。燕子想起来，高翔是山西人，当初就是由山西省派出的公费留学生，名额是他老丈人给弄的。燕子莫名的一阵反感："哪好意思那么麻烦你。"

"不麻烦！不麻烦！"高翔连说了两遍不麻烦，又讪讪地补充，"你可能忘了，我在山西有点儿关系。"

"哦，我忘了。"燕子顺着高翔的话说。她宁可自己已经忘了。

"回国后，到省里工作过几年，所以，别的不行，打听点儿事情还可以。"他顿了顿，大概是自己也觉得有点儿唐突，解嘲似的笑了笑，"呵呵！我在你们公司待了几天，多少听出一点儿名堂。好像很多项目都需要找人打听？"

燕子不置可否。山西的项目的确遇到了困境，但公司的项目是要对外保密的。而且，她凭什么要让他帮忙？为了给他一个机会，弥补八年前的伤害？

一阵长久的沉默之后，高翔首先开口了："短信……你都没回。那啥，今晚，一起吃饭？"

燕子早有所料，可心里还是一抖。到底有什么可见的？都这么多年了。

"小城"在北京已算不上很豪华的餐厅，却曾经在年轻人中风靡了多年。这里装修时尚，音乐动感，很多二三线小明星时常光顾，当然也不乏喜欢被误认成二三线小明星的人。

在"小城"干得久的服务小姐，未必对时尚有多少了解，却对时尚的根源——职业和财富——练就了火眼金睛。台湾老板，高级白领，本地的土财主，洋人里的叫花子，二奶，小三，吃饭的，谈事的，假装吃饭的，假装谈事的，不为吃饭也不为谈事，就为显摆一下新发型的……小姐们的眼睛里可不揉沙子。

但今晚，小姐们却因为一对男女食客产生了分歧，争议由两人的关系而起。"小城"里年轻女性的着装有四种：一种廉价而低调，看菜谱的时候要出冷汗；一种廉价而高调，陪着自称成功的男人；一种昂贵而高调，陪着真正成功的男人；最后一种昂贵且低调的，年纪略大，举止严肃，偶尔出现时，身边围着几个真正成功的男人。

而这位女客却显然不属于任何一类。她年轻貌美，但衣着昂贵且低调；最主要的是她身边相伴的，是个步入中年的普通男人，看不出成功的痕迹。有人猜测男的是公务员，女的是公务员的情人，但立刻遭到反驳：一个二十七八岁的女人，不显山不露水，从上到下却都是最贵的牌子。真正有钱人才会花大价钱买款式低调的衣服，别人显摆还来不及。就凭这男的，没钱没势又绝对算不上小鲜肉，哪能配得上这女的？

正因这场秘密的争论，使小姐们对这对男女额外地关注。周四晚上九点，餐厅里需要服务的人也并不多。小姐们故意在两人附近走动。只可惜两人都没什么表情，也没太多对话，甚至连目光都不怎么交汇。

有人看见那女的在看菜谱的时候，那男的偷偷看了她几眼。有人回忆起，在女人来之前，男人去过一趟卫生间，出来时还在整理头发和领子。于是有人坚信，他是打算要追求她。如果不考虑着装的品牌，他勉强算得上英俊潇洒。

有人却得到了女的是小三的证据。女的问男的：你爱人在北京吗？男的答：不。她在太原。女的没了下文，侧目凝视窗外。然后他们一直沉默着。

有人听那男的提到自己的工作：本来在省财政局，通过岳父的关系，他得到了提拔，仕途一帆风顺。但世事难料，他岳父因为一些鸡毛蒜皮的小事被拉下马，他的前途随即付诸东流。于是有人猜测：或许两人并非情侣，男的只是找女的帮忙——莫非她是哪位大领导的千金？

最新的情报又来了。男的说他在北京开了一家小公司，经营两三年了。小姐们恍然大悟：这是男人惯用的伎俩，展示成就的同时，引起对方怜悯。女的毕竟距离小三不远了。

一位很资深的服务小姐持不同看法。她去给他们添水，回来后得意扬扬地说：你们猜得都不对啦！他们谈生意的！男的在山西有关系，能帮女的忙。女的果然有来头！也许是哪位大老板的太太。去过山西的人都知道，不显山不露水的大老板多了，太原的马路满地都是大坑，可跑的都是保时捷和悍马。

终于，那男的抬手叫买单，女的却抢先递上信用卡。男的追上服务小姐，用三张钞票换回信用卡。那女的说："我托你帮忙，该我请的。"

"应该我请。是我请你出来的，你能来，我就已经很高兴了！"那男的边说边笑，有点谄媚的意思。那女的接过信用卡，没再客套，也没说"那下次我请"。她只说了句："谢谢你。"

两人走出"小城"。有人从餐厅的窗户往外看，看到他俩走到一辆宝马车边上，男的为女的拉开车门。他自己的车停在马路另一侧，一辆破旧的切诺基。

小姐们达成共识：女的是真正的有钱人。男的只是个辛苦的小老板。有位小姐说：也许是以前的老情人吧？另一位说：我要是有这么有钱的老情人，说什么也得破镜重圆喽！大伙儿听了这番话，哄笑着散去了。

小姐们却并没留意，不远处还有一辆车——一辆红色的北京现代，就在宝马车启动后不久，也悄然启动，小心翼翼地跟着宝马车，始终保持着一段距离。

红色现代的司机身材瘦小，好像一只发育不良的猴子。他一手握着方向盘，一手拿着手机，低声下气地说着：

"我跟着她呢！您放心……不会！怎么会认错呢？我们可是专业的……瞧您说的！上回真是意外！保安引开了，电梯也动了手脚，可她偏偏就没上电梯！在门口站了半天，就是没进去！您说怪不怪……您千万别急！这种事急不得！我不是跟您说了，那小区的物业这几天盯得紧！而且她家里突然来了个男的！出门吃饭又冒出另一个男的！到处有男的跟着，没机会下手！您说得一点儿没错，真是个贱货……您放心！等她家里的那个走了，我们立马就动手！这次她绝对跑不了！"

朝阳公园湖畔那巨大的复式公寓里，老谭突然从梦中惊醒，发现自己正和衣躺在沙发上。电视屏幕闪烁着白光。他看看客厅墙上的石英钟，晚上十一点半。

老谭起身，快步走向卧室。门开着，床铺整整齐齐，是他早先铺好的。老谭快步下楼，拖鞋也还在门边，换鞋最方便的位置。那也是他摆在那里的。

老谭回到二楼客厅，坐回沙发上，心烦意乱地用遥控器换台，却看不明白任何一台演的是什么。他对电视上的画面视若无睹。他眼前正在反复上演的，是阿燕公司门前的那一幕：阿燕扶着门迟疑，直到同事消失在走廊里。老谭看明白了。阿燕不想让别人知道他。

复式公寓的大门终于有了动静。

老谭站起身，丢了遥控器。再坐下，重新捡起遥控器。他紧盯着电视，心里一秒一秒地默数：1，2，3……333。他终于听到上楼的脚步。333不是一个吉利的数字。

老谭闭上眼，仰头靠在沙发背上。还没过午夜，也许并不算太晚。同学多年未见，晚餐吃三个小时也能理解。千万不要生气！也许正是因为自己的坏脾气，才使她跑回北京来。当然还有他的年纪、她的学历……老谭再睁开眼时，阿燕正背对着他，蹑手蹑脚地往卧室里走，像是做贼似的。

老谭脑中突然一片空白。吼道："你还回来做什么？"

燕子浑身一抖，转回头来："对不起……"

"你就当我不存在？"

"我想给你拿条毯子。"燕子嗫嚅地低着头。

"不要假惺惺的！你最好以为我死了！"脾气是一匹脱缰的野马，老谭控制不了。尽管他心酸得不得了，正在不住地责备自己。

阿燕在原地站定了，更努力地低着头，满脸都是委屈，忍气吞声。这反而让老谭更恼火。他宁可她尽兴地哭闹一番。那样才真的像是一家人。

"你在外面干什么？"老谭强压住火儿。

"我去见同学，不是你同意的？"燕子微微挺起胸膛。正是这细微的动作，让老谭压不住了。语言并不重要，他从来不懂能言善辩，对他而言，语言是用来发泄的。

"原来又怪我？我同意你十二点才回家？是谁需要见四个小时？"

燕子长长地吐了口气，像是要把委屈和恼火都一股脑吐出身体。然后，她尽量平静地说："现在是十一点四十，我八点半才下班，大街上那么堵，开车也需要时间。"

正是这种公事公办的律师口吻，把老谭隔在千里之外，让他歇斯底里地咆哮："你多了不起，你是博士！在大公司做经理！八点半才下班，下班还要应酬，有这样好的工作，你还回家做什么？"

燕子不再回答，提步走进卧室。她并没关卧室门，让两个愤怒的人之间一息尚存。

老谭却跟上去，狠狠摔闭了门。

一整夜，燕子没出来，老谭也没进去。

燕子在卧室的阳台上站了很久。初冬的深夜非常寒冷，她却并不觉得。她胸口仿佛正堵着一团岩浆，让她透不过气来。老谭不仅带来了美国的超市，也带来了芝加哥湖畔的大房子。这就是那大房子里的日子。

老谭不善言辞，无理狡辩，坏脾气尽人皆知。不论是朋友还是伙计，没有不挨他骂的。在刚结婚的日子里，燕子曾是个例外。时间久了，她成为老谭的财产。老谭在生活上无比爱惜她，在精神上却并不珍惜。也许在老谭的世界里，精神这种东西本来就不存在。燕子仰起头，看着自己呼出的热气在眼前散去，背景是一片殷红色的夜空，隐隐的好像有一颗星，在闪烁着永恒而冰冷的光。

那一夜，燕子做了一个怪梦。时间似乎是多年前，地点却是热带的海岛。高翔约她在海边见面。她独自来到沙滩上，高翔却迟迟不来。天色渐暗，群星在天边浮现。终于有个人影，踏着夜色走来。那人在燕子身边坐下，却用脊背对着她。燕子轻声问："高翔，是你吗?"他却反问:"你为什么要这么对待我?你害得我走投无路了!"

那人的声音里充满了绝望,绝对不是高翔!燕子大惊,脑海中闪过那些不知是谁发来的短信,恐惧地问:"你到底是谁?我怎么害你了?"

"你害过谁你会不知道吗?"

燕子猛然想起那只水泥地上的皮鞋,声音颤抖地说:"我谁都没害过!那是你自己咎由自取!"

"是的!我咎由自取!"那人猛地回过头来,居然是老谭。老谭呜呜地哭起来,像个孩子似的说:"阿燕,你不要离开我,好不好?"燕子也心酸了,抱住老谭流着泪说:"好的。我不离开你。"老谭却一把推开了她:"离我远一些!你以后不是我老婆了!"

燕子惊醒过来,后背都是冷汗。老谭那最后一句话仍在耳边似的。她身手去摸,身边的床空着。她这才想起来,卧室里只有她一人。

燕子赤脚走出卧室。客厅的灯关了,电视却亮着。窗帘的缝隙里透入晨曦的微光。老谭和衣仰卧在沙发上,打着鼾。燕子站在沙发前,默默注视着睡梦中的老谭。他就算再老,脾气再坏,睡着的时候,也能像个孩子。

燕子拿了条毛毯给老谭盖上。木地板的凉意正通过脚心,渐渐向上蔓延。

燕子蹑手蹑脚地下楼。厨房却与昨晚不同:餐桌上换了新碟子,碟子里是涂好果酱和黄油的面包。盘子旁边有一张纸条:

> 牛奶在微波炉里,热一热喝。

燕子没开微波炉,她怕微波炉的声音太吵。

燕子在餐桌前坐下来,就像一尊优雅的雕像,沐浴在清晨第一缕阳光里。

每逢周五,老方都会倍感失落。因为周五要填工作报告,统计这一周的有效工时。

每逢周五，GRE 里人人都会多少有些亢奋。平时动作慢的，今天走路也要带着风。尤其是高级调查师，在这一天，需有足够的成效向项目经理汇报。对高级调查师来说，有效工时只与项目进展成正比，与耗费的时间未必有关。项目实在进展不大，更要表现得积极主动，对项目经理们也须格外殷勤，为的是多拿几个有效工时。

GRE 人人超时工作，项目却不能个个预算充沛，进展顺利。几家欢乐几家愁。幸运的一周能拿五十个工时，不幸的只能拿到三十多。一周相差十几小时，一年相差好几百，换算成年终奖金，相差能有两三万。对于工薪阶层而言，这可是不小的数目。

老方就是最愁的一个。他的有效工时是个位数。上周三个小时：去机场接了个硬盘。这周只有十分钟：打了一个匿名电话。奖金和老方无缘。就连 8000 块的基本工资也快和他缘尽了。照此发展，老方很快就得去开出租或者送快递。一周洗一回澡，一个月睡一回懒觉，一年去一趟电影院，21 世纪的骆驼祥子。老天保佑万沅机械厂的档案拿不到，好让他去一趟山西做个实地调查。

燕子正盯着电脑发呆。老方泡了一杯茶，端到她面前，却没好意思放下："怎么样了？有进展吗？"

燕子被老方吓了一跳，脑子从一件事跳到另一件事，两件事同样令她心烦意乱："我给 Steve 发了邮件，请示能不能派你去做实地调查。不过到现在他还没有回。"

Tina 背着书包走进大厅来，手里拿着两杯星巴克的拿铁："Steve 去纽约开会去了，这会儿可能刚到没多久，而且那儿也是晚上了。"

"他去美国了？他告诉你的？"老方问 Tina。

"我听 Linda 说的。Linda 给他订的机票。"Tina 把拿铁放在燕子面前。那意思，两杯里有一杯是给燕子买的。老方的茶杯就更不好意思放了。老方抓抓头发，拧着眉头说："就算是晚上也没关系，他不是有那个什么……黑莓吗？"

燕子见老方有些失望，忙解释说："刚到美国都有时差，也许睡得早。"

老方悻悻地回到自己座位上，却并没完全死心，隔空对着燕子说："其实既然 Steve 把我分配给你，我觉得肯定就是想让我帮你做实地调查的。"

"您是高级调查师，他还打算让您写报告呢！"Tina 在旁边插科打诨。不论听到什么，老方从来都没脾气。他也嘿嘿一笑，又拿起茶杯。在他自己的地盘，茶杯拿放都很自由："你还别说，要是叫我写……"

手机突然响了，陌生的铃声，在这间办公室从没听到过。

大家四处张望。

"老方！在你包里！"Tina 就跟发现了新大陆似的。

老方这才恍然大悟，从包里翻出一只手机。Tina 扑哧一声笑出来，对燕子挤挤眼："原来，老方同志也用手机呢！"

"切！十年前就有了！只不过这两年不常用。"老方终于忍不住要反击，但充其量也只是"切"了一声，他专注地对着手机说，"喂？啊！"

老方像根弹簧似的从椅子上猛弹起来，脸色苍白，一贯的从容表情一扫而光："我儿子，让……让车撞了？"

"在哪儿？严重吗？"燕子和 Tina 都紧跟着站起来。

"友谊医院！"老方脸色苍白，两眼发直。

"那你还不快去？"Tina 大叫一声。

老方顿然醒悟，转身就走。

"等等！"燕子抓起皮包，"我开车送你！"

"有这个必要吗？"Tina 不解地看着燕子。

"今天礼拜五，快到下班时间了不好打车！"燕子边说边拽着老方往外跑。

"可是还没到下班时间呢！就差十分钟了，现在走，要扣掉一个小时的有效工时的！"Tina 伸脖子瞪眼，朝着燕子的背影嚷嚷。

燕子却并没回答。她和老方已经从走廊里消失了。

9

此时此刻，在地球的另一侧，纽约中央公园边的一座豪华酒店里，正在举行一场鸡尾酒会。

这是 GRE 总部高层会议的序曲。GRE 的全球高层主管会议，于每年 11 月的第三个星期六在纽约召开。之前的夜晚，公司会在纽约最豪华的酒店里举行一场酒会，为风尘仆仆从世界各地赶来的办公室主管们接风。

Steve 身穿修身的黑色皮衣，皮衣里是紧身的深紫色衬衫，最上面两颗金属纽扣开着，露出胸肌上的一条银色项链。他正站在酒吧的角落里，拿着他的黑莓手机。十几个小时的飞行，积累了太多尚未回复的邮件。尽管从机场到酒店处理了一路，却还剩下一大半没处理。

他眼前的这一封却并不在公司邮箱里，而是在他的私人邮箱——一个在公司并没备案，任何同事都不知道的邮箱。邮件的内容是这样的：

> 这号码是新开通的充值卡，没有机主信息。没有通话记录，只发过短信。都是发给同一个号码的，登记在谭燕的名下。前两天查的汽车牌照也有结果了……

邮件还没读完，一个金发碧眼的胖女人展开双臂向 Steve 扑来："上帝啊，看看他！我亲爱的 Steve，你总能这么时尚，好像个电影明星！"

Steve 好像一根削尖的铅笔，嵌进一大团橡皮泥里。"铅笔"在"橡皮泥"耳边轻声说："亲爱的，你今晚真是漂亮极了。"

"橡皮泥"笑得花枝乱颤。Steve 顺势从她怀里钻出来，把黑莓塞进裤兜里，拿起一杯香槟。

"橡皮泥"是 GRE 总部的高级秘书，负责安排公司上层领导们的活动。纽约总部里大大小小的秘书都喜欢 Steve，市场部和人事部也不例外，项目经理们倒未必。这些年 Steve 升得太快。他们当年对他不屑一顾，如今职位和奖金都低他一筹。一个年轻的中国人，没有美国护照，甚至没听说有美国的毕业文凭，要不是靠着中国经济的大好形势，再加上 GRE 的高层斗争，又哪来这么好的运气？

但不论喜欢与否，纽约的项目经理们少不了 Steve。谁的客户都在中国投资，谁也不敢说自己用不上 Steve。查尔斯当然也一样。查尔斯是纽约办公室的负责人，GRE 真正的元老之一，也是 GRE 创始人的嫡系。身后跟着 N 个全球五百强的大客户，操作的都是几十万美金的跨国欺诈调查项目。原本与北美大区经理一步之遥，没想到创始人斗争失败，被踢下董事长交椅，查尔斯作为前董事长的亲信，也就只能停在纽约办公室负责人的位置，一年半载不能再升。Steve 却是新董事长的"嫡系"，如今前途似锦。在查尔斯眼中，他只不过是个会投机的中国人。可查尔斯不能不尊重 Steve，因为他眼前有个大项目离不开 Steve。

查尔斯走到 Steve 和"橡皮泥"身边。

"橡皮泥"的动作和动静都太大，让查尔斯没法插话。"橡皮泥"深知察言观色，立刻投向别的目标。查尔斯开门见山："Steve！你好啊！Dinner 那项目怎么样了？"

"Charles，你好！那个项目我们已经开始了。"

"是吗？很好。不过那项目你交给谁负责呢？"

Steve 微微一笑："交给我的项目经理了。"

"哈哈，当然，还能交给谁呢？不过我从系统里看到，这位经理叫 Yan Xie？她是谁？我怎么以前从没听说过她？"

"Charles，北京有十几个项目经理，你都记得他们叫什么名字吗？"

"可为什么她的职位只是初级调查师？难道是系统出了错误？"

"如果系统里没显示是我和 Yan 一起负责，那就一定是出错误了。"

"哈哈，Steve，你真幽默！可我是认真的。"查尔斯收起笑容。

"我也是认真的。她的确是个初级调查师，不过那只是临时的。面试时我低估了她的能力，所以给她的职位也偏低了，她有能力成为出色的项目经理。"

"是吗？你凭什么这么认为？"查尔斯眯起眼睛。

"Charles，我想你比我更清楚，干调查是需要天赋的。Yan 两周前独自去斐济获取了关键信息，成功取回嫌疑人的电脑硬盘。我想即便是您手下的高级调查师，也未必都能完成这样的任务吧？"

"你说的那个项目我也听说了，据说嫌疑人跳楼自杀了？"查尔斯挑起眉梢。

"那件事情我已经处理好了，而且那和 Yan 没关系。如果有什么问题，我自然会负责。就像 Dinner，如果做不好，我也会负责的。"

"好好好，"查尔斯摊开双手，"我只是随便问问。Steve，你知道Dinner 这项目有多重要。要不是你当初的承诺，我也许根本就不会接。"

"我知道。"Steve 微笑着举杯，"我从不把工作当儿戏。"

"那我就静候佳音了。"

两只酒杯轻轻一碰。查尔斯把酒杯送到嘴边，正要仰头，忽听 Steve 说："Charles，知道吗？ Yan 可是个博士，美国的博士。"

查尔斯诧异地看着 Steve。

Steve 微微一笑，把杯子里的酒一饮而尽。

"你还回不回来？"老谭劈头盖脸就是一句。粗重的嗓音好像飞到耳边的爆竹，在燕子的手机里炸开了。

"我在友谊医院呢。我同事的儿子出了车祸，我在这儿帮……"

电话已经挂断了。这在燕子预料之中，心里却还是难以接受。老谭的脾气是揣在兜里的，随时随地都能掏出来摔在她脸上，不分青红皂白。夜里十点半，手术室门外就只有燕子和老方。外面北风呼啸，来寒流了。老谭也有他的道理。昨晚刚吵过一架，今晚居然再犯，又赶上一个狂风呼啸的寒夜。她到底是有多不想回家，多不想见到老谭？

可燕子并不是故意在外耽搁。老方的儿子还在手术室里。手术做完之后，她得跟医生和护士交代两句。医院里的事情，她比老方熟。好人做到底。反正已经损失了五个有效工时，外加两万元现金——燕子主动拿给老方的。燕子不是慈善家，但老方实在是走投无路了。

老方的儿子小腿粉碎性骨折，需要立即动手术，押金四万。燕子托大学同学找了熟人，院方答应把押金减半。是燕子开车陪老方回家拿的钱。那是一栋 30 年前盖的筒子楼，燕子等在走廊里。墙上黑黢黢的满是电线，房顶却只有一只灯泡。有个女人在屋里虚弱地说："你翻箱倒柜的要找什么？"

老方说："我要找存折。"女人说："你找它干吗？大的又要交学费了！"老方说："我有急用你甭管！"女人说："唉！这日子怎么过啊！大的要上大学，一年学费一两万。这小的又不争气，当年生他干吗呢？就为给你妈生个孙子，你好好的工作都没保住，非得生出来，结果呢？先天性心脏病，你说我上辈子造了什么孽了？我这身体偏偏又成这样，坏哪儿不好偏偏坏肾？钱都让我给造光了！你还不如让我死了算了……"

"你胡扯个什么劲儿啊！"老方怒吼了一声，仿佛换了个人似的。老方从里屋跑出来，"砰"地带上门，脸上的表情立刻变得柔和。可燕子还是看到转变前的那张脸，被绝望扭曲了，像是用力搅拧的湿衣服。老方把存折递给燕子："一共就一万五。实在没法子，就这么多了，本来准备给大的交学费的。"

燕子把存折还给老方："这你留着吧，押金我来解决。"

如今医院也接受信用卡，交押金就和买高跟鞋一样方便。燕子把收据递给老方，老方的眼圈儿红了。燕子不忍心再看他。

老方的女儿请假来看弟弟。老方和女儿低声嘀咕。女儿使劲摇头："我不休学！我够省钱的了，我不买衣服也不买化妆品，我的手机都不能看视频……"

老方提高了嗓门："你爸不是没辙了吗！你爸眼看就没工作了，以后这日子怎么过？"女儿咬住嘴唇，眼圈儿红了。

燕子把老方拉到一边儿："老方，那两万块不用还，等以后再说。"

老方叹了口气，摇了摇头："唉！你真是我的大恩人了。不过躲得了初一躲不过十五，这丫头才上大一，这快到年底了，明年我大概就得上街打工了，一共能挣几个钱？不掐她的学费，就得掐她妈的医疗费，你说那不得要了她的命吗？"

燕子心中一紧："明年真的不能在 GRE 干了？"

老方点头："估计悬！Steve 已经跟我谈过话了，他说我要是年底之前不能提高有效工时，明年就得自己想办法了。"

手术室的门开了。老方的儿子沉沉地睡着，小腿打着石膏，高高吊着。老方眼圈儿又红了。一只手扶着儿子的病床，一连声地叹着气。

燕子把老方拉到门外："你下周一出差的话，你儿子谁来照顾？"

老方眼睛一亮："Steve 给你回邮件了？"

"你先甭管他回没回邮件，先说你去得了去不了？"

老方两眼一亮，顿时眉开眼笑道："去得了去得了！当然去得了，医生刚才不是说了，这孩子没事儿。让他姐请一个礼拜的假就成！反正离期末考试还远！"

"那就去吧！下周一就动身！"燕子下定了决心。大不了再被Steve 教训一场，反正也被教训过好多次了。

"赶早不赶晚，我明儿就走！像那种工厂，周末也三班倒！不怕找不着人！"老方欣喜若狂，感激涕零地说，"你真是个大好人！这活儿我一定会干好的，你放心！绝不会让你丢脸的！"

老谭坐在沙发上，双手挠着头皮。面前放着阿燕从美国带回来的手提电脑。

他的 Yahoo 邮箱里有些以前签过的合同，他想再拿出来看看。可他不懂怎么打开。如果老方的电脑知识只有小学水平，老谭肯定幼儿园还没毕业。尽管老谭的餐馆里也有一台电脑，有些商业文件也须经电脑下载，但那些有饭馆的领班帮忙，而且中餐馆总不缺打工的学生，个个都是电脑高手。

可现在没人能帮老谭。可以打电话给阿燕，但老谭心里很清楚，打电话的结果绝对不是弄明白电脑，而是再吵一架。她不是正急着在医院帮同事，哪有时间帮老公？老谭越想越气，恨自己没本事，发誓要把电脑摆弄明白了。

老谭按下电源开关，手提电脑的屏幕亮了，花花绿绿地更换着图案，好像电影开场前的推片。推片终于播完了，屏幕上出现的并非老谭熟悉的画面。难道每台电脑都不一样？老谭在屏幕上仔细寻找。终于找到那蓝色巨大的小写"e"。老谭小心翼翼地一点。

屏幕上果然冒出一个大方框，上面只有"sohu"没有"Yahoo"。还是不一样。老谭试着输入"tan1954"和他的密码。那窗口并没什么反应。

老谭又试着按了些键，突然又冒出一个窗口来："午夜恶魔——深夜劫车掠财，专找奔驰宝马。"

老谭心中一惊，仔细读下去。

深圳刚刚破获了一个杀人劫车团伙，专挑单独驾驶豪华车的女性下手，在僻静的时段和街道，故意和对方发生剐蹭或追尾，等对方司机下车查看事故情况时，趁机劫车杀人……

老谭忽地从沙发上站起身。窗外夜色很深，北风呼啸。

老谭一屁股坐回沙发上，自言自语道："鬼知道是不是在医院！担心她做什么？管得了今晚，也管不了以后！"

夜深了。燕子独自走向医院大门。医院里安排妥帖了，老方的行程也定了，明天一早就出发。他已经赶回家去收拾准备了。

Steve 到现在仍无回复。燕子不担心实地调查成本太高，大不了把自己的时间分给老方。只要 Steve 不反对，多分一些也可以。眼看就要年终评定，只要老方的业绩有所提高，Steve 就有理由让他多留一年，老方的女儿也就离大学毕业又近了一年。燕子并不太在乎自己的奖金，反正在 GRE 的日子还很长，过去的两个月已经成长得太快了。再说就算奖金再多，老谭也不会开心的。老谭就只希望燕子把工作辞了，回芝加哥做个安分的谭太太。眼看这件事毫无希望，他的心情一定会继续糟糕下去。这会儿老谭一定正在家赌气，不然不会没再打电话来。燕子叹了口气，心中无限惆怅。走自己的路说起来容易，做起来可真难！年轻的时候难，年纪大了就更难，有时候也并不是钱的问题。

然而一个崭新的世界正在她眼前悄然展开，她说什么也不会轻易放弃。

就在这时，燕子感受到了手机的振动，心脏不禁跟着一抖。只要在深夜收到短信，燕子都会精神紧张。她赶快掏出手机。她的直觉是准确的——短信果然又来自 133035××33：

还不赶快回家？不是提醒你好多次了？太晚了不安全！

燕子心中一抖！到底是谁？是不是高翔？昨晚跟他吃饭，偏巧就没收到短信。可高翔明明说过，除了他也在 GRE 加班的那儿天，他并不知道燕子晚上都在哪儿。如果不是高翔，又是谁在跟踪燕子？燕子汗毛倒竖，心又悬了起来。走廊里看不见人影，四周非常安静，就只能听见她自己的脚步声。好在大门就在眼前。燕子加快脚步，走进露天停车场。停车场昏暗而空旷，两三盏并不明亮的路灯，在寒风中瑟瑟发着白光。

燕子一步步地走向她的宝马车。

阴森的路灯光在停车场的水泥地上拖出燕子的影子，细细长长的，看着有点不真实。那影子渐渐变短。突然间，有个更高的影子在那影子后冒了出来。燕子大吃一惊，猛回头，只是一棵她刚刚经过的枯树。

燕子心跳却已然超速，一时慢不下来。她索性拔腿，向着宝马车飞奔。

眼看就要跑到车边了，黑暗中突然闪出一个黑影，挡在燕子面前！这次不是树，是人！燕子尖叫出声来。

却听那人瓮声瓮气地说："叫什么？我是鬼吗？围上！"

老谭把一条毛茸茸的大围巾，披在燕子肩上。

第二天燕子醒得很早。大概六七点的光景，朝阳把窗帘染成金色。一夜北风，把北京的雾霾吹了个干净。

燕子穿着睡衣，赤足走进客厅。老谭盘腿坐在地毯上，皱眉瞪着手提电脑，好像做不出作业的小学生。

"咦？"燕子绕到老谭身后。手提电脑用了好多年，还从没见老谭碰过。

"做什么？不能碰吗？"老谭瞪了一眼燕子。

"能碰，当然能。呵呵。"燕子后退一步，抱着胳膊看着。电脑屏幕上是搜狐的主页，花花绿绿的。

"这个烂东西！"老谭显然束手无策。

燕子不吭声。

"做什么？看我笑话吗？"老谭扭头对着燕子怒目而视。燕子耸耸肩，转身要走。老谭又叫："我要找我的E-mail！怎么搞？"

燕子嘻嘻一笑，跪下来，和老谭肩并着肩。今天天气好，她也下了决心，今天不让老谭生气。她从老谭手里拿过鼠标，打开Yahoo的网页。

"你的用户名是什么？login ID？"

"Tan1954。"

"密码呢？password？"

"我自己会！不用麻烦大博士！"

燕子吐吐舌头，站起身，给老谭让位。老谭白了她一眼："早餐在餐桌上。牛奶凉了就在微波炉里热一热！"

燕子赤着脚下楼，空气中飘着烤面包的香味。她心中一阵暖意，仰头看到窗棱上的金色阳光，掉转了头又跑上楼来，把自己压在老谭的肩膀上："天气这么好，你陪我出去走走吧！"

"神经病！"老谭用力合上电脑。

清晨的朝阳公园，空气分外清新。虽然阳光明媚，却也寒气逼人。湖面结了薄冰，反射着柔煦的阳光。燕子身穿白色貂皮大衣，手持银色皮夹，分外惹人注目。貂皮大衣是老谭逼着燕子穿的。"几万块买的，为什么不穿？"

老谭并不懂时装。燕子以前也不懂，老谭的香港朋友们才是专家。自从认识了燕子，老谭每年都要托朋友买高档时装和皮包。住进芝加哥湖畔的大房子，燕子有的是时间研究时装杂志。她这才知道老谭在她身上花了多少钱。她让老谭少花些钱，她说她不那么喜欢那些。老谭却不同意。变本加厉地给燕子买，不要不可以，老谭会暴跳如雷。次贷危机之后，芝加哥的名品店比香港还便宜。燕子开始频繁光顾芝加哥的名品店，自己动手总比别人买的更称心，也让老谭更满意。别人买的未必穿得出门，比如这白色的貂皮大衣。性价比严重失调，看着雍容华贵，却不足以抵御西伯利亚来的寒流。不过老谭很喜欢这一件，总想着让燕子穿出来。

时间尚早，公园里几乎没有人。燕子借故天冷，缩在老谭的胳膊底下，多少有点儿撒娇的意思。老谭却愤愤的，以为老婆在怪他挑错了衣服。几万块的貂皮大衣，芝加哥的有钱女人都穿的，芝加哥的冬天不比北京冷？老谭皱着眉，把燕子拉进湖边的咖啡馆里，气哼哼地说：现在不冷了吧？

咖啡馆里并无其他客人。两人随便拣了张桌子坐了。桌上恰巧有份晨报，不知是谁留下的。老谭拿起来翻了翻，眉间的皱纹又深了些："很多人买了楼，发现合同是假的！卖房的根本不是开发商！现在骗人的事情好多哦！"

"所以才需要我们。我们就是专门揭穿骗子的。"燕子冲老谭眨眨眼，抬手做了个"V"字。

老谭抬起头，满怀质疑地问："你做的那个事情，怎么样了？"

"我的事情？"燕子一愣，"哦！你说我的项目？"

"我还能说什么！"老谭耷拉着脸，不耐烦道，"上次不是说不好做吗！什么档案拿不到？"

"没关系。呵呵，已经用上秘密武器了！"燕子睁大眼睛，故意做出一脸神秘。

"什么武器？你们还有武器！？"老谭惊道。他就像个忧心忡忡的老父亲，不知小孩子在玩什么危险游戏。燕子忙加解释："你别这么紧张。我说的秘密武器，是我上回跟你说的调查师，老方！今天一早就去山西了。"

"你老板同意了？"老谭有点意外。

"还没呢。"燕子耸耸肩，"他去美国出差了，还没回我邮件。不过老方真的很需要那份工作。他家实在是太困难了……"

"你是在做慈善？"老谭脸上阴云密布，"你如果可怜他，直接把钱送给他好了！怎能把工作做人情呢？"

这次老谭说得有些道理。但燕子确有她的理由。她解释道："可这项目确实需要派人去。山西的那家机械厂肯定有问题。档案拿不到，又不能在一棵树上吊死。老方特别有经验，肯定能拿到有价值的信息。老板不会不同意的。"

"可你老板还没有同意，是不是？他没同意，你就自作主张，要老板还有什么用？你的博士读到哪里去了？这样简单的道理都搞不清，还做什么 Manager！"老谭凶巴巴地瞪着燕子。他从来不许别人质疑他，尤其是他的老婆。燕子叹了口气说："跟你说不明白。你又不了解我的工作。"

这最后一句点到了老谭的软肋。他只是个开饭馆的，怎能明白她的工作？老谭把眼睛瞪圆了："你不要得意！你以为你做的是多么了不起的工吗？这种偷偷摸摸的工，我才不要明白！我真的搞不懂，你为何一定要做这样一份工？我们又不缺钱，你哪件衣服不比你的月薪贵？从早到晚不回家，你是结了婚的女人，你知道吗？"

"结了婚怎么了？我做了什么对不起你的事情吗？"燕子实在忍不住了。

"你想做什么就做什么！我管不了你！"

老谭拍案而起，迈开大步，一溜烟走出咖啡厅。燕子仍坐着，没跟着起身。她知道服务员正躲在柜台后张望。她扭头看着窗外，只觉脸颊滚滚发烫。她遥遥地看见老谭，就像一列全速的蒸汽机车，冒着白汽往公园大门走去。

过了很久之后，服务员小心翼翼地走过来，把账单放在桌子上。

14

下午四点，老方抵达万沅县梨山镇。

从大同市中心到梨山镇，要经过三个半小时的盘山路，盘的都是光秃秃的黄土山。汽车抵达万沅县，老方几乎变成了出土文物。幸亏老方没穿好衣服，本来就没多少好衣服，实地调查也不能太显眼。最好和当地群众一样，生活水平中下。有钱人一般不会总在街上闲逛。

老方以前常出差，像万沅这样的小县，去过不下四五百个。GRE初进中国的几年，他调查过不少侵权及盗版案。生产冒牌服装箱包、假药、劣质汽车配件和盗版音像制品的工厂，大多分布在类似的小城镇里。那才是真正的反欺诈调查，调查目标不仅是骗子，还是罪犯、地头蛇，甚至黑社会。而走访的目的，并非了解运营情况，而是采集有力证据。那种工作可不是儿戏，一旦露了马脚，生命都有危险。

因此对老方而言，"晚餐"这种尽职调查项目也就比伸懒腰麻烦些。无非是打听打听工厂的情况，资产多少，业绩如何，谁是老板。

普通工人都能回答。

尽职调查的实地走访，一般可分三步：

第一步，外围调查，也就是到现场了解情况。公司周围的环境是否复杂，有没有小商店或者小饭馆，是否便于结识工厂里下班的工人；公司的安保体系如何，有没有摄像头，保安看得严不严，公司大门口是否热闹，陌生人能不能停留太久，如果拍照或张望，会不会引起注意；还有就是公司的垃圾如何处理，垃圾车每天几点从哪里经过——弄一两袋垃圾翻翻，有时也有不少收获。报废的产品或发票，带地址和姓名的信封，都有可能成为有利线索。

第二步，设法发展线人。所谓线人，顾名思义，就是能提供线索的人。线人未必是奸细，因为线人未必知道自己在做线人。线人可以是工人，或者中低层的小经理。普通工人虽然从事低级工作，知道的事情却不一定少：产量好不好，废品多不多，劳资关系如何，最近是招人还是裁人，老板人缘好不好，名声怎样，家里都有什么人，有没有包二奶……工人有的是时间观察，也有的是时间交流。不论什么事情，到了工人嘴里，传播得比互联网还快。

第三步，正面拜访。所谓正面拜访，就是假扮订货商、推销商或者投资商，直接以采购、合作或者投资的名义，堂而皇之地走进公司去。生产规模、流程、产品、仓库、管理、账务，能记则记，能拍则拍，趁机顺走一些样品或下脚料。正面拜访的难度最高，危险性也最大，不仅需要充分了解行业和产品，还须沉着冷静，胆大心细，有时候还需更换不同的调查师来完成。因为执行过前两步的调查师，往往已给目标公司里的某些员工留下印象。如实在来不及换人，则须彻底改变形象。这属于高难度的实地调查，资深的高级调查师方可完成。至于到底需不需要第三步，则视具体情况而定。

老方到达梨山镇，先到万沅机械厂了解周边情况。梨山镇并不大，解放路笔直穿过小镇中央。而万沅机械厂就坐落在小镇边上。工厂大门果然挂着两块牌子，一块是"万沅机械厂"，另一块是"大同永鑫煤炭机械有限公司"。

工厂占地不小，有些灰色和红色的砖楼，起码三四十年了。工厂大门大开着，有不少工人进出。门边有个保安室，里面只有一个保安，并不盘查进厂的人。大门外很繁华，遍布着饭馆和小店，行人如织，很适合发展线人。

　　老方找好住处，再回到工厂大门。五六点的光景，天色渐暗。老方径直走进路边的一家小超市，站在靠窗的货架前挑选饮料。过不多久，厂门口热闹起来，走出一群工人，刚刚下班的样子。不少工人走进一家小饭馆。老方买了瓶饮料，又到报摊买了一份报纸，随后也走进饭馆，找个空座位坐下。点了啤酒和小菜，边吃边看报纸。

　　工人们分坐几桌，各聊各的话题，偶尔有几句跟工厂相关，都逃不过老方的耳朵。两个多小时之后，天黑透了。工人们陆续结账走人，只剩一个四十多岁的男工，喝着最后一口啤酒。老方笑眯眯坐过去："这位大哥，自己一个人喝酒呢？"

　　"你是谁？"那工人略带醉意。

　　"我来梨山镇出差的，跟你打听点儿事儿？"老方抬手招呼老板娘，"给来瓶山西大曲，再来两盘炒菜！"

　　工人抬手要拦，老方笑道："嗨！就两口酒，有啥了不起的，咱回去能报销！"

　　工人说："你要打听啥？要帮不上忙，可不敢喝你的酒。"

　　"大哥，您在厂子里干几年了？"

　　"20年了。"

　　"您干的是啥工种？"

　　"车铣刨磨，全干过。"

　　"嘿！巧了！"老方喜道，"大哥，不瞒您说，我从张家口过来的，我们那边新建了一个机械厂，专门做矿山机械的，想找几个有经验的老师傅，过去带带年轻的，您帮得上忙不？"

　　那工人想了想："多少钱？管住不？"

　　"每月两千，包吃包住，年底分红。"

　　老工人低头琢磨。大曲上了桌。老方斟满了酒，送到工人面前："来来，大哥，不管成不成，先干一杯！不成的话，您帮我介绍别人，我们公司给您介绍费！"

　　那工人拿起酒杯："这条件还有的谈吗？"

　　"有啊，大哥，要不然，您先跟我聊聊，您现在在厂子里都干些啥，待遇咋样？"

　　一个半小时之后，老方回到旅馆，把老工人的话记在笔记本上。

明天一早，他要再到工厂里去。他得换身衣服，明天的身份是省民政厅扶贫办的科员，来梨山镇调查退休工人的生活状况。据刚才那位老工人说，梨山镇的下岗工人可不少，机械厂一年多前破产重组，只留下一些最骨干的工人，其他都是新招的合同工。下岗工人们只得到微薄的补偿，不少人都生活困难。以扶贫办的科员身份，走访几位下岗工人，想必能了解更多机械厂的情况。

老方正准备洗澡睡觉，却突然听到敲门声。老方问是谁，服务员隔着门回答："是方先生吗？睡了没有？您的身份证能不能给我用一下？"

老方隔着门喊回去："下午不是给你登记过了？"

服务员又喊："不好意思呢！下午那个小女孩太粗心，忘记登记号码了！您给我记一下号码就走！"

老方本想隔着房门把身份证号码喊给她，又觉着这样喊得全旅馆的人都知道，这才十分不情愿地开门。

门外却站着两个穿制服的警察，服务员早没了踪影。

一个警察阴沉着脸说："你就是方建刚？"

老方心里一沉。点点头，满脸堆笑地问："有什么事儿吗？同志？"

"把身份证拿出来看看。"

老方掏出身份证："出差路过，来看看朋友。呵呵。"

那人接过身份证看了一眼，对老方说："方先生，请跟我们走一趟！"

15

燕子到家时，老谭绷着脸坐在客厅里，拿着遥控器。

燕子默默走进卧室，关上门，和衣躺在床上。老谭也有他的道理。老婆的奋斗和理想，对他来说一钱不值。他们就像两列火车，开往完全不同的方向。这想法让燕子疲惫，但并不特别沮丧。也许是沮丧了太久，她已经变得麻木。其他的感觉都淡了，剩下的就只有困倦。她迷迷糊糊地睡着了。

等她再醒过来，天居然已经黑了。

燕子走进客厅。老谭的脸仍铁青着，电视在眼前闪烁。整整一天，难道他一直坐在这里？燕子踌躇了片刻，摸不清老谭是不是还在赌气。按照通常的状况，冷战总要持续几天，但现在是在北京，老谭不能去餐馆里靠着卖苦力发泄。卖苦力不但能发泄情绪，还能赚更多的钱，给老婆买更多的衣服和包。这想法让燕子心力交瘁，同时也有些心疼。今天本打算不惹老谭生气的，可她还是失败了。燕子鼓足了勇气，决定提前结束这场冷战。她把手放在沙发背上，小声说：

　　"饿吗？"

　　"不要和我说话！你不是很有本事吗？"老谭转过脸来，对她怒目而视。燕子的勇气在瞬间崩溃。她放弃了努力，下楼穿上外套，默默地走出门去。

　　夜晚的风更猛了，像刀子割。燕子沿着马路一直走下去。马路真长。永无尽头似的。若不是手机响了，她恐怕就要一直走到天明了。

　　电话并不是老谭打来的。是高翔。

　　20分钟之后，燕子在三里屯的一家酒吧里见到高翔。高翔面前已经摆了半打啤酒。燕子本不想接受高翔的邀请。可她总得有个借口，离开那条没头没尾的马路。高翔见到燕子，脸上有种难以形容的表情，仿佛有许多话要说。燕子连忙抢着说："我是来喝酒的。不是来聊天的。"说罢就立刻灌下半瓶啤酒。

　　高翔看着燕子喝酒，反倒沉默了。一声不吭地看着燕子喝完了一整瓶。酒精令燕子轻松起来，反倒是她先开口了："你怎么知道我有时间？"

　　"我只是想试试看。"

　　"试验成功了？"

　　"还不知道。"

　　酒精在燕子眼前蒙上一层雾。高翔在雾里，凝神看着她。他和当年一样英俊。燕子轻笑："我又不是钞票，你干吗这么看我？"

　　"你怎么知道，我是这样看钞票的？"

　　"你们这些商人，眼睛里就只有钞票。"

　　"未必吧。"

　　"噢，对不起。我说的不够准确。应该是：眼睛里就只有前途，呵呵，钞票只是前途的副产品。"

高翔眉头一皱，低头苦笑："我不是一个合格的商人。"

"我觉得你很合格啊！"

"为什么？"

"噢，我是说八年前。"燕子耸耸肩，"也许是我自我感觉太好了，呵呵。"

高翔沉默了片刻，拿起酒瓶，一饮而尽。他脖子上暴着青筋，高耸的喉结上下运动。燕子心头突然升起一股怒气。好像赌气似的，她也抓起一只酒瓶子，不管那里面是什么，她一饮而尽。

三只空瓶子并肩而立。燕子双手捧着头："高老板，我托您的事儿，有消息了吗？"

"如果我没记错，你是前天晚上才刚刚托的我。今天还是周末。"

"还是你记性好！我可都忘了。呵呵。"燕子目光流转，"我怎么都忘了呢？"

"咱们走吧！"

"你要带我去哪儿？我有点儿头晕。"

"送你回家。"

"我不。呵呵，还早呢。你带我去兜风吧？"

一座座高楼飞驰而过。都市的灯火，嵌在殷红的夜空里。燕子突然唱起歌来：我明白，太放不开你的爱，太熟悉你的关怀，分不开，想你算是安慰还是悲哀。

八年了。雪佛兰变成了切诺基。歌声好像利剑，刺入高翔的心窝里。他把车停在立交桥下，跟着燕子声嘶力竭地唱起来。

燕子唱到透不过气，一阵狂咳，仰头大笑。幽幽的一排街灯，在燕子双颊抹上珍珠般的光。

高翔猛然侧过身，紧紧抓住燕子的肩膀："I am sorry."

"你有什么可 sorry 的？呵呵！我现在什么都有，有车有房，有个有钱老公，呵呵！我什么都有的……"

燕子笑着，泪水夺眶而出。

高翔一把搂住燕子。把脸贴到她光滑的面颊上。燕子的泪珠，浸润了高翔的舌尖，热带风暴席卷久旱的戈壁。她耳畔一阵温热："燕！我一直忘不了你！"

　　燕子触电般地一抖。她奋力推开高翔，反手一记耳光。时间在瞬间凝固了。

　　瞬间之后，燕子推开车门，飞身跃入刺骨的寒风中，穿过空荡荡的马路，跳上第一辆为她停下的出租车。燕子倒在后座上，闭上眼。流转的光划过眼皮。意识渐渐远去了。

16

　　老谭站在寒冷的凉台上，点燃今晚的第十根烟。自从偷渡到美国，老谭已经戒烟多年。他并不担心身体，只是抽烟太浪费钱。那时他打着黑工，睡在蟑螂成群的地下室里。烟实在是太过昂贵的奢侈品。

　　老谭在小区门口的小卖部里买的烟。豪华小区边的小卖部也未必不卖假货。他知道这烟有问题，味道有点呛。可他今晚实在是想抽。呛也挺好，让他心里舒服些。

　　宝马车还停在地下车库里。也许阿燕很快就回来了。她去了哪里？老谭忍住了，硬是没给她打电话。

　　风越来越猛，夜空格外晴朗。老谭非常后悔，为什么不给阿燕一个台阶，跟她一起出去吃个晚饭呢？她比他年轻 25 岁，该让着她的。她很善良，也很温柔，只是有点固执。但说到底，谁都没有他自己更固执。但他还是屈从了她，在北京买房买车，为她布置好了一切。老谭拿出第十一根烟。

　　卧室里的电话却突然响了。保安说，有辆出租车正停在小区门口。

　　老谭把燕子抱上楼，轻轻放在卧室的大床上。酒气和烟气在客厅里混合。

　　老谭伸手去解燕子的衣扣。燕子却推开他的手，闭着眼喃喃道："别……别碰我！"

　　老谭吓了一跳，赶快抽回手。他凝视她的脸。她可真年轻，也真美。老谭轻抚燕子的额头，慢慢把脸凑向她。他看见一颗晶莹的泪，正从燕子的眼角悄然滑落。

　　"八年前……你在哪儿？"她呻吟着，"为什么现在才出现？为什么？"

燕子仰头躺在沙发上，细长的脖子，如象牙般细腻光滑。老谭却突然愣住了，仿佛被巫师施了咒语，变成一尊大理石的雕塑。

第二天一早，燕子醒过来。她正沐浴在朝阳里。卧室的窗帘敞开着，她正和衣躺在床上。

燕子突然有种不祥的预感，可她想不起昨夜到底发生过什么。她跳下床，飞奔出卧室。四处都没有老谭的影子。

早餐照例在餐桌上，刀叉摆放得很整齐，茶杯里冒着热气。这让她稍稍安心，在桌边坐下来。她一动不动地坐着，屏息听着，偌大的公寓里，却许久没有一点动静。

燕子再站起身，快步走到储藏间，拉开门。老谭的两只大箱子已无影无踪。

燕子顺着门框滑坐在地板上，不安带来的不适瞬间席卷全身。老谭为什么突然走了？昨晚到底发生了什么？自钻进出租车，她就再无其他记忆。可她偏偏有个顽固的念头，她对不起老谭。

手机清脆地响起来。燕子一跃而起，跑到餐桌边，从皮包里掏出手机。手机上显示的却是高翔的号码。

燕子把手机扔到桌子上。任由它响到不响。

手机"叮咚"一声，仿佛久哭后的一声干咳。是高翔的短信：

> 你同事是不是去万沅了？他被扣在梨山镇派出所，你或你的领导得尽早去一趟。

第六章

实地调查惊魂

1

梨山镇派出所所长这个官衔实在不算大，让曹所长烦心的事却还真是不少。

梨山镇不大，千来户人家，在万沅县算不上什么。但仅一家万沅煤炭机械厂，就够让曹所长头疼的。自从机械厂搞改制，梨山镇就再没太平过。

机械厂是梨山镇最主要的经济来源，镇上三分之一的人口是厂里职工。工厂一改制，工人都下了岗，光靠买断工龄那万八千块钱，活不了下半辈子。下岗工人要上访，在老曹看也合情合理。没偷没抢，街坊邻里，派出所也不好管，不如都推给厂方解决。可地方上不太平，警察肯定有责任。而且机械厂的新股东不太好惹。别说在万沅，就算附近五六个县，有谁没听说过叶老三？

姓叶的在万沅地头上混了20多年，80年代就做生意。那时他叫叶小三，是县长的亲外甥。叶小三承包了万沅供销社，倒卖烟草和电器，后来又到附近县里承包了小煤矿。90年代，县长舅舅下了台，叶小三的钱却越赚越多。附近几个县的领导都比亲舅舅还亲，要星星决不给月亮。万沅有个说法："给小三打个电话，叫他搞定！"叶小三心狠手辣，公检法办不到的，找他就能行。

20年后，叶小三变成了叶老三。"亲舅舅"们变成"亲兄弟"，除了两年前来的新县长。如今反腐叫得凶，上层变化也挺激烈，新县长小心翼翼地跟他保持距离。有人说叶老三有可能要完蛋，但一两年过去了，叶老三的桑拿房里照样有小姐，叶老三的小煤矿也照样死人。于是又有人说，叶老三的根扎在省里，一个小县长算不得什么。

作为区区小镇派出所的所长，老曹又怎敢得罪叶老三这样的人物？而且曹所长根本也没机会"得罪"叶老三——人家以前压根儿看不上梨山这种小地方。曹所长的公子在县城上高中，所长夫人为此整天跟曹所长别扭。小姨子嫁给了别镇的派出所所长，人家儿子高一就去了英国。那个镇上有煤矿，梨山镇只有一个年年赔钱的机械厂。曹所长正为此心焦，运气还真就来了——不过两年多前，叶老三看上了梨山镇。叶老三拍过曹所长的肩膀："老曹啊，我儿子明年要去澳洲读书，你儿子跟他正好做同学。"

因此曹所长没法儿不派人去把上访的下岗工人抓回来：企业改制是中央的政策，阻碍改制就是破坏改革。曹所长还得全天候着。叶老三的电话随时能来，比分局局长还不挑时候。星期六晚上十点半，老婆已经钻进了被窝，曹所长却得带着人去旅馆抓人。叶老三在电话里说得挺清楚："姓方的，北京的身份证，今天下午到的！梨山一共也没几家旅馆。一家一家找，把他给我找出来！"

人是抓回来了，曹所长心里可并不踏实：随身携带假名片不算犯法，而且又不了解姓方的底细。北京的林子大，不好惹的鸟更多。果然不出曹所长所料，礼拜日一早，省厅就来了电话，问是不是扣了个姓方的。电话倒不是厅长打的。但省厅里人人都比老曹官大。老曹忙答应叫原单位来领人。反正已经关了一晚上，叶老三那边也好交差。

下午四点多，果然有位小姐来领人。三十不到，如花似玉。不像单位领导，倒像是领导的秘书。小姐没带介绍信，不过带着外国护照。据说是美国的，曹所长不认得。反正就是走个形式。小姐不但漂亮，说话也客气。曹所长赶紧放人，还好没忘了复印小姐的护照，传真给叶老三。

燕子和老方当天就赶回大同。老方的身份已经暴露，不能再留在梨山镇。

老方百思不得其解："这件事儿可真怪了！我一共就在厂子门口露过一次面，也就只找了一个线人，怎么立刻就被盯上了？"

老方和燕子坐在酒店的咖啡厅里，两人面前放着两杯茶。咖啡厅里再没别人。

"是不是那个线人举报的？"燕子问。

老方摇摇头："那不可能，他怎么会知道我姓方？"

"那现在怎么办？直接回北京？"燕子又问。她虽然是所谓的"项目经理"，但果真遇上突发状况，她是一丁点儿经验都没有。

老方沉吟了片刻，愁眉苦脸地说："你是领导。听你的！唉！这点活儿都能干砸了，我真的快该走人了！"

燕子安慰老方道："也不能说干砸了，起码你也找了一个线人。他都跟你说了些什么？"

"他说机械厂本来是国企，70年代就成立了，主要生产采煤机配件，比如轴承啦、齿轮啦什么的。工厂亏损不亏损他不知道，不过他听说工厂改制之后，是被万沅县城一个姓叶的老板收购了。可他从来没见过这位叶老板，也没听说他到厂子里来过。不过据说厂里的总经理和保卫处处长都是叶老板派来的。原来的老厂长改制后就退休了，再没来过厂里。"

老方喝了口茶，继续说："他知道厂子现在改名叫大同永鑫，但没听说过香港福佳，也没听说过张红和刘玉玲。他还说工厂早先红火的时候，一共有二十几个车间，六七百套床子，后来不景气了，现在还在生产的车间也就不到十间，能转的床子也不过一百来台。其他的车间都闲置着，里面的设备也都是不能用的旧设备。不过虽然有不少厂房空着，前年改制之后，厂子又扩建了一部分，把附近的几个粮仓也买过来，改建成了车间，还把其他废弃车间里的床子移过去一些，但从来没人进去生产过。"

燕子若有所悟道："也就是说，那些新车间都是做样子的？工厂的资产和产能有可能是虚报的？"

"嗯，我觉得很有可能。我问他，工厂现在的这些设备大概能值多少钱？他说不清楚，不过他说那些老床子每台也就值个三五千块。"

"也就是说，所有的机床不过才两三百万？"

"嗯。"老方点点头。

"可我看过香港怡乐收购大同永鑫时的验资报告，固定财产有快五千万美元，两千万是厂房和地皮，三千万是设备，那可是两亿人民币！差太远了吧？会不会还有别的厂房？"

"我问他了，他说没有。不过验资报告这种东西也不可靠，梨山镇你也去过了，那种地方地皮能值多少钱？那工厂里的楼我见过，至少也是二三十年前盖的。虽说厂子占地不小，但就凭那些旧楼，哪能值两千万美金？在这种小地方，只要你愿意花钱，什么样的验资报告做不出来？"

"可验资报告应该是购买方找人做的，难道香港怡乐自己会坑自己？"

老方把眉毛一扬："那可难说！怡乐集团是不是上市公司？"

"是啊？"燕子点头。

"那不就得了！上市公司的钱又不都是董事的。如果董事们能把股东的钱变成自己的钱，那有什么不好？这种事儿再常见不过了。"

燕子恍然大悟："也就是说，怡乐集团的控制人跟叶永福串通好了，要把不值钱的老厂子高价卖给自己的上市公司，好把大众股东的钱变现装进自己腰包？"

"我看有这个可能。香港老板支招，找个地头蛇来办事儿。所以姓叶的说不定拿的并不是大头。我看那……那什么来着？香港福佳的那三个股东？"

"金盛、长佳、紫薇。"

"对对对！就这三家公司的股东，除了叶永福，肯定还有别人！地头蛇未必可靠，香港人不能把整个厂子都交给姓叶的。当然，就光说万沅这边，姓叶的也不能独吞，那么大一块肥肉呢！"

"你是说，除了姓叶的和香港股东，其他当地领导可能也有份儿？"

"那是自然！该喂的都得喂饱了，不然哪儿能那么好办事儿？派出所都跟自己家开的似的。"

"好家伙！这么说来，客户要是真把钱投进去，不光是投了一堆废铜烂铁，而且还等于间接参与到腐败案里了？这每一条分量都够足的！还说把项目搞砸了，我看你这趟来得太有用了！"

燕子双眼闪闪发光，老方却没精打采地叹气："唉！这些都是咱们的推测，哪儿有真凭实据？你亲眼看见厂里的设备都是废铜烂铁了？谁告诉过你那三家公司的股东里有县领导或者香港怡乐集团的人了？就算有人告诉你了，白纸黑字的证据在哪儿？"

"那咱们该怎么办？"

老方沉思了片刻："我试着联系一下万沅县城里的熟人，打听打听看，姓叶的都跟谁混得比较近，拿到这些人的名单，你再试着查查，他们和大同永鑫还有香港福佳都有没有关系。至于厂子的资产嘛……"老方面露难色。

"是不是就只能靠工商档案？"

"其实工商档案也未必能说明什么，审计报告和验资报告都是人写的。最管用的办法儿，就是亲自到那工厂里去，拍照片！"

"你是说走第三步？正面拜访？"燕子皱眉，"可你都已经暴露了。"

"是啊！警察都用上了，自己厂子的保安不会不警惕的。除非……"老方眼珠一转。

"除非什么？"

"你没去过工厂，厂子里没人见过你，对吧？"

燕子摇头："没有，我一下火车就直奔派出所了，全梨山镇除了派出所里那几个人，没人见过我。"

"那好，呵呵，"老方突然嘻嘻地笑了，"领导，我跟你请示个事儿？"

燕子满怀期待地点点头。

老方继续说下去："明天，咱们要不要进厂去转一圈儿？"

3

"王总，我这不是跟您请示呢？"高翔一手握着方向盘，一手举着手机。切诺基正行驶在北京的大街上。具体哪条街并不重要。高翔已经漫无目的地开了半个小时。可他不想停下来。开车至少还能分点儿心，帮他控制情绪。不然他也许会冲着电话里的领导嚷嚷。这简直是一个圈套，他是放在套子中间的诱饵，现在连诱饵也要做不成了。

高翔并不甘心只做一块诱饵，他有他的策略。他们不能在此时撤掉他。他需要保护自己的猎物，也知道自己胜券在握。

"我说了不成就不成！你不可以去山西！从现在开始，这件事，你不要参与了！"电话里，"王总"的声音不容置疑。

"可我都参与了这么久了，为什么说停就停呢？"

"为什么你心里最清楚！也许一开始就不该让你参与。看看你现在的样子！麻烦还不够大吗？醉酒驾车，还差点儿跟交警打起来，你的能耐简直越来越大了！"

"可王总，我……"

对方把电话挂断了。

高翔小声骂了句粗话，把手机丢在旁边的座位上。

切诺基继续前行了几十米，突然一个急刹车，紧接着一个一百八十度大掉头，像是脱缰的野马，风驰电掣般冲进夜幕中。

眼看快到年底了，对于干销售的，正是几家欢乐几家愁。

大同永鑫的销售员赵强，就像到了年关的杨白劳，辛辛苦苦一年，倒好像欠了公司一屁股债。

赵强的业绩不好，其实也不能全怪他。赵强本来就是个车床厂的普通工人，对煤矿机械一窍不通。若不是万沅机械厂的老厂长是他表大爷，他也成不了大同永鑫的销售。赵强一进场，老厂长就退了位，机械厂改姓了叶，赵强一切都得靠自己了。

万沅人生地不熟，老客户都叫老业务员们霸着。新来的上天无路，入地无门。不过赵强也有他的点子：互联网。

老业务们不明白什么叫 B2B，也没时间去研究。赵强饭局比他们少，时间就比他们多。只要跟挖煤有关系的网站或论坛，不论规模大小，他都登了大同永鑫的广告，留了他手机。这对本地客户也许用处不大，但外地客户说不定就因此找上门来。虽说网上发广告有点儿像大海捞针，不能立竿见影，但架不住赵强持之以恒。功夫不负有心人，果然碰上个大客户——华东最大的煤矿机械进出口公司的副总。

赵强早晨五点半起床，赶第一趟去大同的长途车。大客户脾气急，礼拜一晚上九点副总的小秘书打来电话，礼拜二上午九点就要见面。别的时候不行，人家明天中午的飞机回上海。国企进出口公司的副总，在赵强眼里比得上中央领导。赵强倒想请领导到厂里来参观，人家根本就没时间，能在大同的酒店里接待你半个小时，赵强已经要烧高香了。

赵强八点五十五分赶到酒店前台。副总带着小秘书九点一刻才下来。

副总是个烫着鸡窝头的胖老太太，脸皮粗得像男人，声音粗得像鸭子，打扮气质都完全符合女强人的形象——年轻时做不了美女，嫁不到好男人，只好做了女强人。

副总的小秘书倒是美得跟天仙似的，一说话就脸红，好像毕业不久的大学生。赵强赞美副总年轻有气质，心里假装说给小秘书听，倒也理直气壮。老女人喜欢被夸，甭管夸得多离谱，副总也是老女人，别看一直沉着一张南瓜脸，居然能让赵强把永鑫的产品和服务都介绍完了。赵强的业绩虽不好，经验还是有一些。副总一直让他说到"产品获 ISO9000 认证"，看来这笔买卖还真有戏。若能把副总拉到厂里走一圈，晚上再请她吃顿饭洗个脚，希望就更大了。而且赵强打心里愿意陪着这两位女客，小秘书那么漂亮呢。

可小秘书显然没副总有耐心，一个劲儿看表，动不动就在副总耳边嘀咕。回上海的飞机一天又不止一趟。小秘书上楼拿行李，副总问赵强："那价格怎么样？"聊了一上午，这才说到关键。

收十返一。这是行价，赵强也不兜圈子。小秘书拉着箱子从电梯里出来。副总起身就走。赵强忙在背后说："我去跟领导汇报一下，收十返二可能问题也不大。"舍不了孩子套不着狼——这么大的进出口公司，一年的订单还不得几千万？

女副总眉头舒展开，小秘书也到了跟前。赵强忙说：要不然到厂里看看？女副总面露难色，说明天上海还有会。小秘书这回倒是帮了忙："我刚查了，晚上十点半还有一趟航班。"

赵强奔跑着去截车，回来的时候副总在上厕所，小秘书自己站在大堂里玩手机。赵强借机找小秘书搭腔：这单要是成了一定要专程感谢她。小秘书微微一笑，赵强心中一阵酥麻。小秘书说："我们杨总这次来大同没去别的工厂，咱们最好低调点儿。"

赵强连忙点头。低调求之不得，生意还没定，赵强可不想让别人横插一脚。

下午两点半，赵强把副总和小秘书带进厂，门口保安探头问是谁。平时根本啥都不问，今天倒格外积极。保安朝小秘书看了好几眼。赵强说："老客户了！来万沉办事。找我喝口茶！"

其实也就是喝口茶，参观就是走个形式。赵强打算抓紧时间掉头回大同，找个上档次的馆子吃一顿。副总和小秘书倒是挺认真，把箱子放在厂办，一间一间看起了车间。副总的电话还特多，过不多会儿就一个。电话一来，小秘书就往车间外走，顺便给赵强使个眼色。领导接电话当然不能旁听，赵强也往外走，跟着小秘书的眼神。小秘书冰雪聪明，一双大眼睛能说会道。

没有副总在场，小秘书的话多起来：杨总的老公喜欢打高尔夫，儿子在学小提琴。赵强知道买卖成了一半，小声跟小秘书嘀咕："晚上还得赶飞机，要不要早点儿吃饭？"小秘书挤挤眼："吃不吃饭无所谓，多了解点儿情况比较好。回去得有的说不是？"赵强心花怒放，恨不得厂子里每个犄角都别落下。

终于逛得差不多，天色也暗下来。三人正要回厂办取行李，背后突然有人喊："这俩女的是谁？"

说话的人脸上有道刀疤。是厂里的保卫处长，其实更像电视剧里的土匪。赵强给刀疤处长点了根烟，说："这是我的老客户，我今天特意请她们来喝杯茶。"

保卫处长把赵强拉到一边小声说："刚刚收到通知，省发改委领导一会儿可能要来参观。趁着领导还没来，你赶快把你的客户带走！以后别随便带人进厂！"

保卫处长还接到另外一个"通知"，不便告诉赵强：厂子里如果发现任何陌生中年男人，统统先抓起来再说。这条通知前天就收到了，不过发改委领导要视察的通知也是真的，只不过半个小时前才收到。县里省里那么多路神仙，难说哪一路要从梨山上空飘过。保卫处长虽然拼起命来视死如归，可心里还是盼着陌生男人别出现，起码别在发改委领导在的时候出现。

可偏偏事与愿违。眼看赵强和那两个女的快到厂门口了，有人飞奔着送给保卫处长一份传真。送传真的办事员骂骂咧咧："派出所发来的传真！他妈的办公室的那几个娘儿们就知道嗑瓜子儿，这传真昨天就到了。"

保卫处长拔腿猛追："快！拦住前面那两个女的！"

保卫处长话音未落，女副总一把夺过赵强手里拉的箱子，和小秘书拔腿冲出工厂大门。守门的保安反应挺快，转眼已经冲出保安室。

女副总凌空一脚，保安仰面跌坐在地上。

"来人啊！"保卫处长喊劈了嗓子。保安室后面呼啦冲出五六个保安，把两个"女人"团团围住——应该说是一男一女，副总的鸡窝头正挂在耳朵后面。他拉开架势，紧盯着五六个保安，小声对小秘书说："只要有机会你就跑！别管行李也别管我！"

"想跑？呵呵，子弹可不长眼睛！"

刀疤处长转眼到了那对男女身后，手里还多了一样黑乎乎的东西——手枪！

两人眼看就要束手就擒，远处却突然传来警笛声。两辆没有牌照的警车，闪着警灯疾驰而来，一脚刹车停在工厂门口。刀疤处长眼疾手快，手枪已经藏进衣服里。

警车上下来六个穿便衣的男人。为首的一个大声说："这里谁负责？"

刀疤处长忙满脸堆笑："我。我是厂保卫处的负责人。"

"这里发生了什么？不是通知过你们，省发改委的领导就快到了？"

"没什么没什么，就两个小骗子，到厂里来诈骗的。"

"是骗子？怎么个骗法儿？"

赵强小跑着过来，腿脚有些不利落："她们说是江苏煤炭机械进出口总公司的，那女的，不，那个男的，说他自己是副总，另外一个说是秘书。"

保卫处长插话道："您看看，男扮女装呢！真的就是两个骗子，希望没让领导受惊！"

"领导还没到，我们先过来看看。你们的保卫工作是怎么做的？"

"是是！是我们的工作没做好！我们这就收拾好！这俩人我们先带回去，不用您操心，我们自己就能解决了！"

"你们能解决？你们能解决，要我们警察干吗？"为首的一挥手，"过去看看！"

几个便衣警察穿过保安围成的圈子，来到那一男一女身边："证件？"

那"假女人"满脸堆笑："我姓方，我们是咨询公司的，就是想做个市场调查，真没别的意思！"

"咨询公司的？身份证拿给我看看！嗬！还外国护照，也是假的吧？带走！"

领头的一声令下，两个便衣警察掏出两副手铐，把一男一女铐住，带上一辆警车。刀疤处长眼睁睁看着，什么也没敢说。

警车发动引擎，掉头向大同方向驶去。带头的跳上另一辆警车："快把围观的人都打发走，领导马上就要来了！"

然而领导并没有来。十分钟之后，刀疤处长接到一个电话：领导突然有事，要连夜赶回太原，今天下午就不到梨山镇来了。

警车悄无声息地驶入大同火车站，停在第二站台上。

几分钟之后，一列长长的列车，在夜色中缓缓停靠在第二站台。车上的牌子写着："宁波—包头"。

便衣警察示意燕子和老方下车。老方满脸堆笑地问："同志，要带我们去哪儿？"

"到了你就知道了！"

"同志，我们真的不是坏人……"

便衣厉声打断老方："用不着跟我们说这些，以后有你说话的时候！"

燕子一脚踏下警车，险些跌个跟头，手腕被手铐硌得生疼。旁边的便衣扶了她一把。

"谢谢！"燕子轻声说。对方面无表情地拉着她的皮箱。那里面除了衣物没别的。她和老方的手机、证件和钱包，还有老方的微型相机，全都被便衣拿走了。这辈子她还是第一次戴手铐，已经惊慌得无以复加，想要保持沉着，腿脚却不太听使唤。

燕子和老方上了火车，是节软卧车厢。领路的便衣拉开第一间包厢的门，把燕子和老方带进屋，尾随的便衣把老方和燕子的手拉箱提进包厢，反身关上门。便衣们拿出钥匙，给燕子和老方松了手铐："让你们舒服点儿，别耍花招啊！"

老方忙说："不会不会，我们都是好人，本来也用不上那个。"

"我们去门口抽根烟，你们在包厢里老老实实待着，千万别想别的！"

老方一连串地点头。包厢门"砰"地关上。

老方和燕子面面相觑。燕子小声问，声音微微打着颤："他们要把咱们带到内蒙古去？"

老方摇头："这趟车是从包头开出来的。"

"那是去宁波？"

"那不一定。这趟车会经过北京。要真是回北京，那就好办了！"

燕子听老方这么说，心里更怕了："你是说，他们不是真警察？"

"谁知道！唉！都怪我！今天进厂，实在是太冒险了！"

"可是，厂子里的人是怎么发现的？"

"我也纳闷儿啊，本来都放咱们走了，怎么又突然追出来？不过我倒是觉得，"老方指指门，"这帮人和工厂里的不是一拨儿的。"

列车突然晃了晃。老方低声说："开车了！"

"他们怎么还没进来？"燕子心里纳闷儿。她和老方交换了一个眼色，两人各自翻看自己的行李。燕子的手碰到了一本东西。燕子喜道："护照和钱包都在包里呢！两个手机也都在！"

老方说："我的手机也在！身份证也在呢！我的数码相机也在！不过……不过相机的内存卡没了！"

燕子的手机就在这时响了。

"上车了吗？"手机里是高翔的声音。

"上了。"

"那就好！"

燕子突然明白了："那些便衣警察，是你找的人？"

"别问了！记住，把包厢门锁好，不要给任何人开门！这趟车明天早晨七点到北京南站，到北京你们就安全了。"

列车缓缓驶出站台。包厢门外毫无动静。老方起身要去拉门，燕子轻声说："不用看了。早走了。"

6

星期三一大早，Linda自作主张买了一杯嘉里中心的咖啡。Steve

刚从美国回来，肯定有时差。眼看要到年底评估了。Linda 干了两年的前台秘书，即便永远做不了调查师，起码能升个行政主管之类吧。

Linda 推开公司的玻璃大门，迎面遇上老方，一手拉着拉杆箱，另一只手拿着他的大号茶杯，昂首挺胸地走出公司去，好像 Linda 根本不存在。Linda 有些纳闷儿，还有些不平衡。以前总是老方嬉皮笑脸的，是她假装看不见。这回老方居然没给她机会。

可今天最让 Linda 诧异的，却并非老方：Steve 办公室的门居然开着，Steve 正铁青着脸坐在办公桌后面。他的脸色好难看！ Linda 把咖啡送进去，他连眼皮都没翻一下，不错眼珠地瞪着那低头站在他面前的人——居然是 Yan ！她不是 Steve 的红人吗？她也有得罪 Steve 的时候？

Linda 还想往办公室里多看两眼，Steve 没给她机会。他起身绕过桌子和 Yan，把办公室的门"砰"地关上了。

"不能怪老方。是我非要派他去的。"

燕子低头看着地面，心中无限懊恼。她是好心办了坏事，害老方陷入了绝境。

Steve 转到燕子面前，瞪眼看着她："这回你说什么都不管用了。方建刚已经被解雇了。"

"可是……"

"没什么可是。你要是不满意，你也请便。"Steve 斩钉截铁，目光比语气更加冷漠。

四个字突然跳进燕子脑海：蛮不讲理！她愤愤地转身。

Steve 冷冷地丢下一句："惹了麻烦就一走了之。就这点儿本事。"

燕子停住脚，委屈和怒气同时往上冒。她硬压住火气，心想既然 Steve 这么说，那就是还有挽回的余地？

"那我该怎么做？"

"你现在倒问起我了？你自作主张，让调查师冒险去做实地调查，得到过我批准了吗？调查师被捕，你通知我了吗？你去山西，擅自以公司的名义和警察交涉，得到过我批准了吗？出了这么大的问题，你还纵容老方，再次冒险，把自己和同事都置身于危险之中，你得到过我批准了吗？"

Steve 连珠炮似的开火。燕子入职这么久，还从没听 Steve 一口气说过这么多。她狠狠咬住嘴唇，目光垂在地面上。Steve 明亮的皮鞋，在她眼前来回了几步。

"项目没一点儿进展，转身就想走？"

"也有些新的发现。"燕子嗫嚅地回答。她不管 Steve 是不是真要提问，反正这是她申辩的时机，"大同永鑫以前叫万沉机械厂，2008年改制，叶永福接手成了新股东，装模作样地买了点儿地，增盖了几间车间，把不能用的破机器搬进去滥竽充数，找了个验资公司做假账，把不到一千万人民币的财产验成三亿，然后转手卖给香港怡乐集团。叶永福在万沉一手遮天，和当地政府勾结，连当地派出所都听他的。香港怡乐集团里很可能有内奸。这些都是老方通过实地调查发现的。老方绝对是个一流的……"

"证据呢？"Steve 打断燕子。

燕子沉默了。她早知道 Steve 会这么问，可她并没想出答案来。

"你说大同永鑫的实际资产不到一千万。厂房的照片呢？设备的照片呢？你说叶永福是大同永鑫的原始股东，持股证明呢？他占的股份有多少？你说叶永福和当地政府勾结，和谁勾结？那位政府官员在大同永鑫里有股份吗？持股的证据呢？你说香港怡乐集团有内奸，谁是内奸？董事长还是其他董事？是如何从中牟利的？你的证据在哪儿？"

句句点中要害。燕子哑口无言。

"没本事还想当英雄？告诉你，老方被解雇，你有很大责任！有本事你把证据都找出来，证明老方这趟实地调查没白去！你有这个本事吗？"

事已至此，唯有背水一战。燕子抬起头，直视 Steve："到项目截止，我还有十天时间，对吧？"

"好。我就给你十天时间。到下周五，如果你能找得出证据，我就把老方请回来。你要是不能，就请你一起走人！"

"一言为定！"

燕子走出 Steve 办公室，把 Tina 拉到身边。Tina 是她唯一的队友了。

燕子压低声音，在 Tina 耳边低语了一阵，看 Tina 瞪圆了眼睛，连忙伸手挡在 Tina 嘴前："别叫啊！千万别叫。我现在连上吊的心都有，你千万别刺激我。"

Tina 伸了伸脖子，好像囫囵吞了一颗核桃："哇噻！这才是真正的实地调查啊！可真够惊险的！不过……"Tina 朝 Steve 办公室努努嘴，"他当场就立马让老方走人？"

燕子点点头。

"够绝的啊！"Tina 倒吸一口凉气，"按说你们也发现了不少东西啊！"

"可我们没有确凿的证据。"燕子拉起 Tina 的手，"Tina，你得帮帮我。咱们得帮帮老方！他要是没工作，全家都活不下去了。"

Tina 用力点头："嗯！没问题！你这么仗义，军令状都敢跟老板立，我还有什么可说的！老娘豁出去了，死也把这项目做出来！说吧，让我做什么？"

"看你说的，就跟让你当刘胡兰似的。用不着英勇就义，先帮我整理整理思路，我脑子有点儿乱。"

"啊？你比我有脑子多了，还让我整理思路！要不然，我帮你'马杀鸡'下先？"

燕子挡住 Tina 的手："千万别！再'马'我就散架了。你就安安稳稳地听我说，看看有没有什么问题？"

"嗯，你说。"Tina 坐下来认真听。

"我觉得最关键的，还是要先弄清楚大同永鑫在被香港怡乐集团收购之前的实际控制人是谁。大同永鑫最初的股东是香港福佳，而香港福佳又有三家 BVI 注册的股东。所以，关键就在于，要弄清楚长佳、金盛和紫薇这三家 BVI 公司的股东都是谁。叶永福应该是其中一家的代言人。除他以外，香港福佳还有另外两名董事，张红和刘玉玲，这俩人应该是另外两家 BVI 公司的代言人。弄清楚这几个人的背景，也许就能找到大同永鑫的原始控制人和香港怡乐集团之间的关系。香港怡乐对大同永鑫的收购存在虚假验资，也许是个里应外合的买卖。"

"嗯，"Tina 频频点头，眉头却皱紧了，"那咱们该怎么查呢？"

燕子沉思了片刻，开口道："得先分三步走：第一，先弄清楚叶永福的背景，看看他都跟谁比较近，特别是有生意往来的；第二，深挖张红和刘玉玲，看看她们到底代表谁；第三，研究研究香港怡乐集团的董事们，尤其是那个董事长 Ted Lau，看看他和叶永福、张红、刘玉玲或者其他大同永鑫的人能不能挂上钩。你觉得呢？"

"行啊你！"Tina 眉飞色舞，"还说自己脑子乱，我看你比谁都清楚！不过这每一步，具体该怎么做呢？"

"叶永福的背景，老方说可以找山西的熟人帮忙打听。"

"那张红和刘玉玲呢？名字太普通了，没法儿筛选啊！"

燕子又皱紧眉头琢磨了一阵，这才开口："还是得从 Google 和百度下手，得耐心多试几个关键词。上次老方不是说过吗，不能怕烦，得多动脑筋。这样吧，咱俩一人分一个，我查张红，你查刘玉玲，看谁先找到线索。"

"好啊！呵呵，想跟我比赛！决不能输给你，加油加油！"Tina 头顶的"喷泉"兴奋地来回晃悠。燕子继续说："还有，香港怡乐集团的 Ted Lau，我以前也大概搜过，媒体信息不多，就说他是英籍华人，太太是英国人，和儿子住在伦敦。你帮我再搜搜香港媒体和港交所的数据库，看看有没有漏掉什么。香港的数据库你比较熟。"

"没问题！你就看我的吧！"Tina 摩拳擦掌，"这下子老方有救啦！"

燕子的表情却并没放松下来，忧心忡忡道："也许没那么简单。咱们得弄到真凭实据。不过现在最重要的是弄清事实，然后再想如何搜集证据。"

"嗯。"Tina 点点头，"大同永鑫的那些设备，你们拍照了吗？"

"拍是拍了，可相机的内存卡被那几个便衣拿走了，不然的话，照片就是证据。"

"那几个便衣不是你朋友派的吗？不是他设法把你们从山西弄出来的？他路子好像挺野啊，能不能让他把内存卡要回来？"

燕子没吭声。她不知如何回答 Tina。

她还应该再去见高翔吗？她打了他，可他救了她。她知道他该打，而他的"搭救"里总有些令人不踏实的地方。他们之间还会再发生什么？想到这些，燕子无端地烦恼。老谭不辞而别，临走前没忘了给她做好早饭。可她知道，老谭是怀着怨恨走的。她突然惊讶地发现，她从来没重视过老谭的感受，从没想过丈夫需要什么样的生活。自始至终，她想的只有自己。她想逃离自己的空虚，她想给自己建造一个新的未来。

　　可在这"新的未来"就要降临之际，她却突然感到惶恐，一种前所未有的感觉。那是迷茫，还是歉意？老谭那双粗糙有力的大手突然出现在她脑海里。那双大手有力地绞动铁丝，那双大手把煎蛋放进盘子里，那双大手小心翼翼地把牙膏挤在牙刷上。

　　这"新的未来"，到底有多重要？谢燕女士在 GRE 的前途，到底有多重要？

　　原来，她的生活就是一锅粥，比"晚餐"项目糊涂多了。

第七章

新的突破

1

　　张红的确是个太普通的名字。在百度里键入"张红"，有 2670000 条搜索结果；在 Google 里，则有 553000 条。燕子再搜"张红"+"山西"，有 280000 条结果。逐一看一遍，起码也得一个多月。再搜"张红"+"万沅"：只有六条，没有相关的。

　　"张红"+"长佳控股"：一条结果都没有。

　　燕子继续变换着花样："张红"+"金盛"；"张红"+"紫薇"；"张红"+"福佳"；"张红"+"永鑫"；"张红"+"梨山镇"；"张红"+"煤矿机械"；"张红"+"叶永福"；"张红"+"县领导"……

　　转眼两小时过去了。眼酸背痛，依然毫无结果。Tina 在旁边叫："晕哪！该死的诉讼记录！Ted Lau 有好几百条，也不知哪些是目标的，哪些是重名重姓的，哎呀我受不了了，香港人写的英语看多了要死人，我还是搜搜刘玉玲吧！"

　　燕子侧目去看 Tina。Tina 正在键盘上狂敲。燕子的目光再回到屏幕上，分明看见自己把"张红"+"紫薇"打成了"zhanghong"+"紫薇"。这个组合是不是已经查过了？而且输入也不正确。小手指却带着惯性，"回车"已经打下去了。

　　燕子索性靠在椅背上，闭上眼，等待百度打开没用的一页。

　　Tina 却突然一声惨叫："天哪！这可叫人怎么活啊！你知道吗？好莱坞那个亚裔明星，Lucy Liu？"

　　"知道啊，她挺红的，怎么了？"燕子一斜眼，Tina 的荧屏上尽是 Lucy Liu 的照片。

　　"她也叫刘玉玲！百度上有七十万条结果！"Tina 一脸的绝望。

　　燕子呵呵一笑，叹了口气："唉！那也比我这个张红强，两百多万条呢！"

燕子凑到 Tina 身边，看她一页一页浏览 Lucy Liu 的照片。

"其实要按中国人的审美，她算不上漂亮吧？"Tina 边看边说。

"老外就喜欢这样的。大眼睛双眼皮之类的，老外不感兴趣。"

"哈！那你在美国不是很吃亏？"Tina 吐了吐舌头，眼睛却突然张大了，"咦？她这张照片眼睛怎么突然变大了，而且好像还年轻了好多？难道做手术了？"

Tina 指着百度照片里的一张。燕子凑过来细看："让我看看。这不是 Lucy Liu 吧？点进去看看？"

Tina 手指轻摁鼠标，弹出一个新窗口。是一个女孩在 2009 年发的一篇微博。

> 终于到纽约了！看这些摩天大厦，比北京高多了！不过我还是更喜欢白金汉宫和大本钟，可惜老爸不让我去英国，他非说英国的学校没有美国的好，真不知道那牛津和剑桥算什么。唉！也许不该抱怨，想想留在大同的同学们。大同比纽约起码落后 100 年吧？

"她是大同的！"燕子和 Tina 异口同声。Tina 点开博主的头像。博主姓名：刘玉玲，生日：1988 年。

"继续查她的微博！看看她还发了些啥！"燕子下达命令。Tina 立刻动手。不出半个小时，刘玉玲的生日都已经确定了：1988 年 12 月 1 日。连着两年的 12 月 1 日，她都在微博上发了庆祝生日的照片。

燕子直奔电话机，找"渠道"搜索刘玉玲的个人信息。叫"刘玉玲"的人再多，有了生日和照片，锁定目标人已不困难。她的父母是谁？一个二十出头的女孩，绝不会无缘无故地成为大同永鑫的控制人和香港福佳的董事。真正的幕后控制人，很可能就是她的家长。

可"张红"又该怎么办呢？

燕子坐回自己的座位。屏幕上密密麻麻的搜索结果，居然没有"张红"两个字。她这才想起来，刚才输入有误，用的是"zhanghong"和"紫薇"。燕子把鼠标移向搜索框，苦思着到底还能用什么关键词。就在她马上要点击"搜索"时，眼睛的余光中，却似乎发现了些什么。

燕子赶忙停住手，定睛一看：

本楼主题：全新 LV 圣诞限量版（买来基本没用过），有意者发邮件：zhanghong11111@163.com 或 QQ135256××××。
紫薇妹妹个人积分：4,455 帖子总数：23 精华帖数：0 图片总数：0

是某个人气颇旺的网络社区论坛。难道这个发广告的紫薇妹妹，真名叫张红？可她看上去只不过是个倒卖二手包的，也许是海外代购，并不像是有什么特殊背景的人。

燕子把"紫薇妹妹"在论坛里发的帖子统统搜出来，一帖一帖查看。看到第五个帖子，有人在论坛里问：

"准备开车去大同，要多长时间，走哪条高速？"

"紫薇妹妹"回帖："走八达岭高速，到大同四个半小时。不过我老公有一次只用了不到四个小时。他在大同附近上班，每周末开车来北京看我。"

燕子又打开一帖。楼主问："买二手房，有没有办法避税？"

"紫薇妹妹"回帖："可以在境外注册一个公司，把房子放在那个公司名下。以后卖房子就可以直接卖公司，就不用在中国交税了。"

楼主回帖："境外注册的公司不需要在境外交税吗？"

紫薇妹妹："有些地方不用！比如英属处女岛！"

楼主回帖："紫薇美眉好厉害哦！什么都知道。"

紫薇妹妹："嘻嘻，是俺老公告诉俺的。他对做生意的事情比较在行啦！他就在境外注册过公司！"

燕子兴奋得几乎要从座位上跳起来。怎么这么巧？这位"紫薇妹妹"不但叫 Zhang Hong，老公还在境外（BVI）注册过公司？她会不会就是香港福佳的董事张红？"紫薇妹妹"的老公，会不会是紫薇控股的实际控制人？

但仅凭这几条，既不能确认燕子的推断，也无法推断"紫薇妹妹"的老公何许人也。既然能够充当香港福佳的董事，成为幕后老板的代持股人，多半也是非富即贵，怎么还会卖二手包？燕子翻遍了论坛里的所有帖子，并没有"紫薇妹妹"的生日或照片。全中国叫张红的人恐怕比刘玉玲还多好多倍，"渠道"是无法仅凭一个名字就搜索信息的。

燕子又反复看了看那几个帖子，计上心头，微微一笑。

以地理位置而言，沆鑫洗浴中心在万沆县城的最中央。这里很久以前曾经是县文化馆，是全县的文娱活动中心。80年代后期，文化馆的主要功能变成电影院。90年代，叶老三承包了电影院，改成歌舞厅。然而万沆的老板们越来越发达，歌舞厅的生意反而越来越清淡。万沆的富二代开始转战北京、上海甚至是伦敦、悉尼的夜总会。

21世纪，叶老板把歌舞厅改成洗浴中心，市场定位也从年轻人转移成各年龄段，提供的服务则从"摸小手"变成了解决根本的生理需求，生意又渐渐红火起来。洗浴中心的服务虽然七荤八素，但装潢却好像一座庙，各路神仙菩萨低头不见抬头见，整座楼里烟雾缭绕，背景音乐是童声合唱的大悲咒，丝毫不妨碍膀大腰圆满脸横肉的客人光临，也不知到底是吃斋念佛的，还是打家劫舍的。

沆鑫洗浴一共有三层。一层是浴池桑拿自助餐，二层是普通包房，三层则是VIP包房。在VIP包房里，有一间顶级VIP包房，二百八十平方米，装修和大厦整体风格大相径庭。锦被丝褥，幔帐纱帷，好像皇帝的卧室，只不过多摆了几路神仙和香火。中午时分，顶级包房里坐着三个中年男人，穿着浴袍，趿着拖鞋，吐着烟圈儿。

其中一个肥头大耳的光头，如果和门口的弥勒佛摆在一起，简直就是兄弟俩。光头说："老刘，来了还不让找几个小妹来捏捏膀子，妈的，咱还真就洗个澡啊！"

另一个三十多岁戴眼镜的男人回答："叶哥，刘总把咱们叫来，肯定有要事相商，怕别的地方不方便。是不是，刘总？"

眼镜男把头转向第三个男人。那人五十出头，身材细瘦，好像缩水的腌黄瓜；有一张瘦长的马脸，脸太窄，两只眼球被挤得拼命往外鼓着，就像随时要弹射出来。两道眉也被挤成了倒八字，眉间挤出两条深沟，好像从一生下来就在想心事，整整想了50年。他叹了口气："是啊，最近我有种不好的预感，总觉得有可能会出问题。"

"老刘啊！能出什么问题？"光头胖子挥舞着烟卷安慰"马脸"，"我叶老三在万沅混了多少年了？这地方天上的神仙、地下的小鬼有哪个咱搞不定的？这梨山机械厂算个啥？更大的生意你老刘也做过，更猛的买卖我叶老三也接过，就这么一个小屁工厂，他妈的没死一个人，有个屁可担心的？"

"老叶，我就是担心在这小河沟里翻了船。昨天混进厂里那两个人，是 GRE 的人。你知道 GRE 是干什么的吗？那可是全世界有名的调查公司。"

"嘿！你没开玩笑吧？就那两位，还什么世界有名的调查公司？我看顶多就俩小报记者，打算敲诈点儿零花钱。"光头把眼睛眯缝起来，向空中吐了个烟圈儿。

"我的消息绝对可靠，我是有内线的！"马脸男人心中有些厌恶，两条眉毛眼看就要相会了。光头的举动使他感觉受到了冒犯。他刘满德什么大风浪没经历过？如果事情不严重，他绝不会坐十几个小时的飞机从伦敦专程赶回来。

"要不然，我派俩兄弟，到北京去把那俩杂种干了？"光头胖子迎空一砍，震落一大截子烟灰。

"那有个屁用！"马脸实在忍不住了，"他们早回到公司了。你能把公司里的人都干了？ GRE 是专门调查商业欺诈的，不知道是谁盯上咱们了！"

"嗨！还能有谁啊？无非就那几个他妈的洋鬼子呗！他们乐意买股票，买股票就是赌博，他妈的谁能保证赚钱？如今哪家上市公司没有猫儿腻？还别说他们没查出什么来，就算真的查出来了，又能怎么的？公安局听他的，还是法院听他的？就算到了他妈的太原、北京，也未必能把老子怎么样。"胖秃子用力挥舞手臂。如果空中挂着一只鼓，此刻早就被他敲破了。

"我担心的就是这个！昨天为什么那么巧？领导早不视察，晚不视察，偏偏等调查师进了厂，就说要来视察？而且偏偏就赶个正着，把人带走了？"

马脸扭头问戴眼镜的男人："黄秘书，你查了没有？昨天是不是真的有省发改委领导来大同？"

"查了，昨天下午的确有个省发改委的领导在大同，不过没打听到那一男一女的下落。省厅的人都说没听说过，我也不方便多问，"眼镜男面露难色，"毕竟这厂子里的事，本来就不该我管。"

"老刘啊！你在外国混了几年，怎么变得这么婆婆妈妈的！万沉地处交通要道，天天有领导路过、视察。他妈的有人孝敬，干吗不视察？是不是，小黄？啊，呵呵，你回去问问周县长，喜不喜欢到咱厂里来视察？顺便到县城来洗个澡，美不美？他妈的，哈哈，哈哈哈！"光头朝着眼镜男一个劲儿地挤眉弄眼。眼镜男尴尬地笑了笑。马脸在一边低声叫："老叶！"

"哈哈！说错话了！说错话了！咱们县长可是清官，和咱这种不清不楚的人没来往！他妈的！还真不知道省里有啥可怕的，不就新上来一省长吗？给老子两年，不叫他省长也到沅鑫洗浴来美一美，我就不姓叶！哈哈！哈哈哈……"

"老叶！"

马脸又低吼了一声。秃子好歹把笑声收住了。马脸沉默了片刻，仿佛是要把脾气咽进肚子里。他压低了声音："你知道，我投的钱也不是我自己的。我得对别人负责！"

这倒是实话。最近这几天，马脸接到好几次电话了。这位合伙人其实并不懂得马脸的生意。马脸是看在多少年老朋友分上，给他一个一起赚钱的机会。万事不用他操心，就等着分红。这位"外行"合伙人平时也并不干涉马脸的生意。不过这几天却不同，这位合伙人突然积极起来，秘密地传给马脸不少至关重要的情报，让他没法安安稳稳在伦敦待着。马脸火速赶回大同。果不其然，眼前这个光头叶老三，简直就是个白痴！把一切都交到他手里，也许真的是个错误。马脸深吸一口气，尽量使用平缓的语气：

"老叶，你别怪我刘满德太啰唆。我也是经历过大风大浪的人，不会神经质地小题大做。我还是请你务必要谨慎些。最近厂里得加派人手，看严一些，你那些别的生意，暂时都别做了。再坚持两年，风头过了，就不担心了。"

马脸的声音虽然不高，却显然发挥了作用。光头虽然眼中颇有些不屑，毕竟还是点了点头。

马脸扭头问眼镜男："黄秘书，县工商局怎么样？"

"没问题。局长拍了胸脯的，只要不是中央派人来要，机械厂的档案谁也拿不走！"

"那就好，哦！还有你老婆在北京的那套房子，卖了吗？"

"正卖着呢！不只那套房子，车也在卖！哦，对了，还有她那个LV包，我也让她处理掉！"眼镜男回答得很积极。这位刘总简直比孙悟空还精明。不光监控着他，就连他老婆也不放过。老婆在朋友圈里显摆了一个LV限量版的女包，还不到半天，刘总就打来电话，也不知他是怎么看到的。不过谨慎也确有必要。最近风声紧，接二连三的，总有人因为一块表或者一只包被拉下马。老婆又很喜欢显摆这些，把她送到香港也还是不太安分。

马脸满意地点点头："一个包而已，倒不必处理掉。就是不要太高调就好。"

"不不！还是处理掉吧！这样比较放心！"眼镜男说。

"哈哈！有那么夸张吗？"光头胖子忍不住插嘴了，"哪个女人不喜欢显摆名牌？"

"还是小心些！现在是特殊时期。"马脸转向眼镜男，"委屈你太太了！"

"没事没事！让她旧的处理了，她又有借口买新的了！但她现在住在香港，天天上街购物，快把我买破产了！"眼镜男见马脸脸色有变，知道自己说错了话，赶快解释说，"她现在只逛便宜店，买的也都是便宜货，她都不好意思发朋友圈了。"

"女人！就他妈一个字，钱！哈哈哈，哈哈哈！"光头胖子又哈哈笑起来，头顶的丝绸幔帐跟着一起颤悠。

3

香港中环附近的一座小公寓里，黄太太正坐在书房里，看着手机发呆。

黄太太并没上街购物。想去去不了。女儿醒了看不见她要哭，女儿哭了保姆会打小报告。婆婆远在山西，却能随时随地监视她。一岁半的女儿刚睡着，保姆也在睡午觉，偏偏她睡不着。她还不如保姆能享福。

小公寓好像个金丝鸟笼子，伸个懒腰就能摸到房梁。北京有大别墅、奔驰车，不过都留不住了。黄先生说最近风声紧，又在做一笔"大生意"，为了保险起见，暂时都卖掉。就连她的限量版LV包也难逃厄运！她可舍不得扔掉或送人。能卖一点是一点，存进她的私房钱里。她虽然平时花钱很大方，但那是老公的钱。而且老公毕竟不是李嘉诚，只是个县长秘书。县里虽然有煤矿，可到现在还是全国贫困县。老公不许她太高调，值钱的东西都不许发朋友圈，香港小公寓里的日子本来就有点像坐牢，可真是把她憋坏了。

香港是个好地方，可黄太太来得不是时候。三个月的身孕，逛街也得小心翼翼。要不是为了黄家的"香火"，她才不受这个罪。县长的秘书总不能违反计划生育政策。还不到二十五，眼看要成两个孩子的娘，嫁给有钱人也有坏处。以前在酒店工作多自在，吃饭唱歌跳舞泡酒吧。如今关在金笼子里，除了看电视就只能玩手机。玩手机有什么意思？这大中午的，该吃饭的吃饭，该睡觉的睡觉，该上班的上班，谁有心思陪她聊天？

黄太太打了个哈欠。

手机"叽叽"叫了两声。有个叫"Lily"的申请加她的QQ，并在提示语里留言："你好，想买包。"

黄太太忙接受了邀请。买不买包无所谓。聊聊天也不错。

Lily："你好！请问是紫薇妹妹吗？"

紫薇妹妹："嗯。你是在网上看到我的LV广告吗？"

Lily："是啊！你有个LV圣诞限量版？是哪一款？"

紫薇妹妹："去年的，圣诞经典款！我发你照片！"

Lily："好漂亮啊！卖多少钱？"

紫薇妹妹："5000！"

Lily："能再便宜点吗？"

紫薇妹妹："实在不能再便宜啦！我花15000买的，都没用过！要不是老公逼着我出手，我才舍不得呢！"

Lily："这么漂亮的包，为什么要卖掉？"

紫薇妹妹："低调呗！还不都是因为郭美美！"

Lily："哈哈！你是郭美美的朋友？"

紫薇妹妹："不是啊！我可不认识她！"

Lily："哈哈！我开玩笑的！"

紫薇妹妹："5000，买吗？"

Lily："嗯嗯！不是我要买包。我是帮我闺蜜问的！要不，我让她直接跟你联系？"

紫薇妹妹："好的。"

Lily："请问您怎么称呼？"

紫薇妹妹："我姓张。您怎么称呼？"

Lily："我姓唐，唐丽丽。"

紫薇妹妹："你好，丽丽。"

Lily："你好，张太太！"

紫薇妹妹："呵呵。"

Lily："你在上班呢？"

紫薇妹妹："没。"

Lily："你今天休息？"

紫薇妹妹："我不上班。我在等我的小宝贝出生呢。"

Lily："啊！要做妈妈了啊！好幸福哦！很兴奋吧？"

紫薇妹妹："我已经有一个女儿了。这是第二个呢。要不然也不会到香港来生。"

Lily："哦！你在香港呢！马上就要有两个宝贝了啊！你老公一定特别爱你，每天围着你转吧？"

紫薇妹妹："才没有呢，我带着我女儿在香港，他在内地呢。"

Lily："啊！他怎么没在你身边陪你？"

紫薇妹妹："他要工作，没办法了。"

Lily："那还挺难受的，不过为了赚钱，也只好忍一忍了。"

紫薇妹妹："赚啥钱啊，他是公务员。"

Lily："他是领导吧！那更不错啦。"

紫薇妹妹："不是。他是跟班的。"

Lily："哈！我不信。跟班的能给你买LV限量版？"

紫薇妹妹："真的，他是县长秘书。呵呵，不过他比较能干了。"

Lily："是啊，那他自己肯定还做生意吧？"

紫薇妹妹："嗯。"

Lily："怪不得了！那也是大老板呀！"

紫薇妹妹："也不算啦，其实是帮着领导弄的。只是领导不能直接那个，你懂吧？"

Lily："噢，呵呵。既然他出面，那他就是老板。"

紫薇妹妹："其实他也没直接出面呢。公司用的是我的名字。"

Lily："哇！那你是老板！呵呵，我舅舅也是公务员，有好多机会做生意，可他胆小，不敢注册公司。有人建议他用我舅妈的名义注册，他都不敢，说会被查出来的。"

紫薇妹妹："不要在中国注册。可以到英属处女岛，那里注册查不出股东。"

Lily："真的？"

紫薇妹妹："当然。我们的公司就是在那里注册的。"

Lily："太好了！我去告诉我舅舅！太谢谢你啦！"

紫薇妹妹："我也不懂了。听我老公说是这样的。"

Lily："呵呵。"

Lily："哇哇哇！我看见你的照片了！！就在你QQ的空间里，是你家的合影吧？你太漂亮啦！！还这么年轻！！你女儿好可爱啊！真的，你是怎么保养的？"

黄太太随手点开自己的QQ空间，浏览里面的照片。

紫薇妹妹："没有啦，就是年轻而已。我比我老公小十岁呢。"

Lily："真的？看不出来呢。你老公也很帅啊！"

紫薇妹妹："呵呵。"

Lily："真羡慕你啊！我也想生宝宝，可惜现在没条件。你看上去真年轻！这么小就做妈妈啦？我猜你是1986年的。"

紫薇妹妹："你真会说话。我是1983年的。"

Lily："真的？我也是1983年的！你是哪个月的？"

紫薇妹妹："8月的。"

Lily："天啊！！简直太巧了，我也是8月的！你哪天？"

紫薇妹妹："8月29。"

Lily："哈哈！你比我大一天！我30号的！"

紫薇妹妹："不会吧，8月的还比我小？"

Lily："是啊，呵呵，不过你太漂亮了，我要是有你一半漂亮就好了。"

紫薇妹妹："你一定在谦虚。"

Lily："真的，不是呢。看你眼睛多大，皮肤那么好，太美了。和你的名字很般配呢！"

紫薇妹妹："呵呵，我也很喜欢我这个名字。"

Lily："真的很好听！我打算在淘宝网上开个小店，正在发愁用什么名字呢！可惜我不叫紫薇，不然我就给我的小店起名叫紫薇小店，多好听啊！呵呵。"

紫薇妹妹："我的公司就叫紫薇。"

Lily："真的啊！握手握手！英雄所见略同！紫薇集团？很别致很好听的名字啊！"

紫薇妹妹："呵呵，是紫薇控股。"

Lily："呵呵，比集团好听。不过，用你的名字你老公放心吗？"

紫薇妹妹："这有什么。紫薇只不过是我的网名，又不是真名。他单位没人知道。"

Lily："哈，原来如此！我还以为你叫张紫薇呢，呵呵。"

紫薇妹妹："没有啦，我名字很俗的。"

Lily："肯定没我的更俗。呵呵。我得去买菜了，回头我让我朋友加你QQ。"

紫薇妹妹："好的。你真厉害，还会做饭。"

Lily："哈哈，都是在美国念书时练的。88，美女！！"

紫薇妹妹："嗯。88！"

黄太太关了QQ窗口，伸了个懒腰，心里突然有点小小的不安。一转念：又没透露自己和老公的名字，就连山西都没提。全国那么多个县，有多少个县长秘书在开公司？

黄太太放心了。

燕子关闭QQ窗口，立刻给"渠道"打电话，调取张红的信息。张红的生日是1983年8月29日，照片也有。不只张红的，还有她老公和孩子的。

没等燕子放下电话，Tina就吃惊地叫起来："张红的生日查出来了？"

燕子不慌不忙道："不光生日，我还知道她老公很有可能是万沅县县长的秘书。还有，紫薇控股是以张红的名义注册的，但公司的实际受益人是万沅县县长。"

"天啊！！天啊，你怎么查出来的？"Tina 张口瞪目，好像是怕眼珠子鼓出来，时刻准备着用嘴接住。

"我……"燕子正要细说，却感觉一阵索然。有什么好说的？不管最终目的带不带正义的成分，至少，她又辜负了一个人的信任，就像辜负徐涛的信任。人和人之间的信任，那原本是世间最可贵的东西，却几乎快被糟蹋完了。

"秘密。"

燕子微微一笑，随即关了电脑。Tina 没看出她笑中的酸涩，不满地叫唤："切，切切切！还跟我保密！你穿外套干吗？你去哪儿啊你？这还上班呢！"

"今天我提前下班。我去看看老方。"

"你没发烧吧？才三点就下班？你不怕这周的有效工时都被扣光了？"

"有效工时？"燕子拿起皮包，"让它见鬼去吧！"

4

燕子去银行取了一万块钱，直奔友谊医院。

老方的儿子情况稳定，不久就能出院了。燕子又找医生护士都叮嘱了一圈，之后立刻告辞。她没想在医院多待，多待就是添乱。老方已经够累了，还要费精力应酬她。

老方送燕子往外走。在走廊里，燕子把钱掏出来递给老方。老方后退了半步："这钱我不该接的，上次欠的还不知道什么时候能还上。"

燕子把钱硬塞进老方手里："这个项目我是 Case Manager，出了问题本来就该我负责。Steve 不该把责任都推到你身上。"

老方叹了口气："嗨！怎么不怪我啊！你虽然是 Case Manager，但实地调查的经验并不多，说到底，还不是让我撺掇的！再说了，他炒我也不光是因为这次行动……嗨！反正也是迟早的事儿。"

"如果不让你回去，那我也不干了。"

"那何苦呢！这大下午的你跑到医院来，难道……"老方瞪圆了眼睛，一脸的惊愕。

"没有。我没辞职。不过我跟 Steve 说好了。如果这个项目做出来，他就让你回去上班。如果做不出来，那我也走人。"

"这……这……让我说什么好啊！唉！"老方搓着手，全然不像以往的老方。

"嘻嘻！老方！居然也有你不知说啥的时候！"燕子顽皮地拉住老方的胳膊，故意撒娇道，"真没关系的，其实这工作有没有，对我都无所谓！"

老方却依然忧心忡忡："你不缺钱，这谁都看出来！可我知道你是真的打算干出点儿什么，不是随便找点事儿玩玩！而且 Steve 的确很器重你！你真的挺聪明，的确是干这个的材料，在 GRE 肯定有前途！而我呢，本来就是个没用的人，吃闲饭的，而且又上年纪了，你犯不着为了我牺牲自己的前途的！"

"干吗把自己说得那么没用？这次去山西，我可真见识你的本事了！都比得上动作片了！您那凌空一脚，简直帅呆了！我看要真说实地调查，GRE 没几个调查师能比得上你。"

"嗨！那又有什么用！还不是什么证据也没拿到？我还真纳了闷儿了，难道他们能掐会算？"老方皱起眉头，"我觉得咱们身边肯定有内鬼。我一到万沅，第二天一早就被人关起来，这说明内鬼知道我要去，而且知道我叫什么。起码知道我姓方；后来咱俩一起进厂，像他们那样的厂子，经常有人去参观的。我化了装，应该不会被看出来，所以我觉得，这次多半是因为你。也就是说，那个内鬼不光知道我去了万沅，也知道你去了万沅！"

燕子点点头，也把眉头皱起来。谁既知道老方去山西，又知道燕子也去了山西？

难道是高翔？！燕子心中一抖。不正是他让燕子去的山西？除了高翔，根本没有第二个人知道。就连 Tina 她都没来得及通知！

而且，在小城餐厅，燕子的确提到打算派人去山西做实地调查。可她不记得到底有没有提过"老方"二字。她早就习惯了这个称谓，或许自然而然地随口而出？

高翔的会计公司专门替人排忧解难，靠的就是关系人脉。难道他和大同永鑫的老板们也有关系？难道他们是一丘之貉？

难道高翔利用了她？

一阵凉意，自骨髓深处席卷燕子全身。

可既然如此，高翔为何又要救她？为了顾及往日情分？还是为了进一步赢得信任，以便日后进一步利用？不然的话，那些便衣为何别的都不拿，偏偏拿走老方的相机内存？

因为那是唯一的证据！

燕子拼命忍住盈眶的热泪。她突然觉得委屈，恨意溢满肺腑。她恨高翔，可她更恨自己！一次又一次地给高翔机会，让他辜负自己，欺骗自己！还当自己是调查师呢，这世界上，还有比她更傻的人吗？

"Yan？"老方轻声呼唤燕子。燕子如梦初醒，强迫自己微笑："老方，你得帮帮我，好让咱们都留在GRE。"

"当然！瞧你说的，这不主要是帮我自己吗！说吧，需要我干什么？"

"你不是说在万沅有熟人？就像你说过的，能不能打听一下叶永福的背景，看看他最近跟谁来往比较多？"

"成！我回去就……"老方话说了一半，突然愣住了，直直望向燕子背后。

燕子回头张望。她身后是住院楼的大门，门外是停车场，再往外是马路，车水马龙的。看不出有何异常。

"怎么了？"燕子小心翼翼地问。

老方皱眉："刚才看见一个人，好像在哪儿见过……嗨！算了！想不起来了！"老方摇头苦笑，"果然老了，呵呵，干不了这一行了！"

"得了吧，你还年轻着呢。我可还指望你呢！"

燕子拍拍老方的肩膀，转身走向停车场。她不想让老方发现她正在努力掩饰自己的情绪。挥之不去的高翔，让她心里翻江倒海，悲愤难当。这世界上，她还能相信谁？

她突然想起老谭，就在这医院门外，在北风呼啸的寒夜里，把围巾围在她脖子上。

老谭的确粗鲁，暴躁，不讲道理，乱发脾气；但他的好从来没有筹码。老谭从来没想过要利用她。

燕子突然非常非常地想念老谭。

5

燕子推开家门。下午四五点的阳光正斜斜地射进巨大的玻璃窗，让她有一种久违的感觉，尽管她离家还不到三天。

三天前，这里除了她，还有老谭。

燕子扔了皮包，脱了鞋，光着脚上楼。她想趴到床上去，再也不起来。

床头柜上却赫然放着一张纸。纸上歪歪扭扭地写满了字：

> 我回 Chicago 了。我知道你并不需要我，我在这里是多余的，只会和你吵架。我走了，希望你会 happy 一点儿。早餐在桌子上，牛奶在 Microwave 里。你要记得喝汤，汤料在柜子里，干洗店里还有三件你的大衣，明天就可以取了。天冷了，出门要多穿一些。

燕子跳下床，赤脚跑进客厅。

电视关着，沙发空着。偌大的客厅里格外空旷，连夕阳的余晖都不见了。

其实燕子知道，便笺已在床头放了几天了。只是那天早晨她醒来之后，过于匆忙地跑出卧室，没看见而已。她仿佛看到，天还黑着，老谭坐在餐桌前，吃力地写完那许多字，蹑手蹑脚上楼走进卧室，把便笺放在床头柜上。他并没立刻离开，而是默默地站在床头，注视着睡梦中的燕子。

燕子飞奔到电话机旁，按下芝加哥家里座机的那一长串号码。她已经顾不上计算时差了。无论如何，她要立刻听到老谭的声音。

铃声响过五遍，换作电话留言。

燕子又拨老谭在美国的手机。铃声却根本没响。提示音用英语说："对不起，您所拨打的电话已关机。"

燕子看看表。北京时间下午五点。芝加哥是凌晨三点。老谭昨天就该回到芝加哥了。但餐厅的活儿累，他又有时差，此刻也许睡熟了。燕子闭上眼，仿佛看见老谭，正斜趴在大床上，手抓着被子的一角，大半个身子却露在外面，鼾声雷动。她的神经脆弱得多，他的鼾声又太响，她常常偷偷下床，到客房睡上一夜。第二天老谭会气急败坏地要求她下次必须把他推醒，到客房去睡沙发，只能是老谭的专利。

燕子轻轻放下电话，好像生怕把一万公里以外的老谭吵醒了。隐约的手机铃声却从楼下传来。

燕子飞奔着下楼，从皮包里摸出手机。手机里却传出老方兴奋的声音："我想起来了！"

"想起什么来了？"

"想起那个人是谁了！"

"你刚才在医院门口看见的那个人？"

"是的！我真的见过他！上次你从斐济回来，我去机场接你，在机场见过他！他跟你坐同一趟航班的！"老方的声音不只兴奋，而且紧张。燕子也不禁悬起了心，半信半疑地问："你不会记错吧？机场那么多人……"

"一般人肯定不会记得。但我干这个干了这么多年，对人脸过目不忘的功夫还是有的！"

"那人长什么样？"

"中年男人，四十出头吧也就，有点儿胖，留着寸头……"

员工餐厅和簋街饭馆，飞速滑过燕子脑海。难道是他？！

"我以前可能也见过他！"

"他会不会是跟踪你的？"

"不知道。"燕子一阵凉意，后背的汗毛都竖起来了。她抬头四望。天已经黑了，窗外竖立着很多黑乎乎的影子，好像身材怪异的巨人，正悄悄向着房子里张望。

"应该不是山西那伙人呀？不然不会那么早就盯上你。你从斐济回来那会儿，不是还没开始做'晚餐'呢！"

燕子也皱眉沉思。又能是谁呢？那些匿名短信又是谁发的？和那短发的胖子是不是一伙人？既是从斐济回京就盯着她，和高翔肯定没关系，和徐涛跳楼也没什么关系，跟万沅机械厂就更没关系。难道还另有其人？

"总之，你小心吧！晚上别出门，把门窗都锁好了！"老方难得用这么严肃认真的语气说话，完全没有平常的调侃，"有任何不对劲儿，立刻给我打电话！"

燕子把所有门窗检查了一遍，上楼走进卧室，把房门反锁了，拉上窗帘，和衣躺倒在床上。心却仍悬在半空，上不去，下不来。本以为这样忐忑是无法入睡的，可悲愤和恐惧都迅速远去了。转眼间，她已沉入梦乡。

燕子竟又回到芝加哥那微微散发着腐败气息的小公寓里。她躺在小床上，书包扔在床边，工作服还黏在身上，她没力气脱。她根本没力气把眼睛睁开。刚刚在饭馆里耗费了太多精力。她故意躲着买下海虾的中国男生。那男生让她很难堪，有一种怪怪的感觉：明知危险却反要尝试的感觉。她躲进后厨的角落里，老板偷偷塞给她一个饭盒，里面有新鲜的鱼翅泡饭。等等！时间不对。那男生和老板不该出现在同一幅画面里。怎么搞的？是不是有人在恶作剧？她的人生就是舞台，莫非到了大家都要出来谢幕的时候？不，并不是所有人。还有一个，躲在人群之后。他以为他藏得很好，可燕子看见他的金色袖扣，在黑暗中一闪。警笛声由远而近，那声音她早就习以为常。她这间廉价的小公寓本来就地处芝加哥最危险的街区，这里每天都有让警笛响起的理由。可今晚怎么那么近？警笛仿佛眼看就要钻进耳朵里！难道，是冲着她来的？是的，她的确为了工作骗取了别人的信任。可她同样也被别人欺骗！她到底是罪人，还是受害者？她是不是已经被谋杀了？她的胸口似乎插着一把刀，疼得让她难以忍受！

燕子猛然惊醒，床头的电话座机铃声大作。

燕子抓起听筒："你好！"

电话那端却一片沉默。

"喂？Hello？有人吗？"

电话依然沉默，燕子却能清晰地听见对方的呼吸声，燕子顿时汗毛倒竖，彻底清醒过来。她深吸一口气，又问了一遍："你是谁？"

对方依然沉默，呼吸声音却更明显，似乎有些紧张似的。

燕子挂断电话，她能听见自己心脏狂跳的声音，四周漆黑一团。窗帘缝隙中有些殷红的微光，好像绷带下渗出的血迹。

电话铃声猛地又响起来。黑暗中，电话机犹如一只小怪兽，屈身趴在床头，伸长了脖子，歇斯底里地尖叫。

燕子鼓足了勇气，一把抓起听筒："你到底是谁？"

"阿燕？你怎么了？"老谭的声音疲惫而沙哑。

"是你！"燕子长出一口气，带着哭腔喊道："刚才为什么不说话？"

"什么刚才？"

燕子霍然明白过来，刚才并不是老谭。她的心立刻又悬了起来："不到一分钟前，我接到个电话，没人讲话，不是你打的？"

"不是我！我才第一次拨给你。有人打给你却不说话？到底发生了什么？"

"没什么，也许是打错了。"燕子泪意全无，瞬间恢复理智。她了解老谭的脾气，这些诡异的事情万万不能让他知道。她岔开话题："你起床了？我刚才给你打过电话，你没接。"

老谭却愈发紧张起来："到底又发生了什么？出了什么问题？唉！我就知道不该让你去做这样一份工！每天调查人家，总归会得罪人的！阿燕啊，不要做了，好不好？回美国来吧？"

燕子沉默不语。辞职回美国去？就在几天前，这绝对是不可能的。可为什么此刻她竟有几分动摇？

老谭误解了燕子的沉默，愤然道："唉！我怎么又要管你了！好吧，你好自为之吧！"

"我答应你！"燕子冲口而出，"等我做完手里这个项目，我就回芝加哥去！"

老谭迫不及待："真的吗？阿燕！既然要回来，明天就辞职好不好？我马上给你订票！就订明天下午的票，好不好？"

"不。我得把手里的这个项目做完。"燕子的声音很平和，但也很坚决。她和 Steve 立过军令状的。

"为什么？"老谭万分失望，"这一个完了，不是又会有下一个？什么时候算是头呢？"

"老板把老方炒了。我和老板立了军令状，如果把项目做出来，老方就回去上班，如果做不出来，我们都走。我一定要把项目做出来，让老方回去上班。项目一做完，我立刻辞职回美国。"

"如果做不出来呢？"老谭显然并不信任燕子。燕子充满信心地说："现在已经大有突破了！"

"这只是你说的！你的项目永远也不会做完，你永远也不会回来！"老谭突然歇斯底里起来。

"真的！我没骗你！我们去过工厂，亲眼见过那些设备和厂房，根本不值那么多钱！那些幕后的骗子也快被我们查出来了，真的！一个是黑社会，另一个是县长秘书，还有一个姓刘的，女儿正在纽约读书呢！用不了多久也就知道他是谁了！等这一切都水落石出，我立刻就辞职！请你相信我……"

"不要和我说这些，我不要听！"老谭气急败坏，"你不想回来就直接告诉我！不要用工作作借口！"

"我愿意回去！我没有用工作作借口！"

"我就问你一句，明天辞职还是不辞？"

燕子默默咬住嘴唇。

老谭把电话挂断了，没再给她回答的机会。

燕子坐在卧室的木地板上，背靠着床沿。周围出奇的静。仿佛这世界上的一切生灵都已进入梦乡了。

老方的朋友提供的信息不算太多：叶永福在万沅黑白通吃，煤矿、工厂、餐厅、歌舞厅、桑拿会所，几乎无所不为。叶的社会关系也极为复杂，在万沅有家桑拿会所，方圆百里的官员和老板几乎没有没去过的。对燕子来说，这些也不算新闻，或者都在想象范围之内。

老方的朋友有个远房亲戚，在叶永福的桑拿会所里打工。远房亲戚提供了一些人名，据说都是最近一两年会所常来的客人。但十几个名字都很常见，无法进一步深入调查。

时间紧迫，燕子只好把希望都寄托在刘玉玲和张红身上。叶永福、刘玉玲和张红都是香港福佳的董事，是香港福佳那三家 BVI 股东表面的控制人。刘玉玲正好二十岁，是个在美国留学的"富二代"，而张红则是在香港待产的无聊的年轻太太。两位背后必定另有其人。香港福佳把大同永鑫的一堆旧机器高价卖给了香港怡乐集团，叶永福、刘玉玲和张红背后的人，应该就是这笔"坑人买卖"的实际受益人。

"渠道"根据刘玉玲和张红的生日和照片提供的信息，倒是让燕子大有收获。

张红的爱人姓黄，叫黄志新，祖籍山西万沅，服务处所是"县政府"。看来，香港福佳的第二个控制人就是黄志新（第一个自然是叶永福），而且他与县政府有关。至于是不是像张红所说，是县长秘书，则需进一步找人打听核实。

刘玉玲的母亲是崔秀琴，山西大同人，服务处所一栏填的是"粮农"，文化水平是"小学"，照片上看绝对是农民，无论如何不像是能操控上亿元交易的人。刘玉玲的父亲叫刘满德，除此之外再无其他信息。"刘满德"这名字隐约有些面熟。燕子查阅老方提供的万沅桑拿的常客名单，里面果然有个"刘满德"。看来刘满德正是香港福佳的第三个控制人，他通过自己的女儿刘玉玲代持股份。

燕子把刘满德、黄志新和万沅机械厂都加到那关系图上：

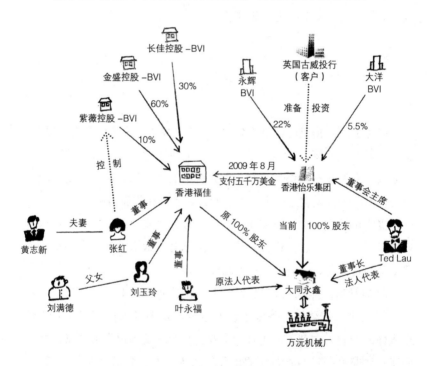

叶永福是地头蛇，黄志新是县长秘书，那刘满德又是何许人也？香港怡乐集团又不是傻子，为何要买一堆不值钱的旧机器？莫非刘

满德和香港怡乐集团的内部管理者有勾结？香港怡乐集团的董事长叫Ted Lau。广东话中"刘"的发音，正是"Lau"，难道是刘满德的亲戚？

燕子赶忙打电话给"渠道"调取刘满德的信息。服务商问有没有生日或照片。燕子说没有，不过应该有五十多岁。"刘满德"不像"张红"和"刘玉玲"那么常见，即便把全山西省的"刘满德"都挨个查一遍，燕子也在所不辞。

然而十分钟没到，"渠道"就打来电话：并无年龄在 40 岁到 70 岁之间的"刘满德"。不仅山西没有，全国都没有。可根据之前的调查，崔秀琴的配偶明明就是"刘满德"。燕子问这是何故，对方也给不出确定的原因，只说有时候信息更新不及时，不知是不是改名、死亡或者移民了。

燕子只好再打电话给老方，请他帮忙进一步调查刘满德的背景，打听一下他是不是改名了，或者原名不够准确，还要看看他有没有港澳或海外的关系。同时也帮忙打听一下，万沅县长的秘书是不是叫黄志新。

Tina 撸着袖子跟电脑"肉搏"了两天，从香港证交所的数据库里又打出一堆纸，都是和 Ted Lau 相关的上市公司通告。按照这些通告的内容，Ted Lau 不但在香港怡乐集团当董事长，以前还在数家香港或新加坡上市公司里当过董事长，而且他的出现总有个规律：每次必是"借壳上市"，上市前后必定要购买中国内地的企业，一年半载之后，Ted Lau 从董事会里消失，再过不久，公司更换新股东，再次被借壳上市。以前购买的内地企业也就没人再提了。

除了证交所的信息，Tina 还在 Facebook 里找到一张照片，照片上也有个 Ted Lau，是个英籍华人，有位漂亮的洋太太，还有个混血的小儿子叫约翰。照片是在约翰的一位小伙伴的生日聚会上拍的。"Ted Lau"正跟他的洋太太脸贴着脸搂在一起，约翰则站在两人前面，拿着一块蛋糕。照片下的留言是：

> 约翰和爸爸妈妈——约翰的爸爸居然也出现了，这位可是大忙人，一年有八个月不在英国。

Tina 哼哼地说："堂堂的上市公司董事长就这德行？脸长得跟驴似

的，眼睛整个就俩豆腐泡儿，太太倒是个洋美女，还真让你说中了，老外的审美是和咱中国人不一样哈？"

燕子瞥了一眼那全家福似的照片："英国叫 Ted Lau 的华裔大概不计其数，谁知道他是不是香港怡乐集团的 Ted Lau？"

燕子受了 Tina 的启发，继续埋头进行媒体搜索，目标是另外几家 Ted Lau 曾经任职的境外上市公司。在 Ted Lau 任职期间，一家购买了山东某地的林业公司；另一家购买了云南某地的稀有矿产开发公司；还有一家购买了四川的房地产开发公司。按照百度上搜出来的新闻，山东的林业公司所在地都是盐碱地，根本长不出什么像样的木材；云南的矿产公司实际的储量也很少，据说先期的勘探失误了，也不知是"失误"还是故意虚报的；而四川的房地产公司赶上了汶川地震，投资血本无归，但也有人说那些房子压根儿就没盖起来过。

看来大同永鑫的收购案又是 Ted Lau 的杰作。Ted Lau 和刘满德果然串通一气，里应外合，诈骗上市公司的财产？

香港怡乐集团的大股东们又是谁？怎能任由他胡作非为呢？

燕子记得以前查到过，香港怡乐集团最大的两家股东也是离岸公司，一家叫永辉控股，持有怡乐集团 22% 的股份；另一家叫大洋控股，持有 5.5%。怡乐集团剩余的 72.5% 股份，则由成千上万的公众股东持有。

Ted Lau 既然能成为怡乐集团的董事长，起码应该是永辉控股或大洋控股中一家的控制人。但另一家的控制人呢？大同永鑫的交易已经过了一年多，难道到现在仍毫无察觉？

燕子把"永辉控股"作为关键词，在 Google 里搜索。不搜不要紧，这一搜还真叫她吃了一惊：除了怡乐集团，永辉控股还在好几家上市公司里投过资，那几家公司的公告里都提到：永辉控股正是英国古威投资银行集团的子公司！

"真怪了！"燕子盯着屏幕，自言自语道，"英国古威投资银行集团不是委托咱们执行'晚餐'项目的客户吗？"

"是啊，怎么啦？"Tina 在一边搭腔。

"英国古威投行，已经在香港怡乐集团里控股两年了！"

"哦？真的吗？"Tina 把头凑过来。

燕子凝视着屏幕，喃喃道："怎么投资两年后才想起来做尽职调查？尽职调查难道不该是在投资前做的吗？"

"是不是本来没想起来，现在突然想起来了，所以决定补一个？"

"这怎么可能？几千万美金的投资呢！又不是……"

手机铃声打断了燕子。手机上显示的居然是高翔的号码。接还是不接？他到底想要干什么？燕子纠结了片刻，可 Tina 正盯着她。燕子躲进"匿名电话间"。她快速下了决心：接！现在是工作时间。不论是敌是友，高翔也已经成为工作的一部分。他手里还拿着相机内存卡呢。他来者何意？

"是我。"高翔说。

"有事儿吗？"燕子的声音有点儿涩。她的胸口正堵着，让她发不出声音来。

"今晚有安排吗？"高翔的语气并不坚定，甚至很有些狡狯。燕子有些恼火，但并不感到害怕。哪怕他就是主谋，是黑手党、纳粹或者撒旦，她都不怕。在高翔面前，燕子不怕死。任何人都一样。一辈子总有某个人，是让人不怕死的。八年前，在芝加哥的街头，燕子甚至期待过死亡。但此刻她不想见他。因为她不肯定自己是否能控制住自己，用对待敌人的冷静和机智来对待他。如果真的再次被他利用，那她就傻得没脸见人了。她应该恨他，比当年多恨十倍。

高翔却等不及回答："我就在你公司楼下。"

突如其来。让燕子措手不及。她该怎么办？说自己不在公司？高翔却仿佛看穿了燕子的思想，紧赶着追了一句："我把车停在你的宝马旁边了。"

"我可能得加班……"这句话牵强而虚弱。燕子痛恨自己。她自己搭建的堡垒，正在无情地坍塌下去。

高翔轻声说："没关系，我等你。多晚都没关系。"

7

办公大厅墙上的石英钟正指向七点半。

燕子很想插上一双翅膀，从窗户里飞出去。八年前她曾梦见自己变成一只燕子，展翅飞过太平洋，越过太行山。在梦醒前的瞬间，她看见高翔，牵着另一个女人走在马路上。那是个无比幸福的女人。

八年后，她只想从这窗户里飞出去，躲开他，这辈子再也不看他一眼。

"谁的电话啊，还偷偷摸摸地跑到里面去接？" Tina 冲着燕子嬉皮笑脸。燕子假装没听见，没心思听见。

"嘿！还假装没听见是吧？快点儿吧，Steve 找你呢！"

Steve 坐在他的办公室里，摆着一副面无表情的老样子："有进展了吗？"

这副样子具有强大的气场，能把整间办公室的室温降低几度。燕子第一次对这寒冷的气场产生了好感。因为它让她冷静下来，暂时忘记晚上的约会，让"晚餐"项目的细节在她的大脑里收复失地。

"有，我们在查福佳控股的几个董事，有一个可能是县长秘书，另外一个叫刘满德，暂时还不清楚什么背景。另外，我们还发现 Ted Lau 以前也做过好几家香港上市公司的执行董事，那些上市公司也都投资过内地企业，而且投资都很失败。我们还发现，香港怡乐集团最大的股东，是古威投行的子公司……"

Steve 眉头一皱："古威投行是客户，你为什么要调查客户？"

"可尽职调查，难道不应该在投资前……"

"客户付款给我们，不是为了让我们调查他们自己的，明白吗？" Steve 再次打断燕子，"不要把时间浪费在古威投行身上。其他的几条线索都很重要，重点查查刘满德和 Ted Lau 吧！"

Steve 把目光转回电脑屏幕。燕子心里明白，她该无声地告退了。

燕子走出 Steve 的办公室，迎面碰上 Tina。

"Yan，刚才老方打电话找你，他说他在万沅的朋友刚刚被车撞断了腿！估计帮不上什么忙了！"

燕子大吃一惊。果真是事故？这也太巧了！打听点儿消息就被撞断腿！她去过山西，见识过叶永福的手下。看来叶永福已经做好充分准备了。

老方的线索断了。最后一条线索断了。

未必是最后一条线索。

燕子心里突然冒出一个念头。她知道，那对她几乎是不可能的任务。除了技巧方面的挑战，还有巨大的感情壁垒需要攻克。不论在哪方面，她都差得太远，简直没有胜算。

　　但她是调查师。不是吗？至少现在还是。也许过几天就不再是了。也许，这是她此生最后的一个调查项目。晚宴。燕子深吸一口气，去拿自己的皮包，手指微微地有些颤抖。

　　高翔正在楼下的星巴克里，等着她。

　　星巴克里超级拥挤。空座位早就没了，高翔只好在门口站着。

　　距离高翔七八米的地方，有个身材瘦小的男人，正小声打手机："干我们这一行的，哪儿能说成功就成功啊？那也得看天时地利不是？谁知道她突然间又离开北京了……大姐，您还真别提钱，就您这五万块钱，还不是我瞎掰的，您出去打听打听，这么点儿钱还有谁愿意接您这种活儿，连打听带办事儿的，不得担风险不是？……唉，我知道，您也命苦。我们就当见义勇为了！这回您放心，肯定不会出错了。她已经回来了，前天晚上我已经打电话到她家确认过，肯定就是她本人接的！我们的人一直在她家门口守着。她今天一早出门没带行李，所以晚上她肯定还得回家！我这儿都安排好了，今天晚上绝对给这婊子一点儿教训，让她乖乖地给您掏钱！……呵呵，大姐，瞧您说的，我们弟兄也不能白干啊，总得分点辛苦钱吧！……您放心吧，咱们手里有证据，这婊子敢他妈的不认！"

　　瘦子越说越兴奋。好在星巴克里喧闹得要命，也不见得有谁能听见他说的。他身边正坐着一个短发的胖子，认认真真地看书，好像丝毫都没被他那通电话干扰到。大概是书看累了，胖子也掏出手机，心不在焉地拨弄。拨弄了没一会儿，轻轻一点"发送"键。一封短信悄无声息地发了出去。

　　那封短信的目的地其实并不遥远。

　　接收短信的男人正站在星巴克门口，双眼凝视着大厦的大堂。就像回到了八年前，站在芝加哥那铺着薄雪的街头，把手插在裤兜里，耐心等着他心爱的姑娘。

也许是预感到了她的来临，他迈开大步，朝着电梯口的方向走去。

那正在讲电话的瘦子也急着要起身："快八点了，她前几天都这个点下的班，我得到电梯那边儿盯着去。您就安心等信儿吧！"

瘦子正要把手机塞进口袋，旁边正在专心看书的胖子一抬手，咖啡杯倒了。半杯咖啡都洒在瘦子的夹克衫上。

短发胖子惊呼了一声，忙从书包里掏出湿纸巾，帮着瘦子擦衣服上的咖啡。

瘦子骂骂咧咧了一阵，转身要走。胖子却拉住瘦子的衣服不放，非要立刻去干洗店，掏钱替他干洗。这样的热心人，如今也真是不容易碰上了。

电梯里挤满了人，弥漫着香水和汗水混合后的诡异气味。

电梯门缓缓开启。穿过许多肩膀和头的缝隙，燕子看见高翔。他身穿黑色皮衣，双手插在灰色西裤的裤兜里，笔直地站在电梯门外。就像八年前，在中餐厅门外的路边。他嘴角微微翘起，一双深邃的眼睛在金丝边的眼镜框里闪着光。

燕子故意放慢脚步，最后一个走出电梯。

电梯门几乎把她关在里面。多亏高翔走上前来，把自己的胳膊夹在门缝里。一瞬间，电梯里只有燕子和高翔的手臂。她看见他手背上蜿蜒的血管。那是一只有力的大手，曾经把她用力挽在怀中，用身体为她阻挡汽车玻璃的碎片。燕子帮他去撑电梯门，两只胳膊撞到一起。燕子周身一阵温热，随即又有点儿恶心，好像突然发起了高烧。

电梯门重新分向两侧。迎面而来的是微笑，和一股温吞吞的皮革气息。燕子屏住呼吸，低头侧身走出电梯。她猜她的脸色一定很苍白，带着生病似的表情。

高翔侧过身来，肩膀好像一堵墙。让她绕不过去。这是很霸道的一堵墙，随心所欲地出现，随心所欲地消失。也许过不了多久，就要再度消失得无影无踪，像八年前一样。那时，她自然已经没有了利用价值。

燕子抬起头，尽量爽朗地笑："不是说好了在星巴克见吗，你怎么到这儿来了？"

她是燕子，应该可以飞过任何一堵高墙。但在此之前，她需要完成她的工作。她是个调查师，虽然并不出色。幸亏她并不出色，不然的话，她说不定也能让他感受到她所感受的一切。不，那些并不重要。燕子暗暗地提醒自己：她就只需要两个答案：刘满德是谁？黄志新是不是万沅县长的秘书？

"那里人太多了，反正也没地方坐。"高翔耸耸肩，微微侧着头，有点儿调皮地说，"你不是说八点吗，一眼就看见你。"

燕子笑："还怕我放你的鸽子？"

高翔也笑："是啊，我怕。"

燕子心中一阵酸楚，随即化成轻怒。这个男人看着正直，其实很会花言巧语。她故意大惊小怪地说："嘿！这可真没天理了！当年是谁远走高飞，杳无音讯？"

燕子把目光抛向大理石地面。本以为自己演得很好，大理石地面却忽地模糊起来。燕子尴尬地笑了笑："我一点儿都不饿，要不咱们别吃饭了，我想在外面走走，你陪我？"

餐厅的灯光太明亮，而且需要脸对着脸，想尽办法躲避对方的眼睛。她受不了那个。她宁可把自己藏在夜幕里。可夜幕也并非是她以为的样子。路灯却把夜空都照亮了，简直是无处可藏。

他们并肩走着，看着自己长长短短变化着的影子。

"对不起。"高翔满含歉意地说。

"对不起什么？"燕子明知故问。不，她其实并不能确定，高翔是在为哪一档子事道歉。他对不起她的地方，实在不止一处。

"那天晚上，在我车里……"

燕子朗声笑起来，有点歇斯底里。她得用笑声打断他。

"笑什么？"高翔有点手足无措。

"我怎么记得是我打了你啊！好像还挺使劲儿的，现在手心还发麻呢！"

高翔也讪讪地笑了，用手摸摸脸，好像到现在还有感觉。

"燕子！"高翔收了笑容，半张着嘴，滚滚的白气冒出来。

燕子一惊，心脏狂跳起来。她慌忙转移了视线，快速地说起来，故意不给高翔继续说下去的机会似的："嗨！该你向我……不，我是说该我向你道歉！再说，在山西还不是多亏了你？要不然现在还不知被人关在哪儿，是死是活呢！"

"燕子！你听我说！"高翔的面色越发严峻，"别再去山西了！也别让你同事去了。那里很危险。这项目你也别做了！"

燕子暗暗松了口气。原来他是要说这个。这个话题她能控制，这也是她真正想谈的。燕子说："那怎么行？只做了一半呢。我不做，总得有人做的。"

"那就让别人继续做吧！你别做了。"高翔炯炯的目光，几乎能把镜片上落的雪烤融了。

燕子的内心迅速平静下来。她突然有了勇气，去看高翔的眼睛。他的目光告诉她，他果然了解内幕，但他不要她继续参与这项目了。可是，她一旦退出，他又如何了解 GRE 下一步要做什么？

"我不干了，你给我发工资？"燕子半开玩笑地说。

"工资对你很重要吗？"高翔却并没有开玩笑的意思。

燕子的心脏隐隐一痛。他有什么资格谈论她的生活？不，这不是她要谈的方向。她该丢下个人恩怨。今夜，她要努力做个出色的调查师。燕子强笑着说："当然重要了。怎么不重要？做有钱人的太太更需要自尊了，不是吗？"

又是一阵沉默。高翔仰头凝视夜空，眉间浮现出一丝痛苦。燕子却感到瞬间的快意。她一本正经地说下去："真的，我特别需要这份工作。我不想让别人看不起我。我老板说了，如果这个项目能做好，他会提拔我的。所以，我怎么能半途而废呢？"

燕子知道自己在撒谎。不论 Steve 会不会提拔她，她都将辞职回芝加哥去了。她将彻底而永远地离开这里的一切。当然也包括高翔。燕子凝视高翔的脸。她知道自己的话正在发生作用。高翔眉间的痛楚加剧了。燕子低垂了目光，暗暗地下着狠心。她抓住了高翔的伤疤，要让他更痛一点儿。燕子缓慢而幽深地说："你真的不知道，我这些年，是怎么过来的。"

燕子浅浅地笑。笑意是真的，连她自己都感到惊讶。她真是个好演员。一瞬间，城市的灯火融化在她眼睛里。她愕然地发现，她紧抓不放的，其实是她自己的伤疤。而她所表演的，只不过是她自己。

高翔抿住嘴唇，抬头去看楼顶的霓虹。痛苦在他眉间膨胀。片刻之后，他把手伸进皮衣里，摸出一只信封交给燕子："给。"

信封里有一沓照片。燕子把照片拿出来，分明就是万沅机械厂的机床和厂房！除了照片，信封里似乎还有什么。燕子倒出来一看，竟然是数码相机的内存卡！

"这些机器根本值不了多少钱。"高翔把手插回口袋里。

燕子的思路乱了。高翔是哪头的？到底有何目的？她之前对他的推断，难道出了差错？

"我知道你在想什么。"高翔转身，看着燕子，"我跟你调查的那些人不是一伙儿的。可我并不想惹他们。因为我知道他们是什么人。不过，既然你一定要惹，我也只能帮你。说吧，你还需要知道什么？"

燕子紧紧注视着高翔的眼睛。他不像是在演戏。可她怀疑自己，是不是丧失了判断能力，弄不清他说的是真是假。她并没有足够的时间思考，这就好像一场赌博。她的时间原本就不多了。燕子问道："能帮我打听两个人吗？"

"哪两个人？"

"一个叫黄志新，一个叫刘满德。"

"黄秘书？"高翔问。

"他真是万沅县的县长秘书？"

"是，县长前年上任的时候新提拔的。他也是你们的目标？"

燕子并没回答，调转话题："那刘满德呢？你认识吗？"

高翔摇摇头："他多大年纪？"

"大概五十多岁。他女儿去年刚上大学。"

"他也是山西的？"

"应该是。他老婆和女儿的档案都在大同。可他的却找不到。"

"哦。"高翔低头沉吟了片刻，"只要他以前在大同——不，只要在山西长期生活过，我一定能查到。你想知道什么？"

"看来你还真是神通广大呢。我想知道他到底是干什么的。"

"有时候，知道太多了反而不好。"

高翔仰起头，向着夜空吐出一团白气，高耸的喉结上下移动。燕子心中一动，仿佛一只手，在她胸中轻轻一拨。这是她熟悉的场景，竟然还像多年以前。她很想轻轻地抚摸它。

就在两人身后不远处，有辆红色的北京现代，正从长安街的最内侧车道飞驰而过。开车的瘦子正忙着打电话。马路太宽，天色太暗，他根本没顾得上往路边多看一眼。

那瘦子对着手机说："大姐，我在楼底下等了一晚上，也没见她下来！不过您别急，我这就赶到她家去。我的人都已经到了！反正她今晚得回家不是？只要她一到家，我们立马动手……没事儿！停车场里我都安排好了，今天晚上都不会有保安的！咱是干什么的，您就安心等信儿吧！"

周五晚上十点半，三环路并不通畅。小宝马好像河里的一滴水，漫无目的地随波逐流。

燕子的心中也有一条河。千万条思绪汇聚成缓缓流动的河水。河道并不畅通，河水越流越慢，眼看就要停滞不前了。

高翔和山西那些人到底是什么关系？朋友，熟人，还是同伙？如果不是同伙，他又为何向他们提供情报？可如果是同伙，他又为何要把照片和相机内存卡还给燕子？为何不假思索地告诉燕子，黄志新是县长秘书？为什么打保票说要帮燕子找到刘满德的信息？GRE 的服务提供商都做不到的事情，高翔又有什么神通，能手到擒来？

他的情报可信吗？莫非又是另外一个圈套？

燕子把车开进公寓地库。熄火，下车。停车场里仍然一如既往的寂静，看不见保安的影子。

燕子的高跟鞋敲打着水泥地，这声音把她一路送进电梯。

电梯像只乌龟似的，缓缓把燕子送到三楼。电梯门悠悠地分开，门外是昏暗的走廊。燕子一步一步走向家门。

一切正常。

一周以前，也是在这楼道里，那奇怪的短信和家门里的声音曾令燕子心惊肉跳，直到她看见老谭那健壮的身影。燕子突然意识到，已经好几天没收到过那神秘号码发来的短信了。刚才她竟然忘记了问问高翔。其实问又有什么用？他只会按照他的目的回答她。

燕子推开门，走进屋，拧亮了灯，脱了鞋子。她疲惫的身影映在客厅落地的玻璃窗上。房顶上似乎有些轻微的动静，她听到了，但并不在意。也许是呼啸的北风，也许是邻居在搬动家具。一天终于又要过去了。她在这房子里的时间也不多了。她要飞回芝加哥去了。这是她的承诺。也许那里才是她真正的家。

燕子却并不知道，就在她公寓的楼顶上，刚刚结束了一场肉搏。

"哎哟！大哥啊！饶命吧大哥！下回您就算把咖啡直接泼我脸上，我也不敢多说一个不字儿了我！"开红色现代的瘦子，被留寸头的胖子踩在脚下。高翔则抱着胳膊站在一边。另外几个小混混早已落荒而逃。

胖子脚下暗暗用力。瘦子立刻咿咿呀呀地一串惨叫。在这四层楼的楼顶，叫声即便传出去，也难得有人在意。更何况值班的保安收了红包，早不知藏到哪里打牌去了。

高翔走上前来，冲着地上呻吟的瘦子说："你小子，给谁干的？"

"我给谁干什么了啊我？我什么也没干啊，我这不是就叫了几个兄弟聊聊天吗我，就碰上你们二位英雄了，我真的哎呀呀呀呀呀呀！"

"不老实是不是？"胖子随手从后腰掏出一副明晃晃的手铐，弯腰在瘦子眼前晃了晃，"知道我们是干什么的吧？你小子，是不是要跟我走一趟，然后才愿意说？"

"啊！大哥！不！亲大爷！我说，我说！是有个女的，她找我们帮忙来着。她男人在外面有了女人，后来她男人跳楼了，她就让我查那外面的女人是谁，我还劝她说，这人都死了，还查个什么劲儿，那女的他妈的还特较真儿，非得查出来不成！她说那女人拿着她男人的钱呢。真的不关我的事儿啊！我真的是看她孤儿寡母的可怜，真的……"

高翔皱起眉头，惴惴地问："你是怎么查到的？"

"我们查了旅行社的资料！这姓谢的和客户老公坐的同一趟航班去斐济！还在斐济住的同一家酒店！照片也让客户的女儿辨认过了！肯定没错的！"

高翔的眉头舒展开来。他又问："那客户叫什么？"

"哪个客户？"

胖子脚底下使劲儿。

"哎哟！大哥，我真的不知道哎呀呀呀呀呀呀呀呀！真的不知道啊我真的不知道，干我们这行的，从来不打听客户叫什么！真的！我只有她的手机号，我这就给你，我这就给你哎哟哟哟哟……"

十分钟之后，那瘦子一瘸一拐地跑到大街上，气急败坏地钻进红色现代。手机正在副驾驶座上火急地响。瘦子一把抓起手机：

"这婊子他妈的路子太野了！这活儿我没法儿干了……不是，您听我说，再干下去风险太大了，我劝您也别找别人了，说不定过不了两天，连您自己也悬了……您还真别跟我急……退钱？人给你查出来了，对不对？她住哪儿干什么的不是都告诉你了？你出去打听打听，要在别处，就凭你这五万块钱，能查出个鸟儿！他妈的那点儿钱给老子治伤还不够呢！你丫别不识抬举，给脸不要脸！你以后别再给我打电话了！小心老子把你给办了！有本事你就去报警去！看丫条子不感谢你呢，雇人行凶还自己主动投案自首了，你去告啊！"

瘦子把手机丢在椅子上，嘴里仍在骂骂咧咧的。

50 米开外，旧切诺基正停在路边。车里坐着高翔和留寸头的胖子。香烟正在车厢里弥漫。

胖子说："老高，我也就只能帮你到这儿了。不然的话，王总那边，我也顶不过去了。"

"我知道，兄弟，谢了！"

"老高，你真的太冲动了！居然敢背着王总，找人把她从万沅捞出来，王总发了多大的火儿啊，你要在他跟前儿，他能把你毙了。值吗？就为了个女人？"

高翔狠命吸了一口烟，抬眼紧盯着胖子："你说老实话，其实王总本来对我也不放心，对不对？"

胖子叹了口气，点点头："你上次约那女人去小城餐厅吃饭，本来没我的事儿，可王总临时给我打电话，让我也去了。不过，那也不能算是不信任你，毕竟你跟她以前有那么一档子事儿。按理说不能让你参与这个案子，可这活儿又非你不成，不然别人凭什么接近她啊，再说你也答应了。"

高翔沉默了。使劲儿地抽烟。

"老高，王总的脾气你知道。"胖子脸上颇有些难色，"你要再不出现，下回你再见到我，我就不是来帮你的了。"

"我知道。你再给我些时间。我手头还有点事，办完了我就去找王总，负荆请罪！"

"你可别让我为难啊！"

"知道。不会！咱们这么多年的兄弟了。你放心，再给我一天时间，就一天！"

"唉！"胖子叹了口气，把手放在老高肩膀上，"自己小心吧！"

胖子开门下车，留下高翔独坐在车里，一根接着一根地抽着烟。

第八章

水落石出

1

　　高翔果然没有食言。周五晚上托的他，周六傍晚就打电话给燕子，告诉她刘满德的情况查出来了。

　　接到高翔电话时，燕子正坐在爸妈家客厅的沙发上看电视。她从屁股底下摸出遥控器，把电视的音量关小。周末不必上班，她似乎也已经没有加班的道理。她宁可在父母家多待些时间，哪怕跟他们其实没多少话说。老爸在自己屋里看报纸，老妈在厨房里噼噼啪啪地炒菜，不让燕子帮忙。她在或者不在，其实并没多大区别。不过等她回了芝加哥，见面就不再是这么容易了。

　　"刘满德老家在大同，'文革'时当过兵，复员后当过警察，80年代辞职去深圳做了生意，据说后来去了香港，而且生意做得挺大。"高翔一板一眼地陈述着，就像服务商在汇报调查结果，仿佛他俩是纯粹的工作关系。这样最好，便于燕子冷静思考。刘满德果然和大同、香港都有关系，不然的话，怎么和香港怡乐的人勾结起来？

　　高翔继续说着："刘满德后来换了国籍。中国的户籍十年前就注销了，他以前的老户籍我也找到了。复印件发到你邮箱里了。他虽然移民了，但在国内的活动一直很频繁，一年里有好几个月在中国，据说除了生意的原因，也因为老婆和孩子在国内。他自己移民，没把老婆孩子带走，这倒也少见，母女现在都住在北京呢！"

　　燕子暗想：应该是母亲住在北京，女儿已经去纽约留学了。不过总体而言，高翔的消息很不错。他的渠道果然很牛！

　　"那他都做些什么生意呢？都和谁合作？"燕子问。

　　"他的生意五花八门的，据说前些年办过林场，挖过矿，也做过房地产。最近这几年常在大同附近的几个县出现，还常带着香港人和老外来'视察'，和各方的关系都不错，尤其在万沅最吃得开，和叶永福来往密切。我想你一定知道叶永福是谁。"

燕子连连点头，心中却不禁诧异：林场，矿业，房地产，怎么和 Ted Lau 以前的经营历史这么像？莫非两人一直就是生意伙伴？

"刘满德有没有什么兄弟姐妹？或者有堂兄弟姐妹和他一起做生意的？"

"那倒没听说。"

"有没有听说一个叫 Ted Lau 的？"

"Ted Lau？没有。"

燕子皱了皱眉。这就怪了。如果刘满德和 Ted Lau 一起做过这么多生意，高翔的渠道怎会完全没听说过 Ted Lau 呢？

"燕子……"高翔突然呼唤燕子，打断了她的思绪。

燕子的心往上一提，仿佛有什么不测就要发生。她没吱声，就让电话里寂静着。过了许久，当燕子几乎以为电话已经断了，却听高翔解嘲地一笑："没什么，以后……要多加小心！"

燕子略松了一口气，心却又微微发沉。她低声应道："我又不去山西了，有什么可小心的？"

高翔的语气却严肃起来："在北京也得小心！以后……以后尽量别加班，早点回家，太晚了在外面不安全！"

这话似曾相识。燕子想起那些神秘的短信。真的是他发的？他为什么发那些短信？莫非，他知道什么但没有告诉她？但无论如何，她的安危又与他何干？那么多年以前，他不是就决定不再顾及她了？现在突然又冒出来，关心她，帮助她，他到底是何用意？燕子心中一阵烦闷，草草地说："我又不是小孩子。谢谢你了！不聊了！我妈叫我吃饭！"

燕子挂断电话。不管高翔还想说些什么，她还是不听为好。

燕子靠在沙发上，继续看电视，不知哪年的香港电影。窗外天色渐暗，厨房里飘出浓浓的香气。一时间，她仿佛回到了学生时代。看着电视，闻着厨房的饭菜香。这样的时光是多么平静美好！可惜一去不复返了。

电影里是个一男二女、吵吵闹闹的 80 年代香港喜剧：周润发同时爱上了空姐叶倩文和时装店老板王祖贤，难以在两人之间做出抉择，只有瞒天过海，分别在法国和英国跟叶和王结婚，之后费尽心机，在两个女人之间周旋……

燕子从沙发上一跃而起，抓起外套就往外跑。

"马上就吃饭了，你又要去哪儿？"燕子妈妈攥着锅铲从厨房里追出来。

"我去公司查点东西，晚上不回来了，你们自己吃吧！"

燕子一阵风似的消失在楼道里。

燕子冲进办公大厅，第一件事就是开电脑收邮件。高翔的邮件果然已在燕子的邮箱里。邮件有个 PDF 格式的附件，分明是一张盖着"注销"戳子的户籍卡：

姓名：刘满德／性别：男／出生日期：1955 年 6 月 19 日／籍贯：山西大同／婚姻状况：已婚／配偶姓名：崔秀琴／服务处所：无业。

复印件上还有一寸免冠的黑白照片：瘦长的一张马脸，鱼泡眼，倒八字眉，眉间有两条深深的皱纹。

这张脸在哪见过？燕子闭目凝思。对了！ Tina 不是说过："脸长得跟驴似的，眼睛整个就俩豆腐泡儿！"

Facebook！

燕子奔向 Tina 的桌子。桌子上依然是眼看就要滑坡的纸山。燕子拿出愚公移山的架势，一张一张小心翼翼地翻阅。好在那张打印着 Facebook 照片的纸距离"山顶"并不遥远。照片上是 Ted Lau，他的洋太太，还有那叫约翰的男孩和手里的蛋糕。

瘦长脸，鱼泡眼，倒八字眉。和户籍上的刘满德如出一辙！

燕子的猜测得到了证实。刘满德正是 Ted Lau。怪不得自己移民，却把老婆女儿留在国内——他在英国另娶了老婆，还生了孩子！怪不得他不让女儿去英国读书！

燕子把结构图拿出来，把 Ted Lau 和刘满德改成一人。

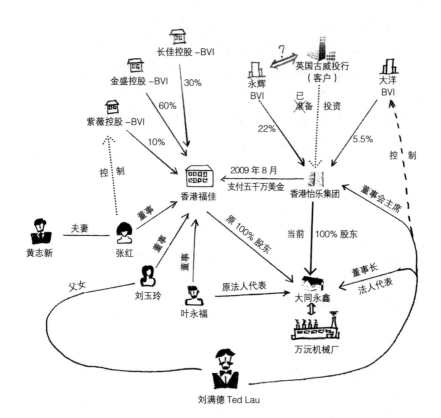

    燕子迫不及待地拨通老方的电话："老方！刘满德就是香港怡乐集团的董事长，Ted Lau！两人其实是同一个人！这家伙还挺厉害的，把老婆和女儿留在中国，自己又到英国去娶了个洋太太，还生了个儿子。就这样来回跑了十几年，居然也能不穿帮！怪不得他不让女儿到英国去留学，把女儿送到纽约去了！"

    "等等……"老方一时发蒙，"你说香港福佳那个刘玉玲的爹，就是香港怡乐集团的董事长？"

    "是的！Ted Lau 先当上香港怡乐集团的董事长，然后又串通了叶永福和万沅县长，用了四五百万人民币把万沅机械厂私有化，然后再转手卖给香港怡乐集团，用四五百万赚回四个亿，空手套白狼！"

    "乖乖！好大的胃口！不过，他可不止花了四五百万，为了成为香港怡乐集团的董事长，他也得花钱。"

    "是的！我把这个茬儿给忘了！香港怡乐集团当初是被两家 BVI 公司一起收购的，一家是永辉控股，另一家是大洋控股；永辉是英国古威的子公司，所以大洋控股应该是刘满德控制的。当初大洋控股投资了五千万港币收购香港怡乐集团15%的股权，所以刘满德的成本还要算上这五千万。不过，用五千五百万赚回四亿，也真是好买卖啊！"

"永辉是英国古威的子公司？英国古威不是客户吗？"老方不解地问，"既然早就在香港怡乐集团里投了资，干吗现在才想起来做尽职调查？"

"是啊，我也很奇怪呢。不过Steve说不让在这个问题上花时间，说客户花钱不是为了查自己的！"

"这鬼家伙！不知又在搞什么！"老方显然对Steve充满怀疑。但他也并不想在客户身上深究，所以把话题拉回去："不过，你怎么知道刘满德和Ted Lau是同一个人呢？"

"我一个朋友，帮我搞到了刘满德以前的户籍复印件，Tina从网上搜到一个叫Ted Lau的英籍华人，两人的照片很明显是同一个人！"

"哦。"老方的语气似乎并不像燕子那样兴奋，甚至还有些怀疑。这让燕子不大舒服。老方又说："即便你能证明，你找到的这个刘满德和Ted Lau是同一个人，可你怎么证明，这个Ted Lau就一定是香港怡乐集团的那个Ted Lau？"

"因为媒体报道里说过，香港怡乐集团的董事长Ted Lau是英籍华人，也有个英籍的太太。"

老方沉默了片刻，又问："那你怎么证明，你找到的这个刘满德，就是大同永鑫以前的控制人呢？"

"因为这个刘满德有个女儿叫刘玉玲。香港福佳的董事里，有一个就叫刘玉玲。"

"哦。"老方对燕子的解释似乎不太满意，"但如果真是巧合呢？比如香港福佳的董事和你找到的这位刘满德的女儿重名？或者Ted Lau和怡乐集团的董事长重名？刘玉玲、Ted Lau，这些都是常用名呢！当然，两个重名都赶在一起的概率很小，但并不是不可能的。Steve对这个结果大概不会完全满意的。"

燕子不禁暗暗佩服：别看老方平时嘻嘻哈哈，逻辑居然如此严谨。毕竟是多年的老调查师了。燕子虚心地问："那什么才算是真凭实据？"

"嗯，要是能找到直接证据，证明刘满德就是大洋控股的股东，同时也是香港福佳的股东，那才能说明问题。"

"可大洋控股和香港福佳的三个股东都是 BVI 公司，根本查不出股东和董事！除非他自己承认，或者找到原始的注册材料，那才证明得了呢。咱们又不能偷偷潜入刘满德的家里去，把他的电脑偷出来……"

两人沉默了一阵。老方突然说："对了！你是不是说，刘满德的大老婆还在中国？住在北京吗？"

"是的。"

"有她电话吗？"老方又问。

"有，家里的座机和手机，刘玉玲的档案里都有。"

"你是不是还有刘满德和洋老婆的合影？"

"对啊？"

"哈哈，这就好办！"老方笑道，"不过明天，可能得麻烦你和 Tina 都出来加加班！"

3

燕子在办公室通过手机和老方一番筹备。直到晚上十点，她收到老方最后一封短信："刘满德不在北京，最近也不会回来。明天的行动按计划进行。"

一切就绪了。

这是燕子第三次参加实地行动。第一次在斐济，第二次在万沅，这次将是在北京。和上次一样，她没向 Steve 请示。来不及请示，也没什么好请示的，反正她已经和老谭承诺过，做完了这个项目，她就要回美国去了。难道还要担心得罪 Steve？

燕子把车开上长安街。夜深人静，正如多少个加班的夜晚。今晚却有所不同：她第一次想到了老谭。老谭现在在做什么？刷碗？洗菜？擦地板？算账？担心着燕子？他就是喜欢担心。他总把她当成个孩子，不给她自由。

燕子突然想起一句老话：身在福中不知福。

燕子走出电梯，打开家门，拧亮了灯。客厅里很空旷，老谭没坐在地板上修箱子。

燕子心中一阵莫名的沮丧。她缓缓转身，正要关门，楼道里却突然闪出一个人！那人强行推开门冲进屋来，险些把燕子撞倒了。

燕子吃了一惊，倒退两步。面前是个三十多岁的女人，黑衣黑裤，戴着黑边的近视眼镜，乌黑的头发梳理得一丝不苟，唯有一张煞白的脸，毫无血色。她双手紧紧把一只牛皮纸袋抱在胸前，怒目圆睁："你把我丈夫还给我！"

"你丈夫？谁是你丈夫？"燕子满头雾水。

"你别装蒜！你把我丈夫还给我！"那女人歇斯底里地尖叫。

"你是不是找错人了？我不认识你丈夫！"

"我呸！"那女人上前一步，从衣兜里掏出一张皱巴巴的照片，扔到地上，"这上面的女人，难道不是你？"

燕子捡起照片，照片上正是自己，走在一群西服革履的上班族里。这显然是用单反相机远距离偷拍的。燕子心中一紧。只听那女人继续说："我已经让我女儿看过照片了！她肯定就是你！就是你跟我丈夫去的斐济！你别想抵赖！"

燕子心中一震："你丈夫，是华夏房地产的……"

"哈！你终于想起来了，你这个婊子！你把我丈夫逼死了！你把他还给我！"

"你丈夫是畏罪自杀的，不是我叫他跳楼的……"

"畏罪自杀？他犯了什么罪？啊？你去打听打听，他人缘儿有多好？他犯了什么罪？"黑衣女人厉声打断燕子，"像他那么老实得连屁都放不出一个的人，能犯什么罪？说他贪污？他能贪污？他这种连一分钱的小便宜都从来不占的人，他也会贪污？他要真的贪了污，那一定是你这个婊子鼓捣的！狐狸精！我告诉你他犯了什么罪！他犯了通奸罪！那个奸妇就是你！"

黑衣女人手指着燕子的鼻尖。

燕子若有所悟："你别血口喷人！我跟你丈夫没关系。"

"你现在当然不承认了！因为他用命换来的钱，都进了你的腰包了！你这个贱货！你把我丈夫的钱还给我！"

"我跟你丈夫没关系！我也没拿你丈夫的任何东西！"

"哼！没关系？没关系跟他坐同一架飞机去斐济？跟他住同一家

酒店？你这个不要脸的婊子！你把我丈夫的钱还给我！"

"你真的误会了。我和你丈夫真的没关系！你再不出去，我叫保安了！"燕子抬手指向门外。这女人的确找错了人，而且情绪失控，一时解释不清。

"想让我走？那容易，你把我丈夫的钱还给我，我就走！你要不给，我就……"

黑衣女人眼中闪过一丝寒光。燕子突然感到一股莫名的恐惧："你想干吗？我没拿过你丈夫的钱！你出去！不然我打电话报警了！"

燕子转向门边的对讲电话。那女人却突然瞪圆了眼，好像就要拼刺刀似的尖叫一声，举起手中的纸袋子……

"住手！"

门外突然闪入一个瘦高的身影，一掌击在黑衣女人的后背。女人"啊"地飞了出去，四脚着地跌在客厅正中央，纸袋子脱手而出，向着墙角飞去。"哗啦"一声，紧接着是一串嗞嗞啦啦的声音。纸袋顷刻间化成一团冒着泡的黑炭，空气中立刻飘满了刺鼻的酸味。

燕子顿时明白过来：纸袋里是一瓶浓硫酸，差点儿就泼在自己脸上。墙角仍在嗞嗞作响。燕子双腿发软，忙伸手扶住墙。再看自己的救命恩人，他正一招擒敌，把黑衣女人牢牢按在地板上。

高翔。

燕子的心脏正狂跳着，不知是因为惊惶还是感激，掀起满腹的酸甜苦辣。

黑衣女人歇斯底里地尖声咒骂。高翔大吼一声："闭嘴！"晴天霹雳一般，整个房间为之一震。黑衣女人果然不再吭声，只一个劲儿喘着粗气。

燕子关上大门，转身靠在门上。待心情稍稍平静，她对高翔说："放开她吧。"

高翔松了手，黑衣女人要从地上爬起来，高翔厉声道："老实点儿！别乱动！"

那女人浑身一抖，又坐回地板上。

燕子仰头深吸一口气。这女人是徐涛的老婆。是个非常可怜的人，她是非常有理由怨恨的。只不过，她恨错了人。燕子的确跟徐涛的死有关。但并不是这女人以为的那种关系。燕子用尽量镇定的语气说道：

"我和你爱人的确坐的同一架飞机，但那时他并不认识我。我也不算认识他。我只不过在完成一个任务。那个任务就是跟踪调查他。原因很简单，因为他的单位发现他有贪污巨款的嫌疑，所以雇用我们公司对他进行调查。我在斐济跟你老公聊过天，也跟你女儿玩过沙子，但除此之外，我们没发生过任何其他事情。你老公的嘴很严，并没向我透露太多的信息，只说到斐济是去见什么人。后来我们用别的方法，得到了他贪污的证据。"

那女人依然坐在地板上，恶狠狠盯着燕子。燕子低垂了目光，满怀歉意地说："我和你丈夫不是你想象的关系，也不可能是那种关系。但是，的确是我发现了他贪污的证据，间接导致了他的自杀。对此我一直耿耿于怀，对他深怀歉意。我没想到他会采取这么极端的方式……"

燕子咬住嘴唇。高翔用严厉的声音插话道："你只是个调查师，在完成你的工作！但即便不是你，也会有另一名调查师去斐济完成这个任务。说到底，她丈夫贪污巨款在先，纸是包不住火的！和你无关！"高翔的话，倒是和 Steve 有几分相似。

"你们说的，都是真的？"那女人半信半疑地看看燕子，又看看高翔。

燕子并没立刻回答。她抓过自己的皮包，取出名片夹，拿出一张递给黑衣女子："这是我的名片，你看清楚了。我的职位，是初级调查师。"

"那个狐狸精，又是谁？"

"那我就不知道了，"燕子摇摇头，"从斐济回到北京，我就没再参与过这个项目。"

"你骗人！"黑衣女人霍地站起身来。高翔立刻扭住她的胳膊，动作非常专业。

"你别以为你能骗得了我！就是你勾引了我丈夫！你想让他帮你贪污，然后你俩好远走高飞！你这种贱女人我见多了！不要脸！喜欢别人的钱，喜欢别人的男人！"

"住口！"高翔厉声道。

但为时已晚。燕子感觉像被利剑穿心，泪水已猝不及防。

"你说得没错，我喜欢钱，我也喜欢别人的老公！"燕子抹了一把眼泪，从茶几上抄起一个相框，举到黑衣女人眼前，"看！这是我老公！他一年能挣一百万美金！"燕子丢下相框，又抬手指着高翔："你再看看他！他曾经是我的心上人！八年前，他跟别人结了婚，八年了，我没有一天不想起他！我到底是缺钱，还是缺别人的老公？我为什么非要勾引你的丈夫？"

燕子的头嗡嗡作响。这些话脱口而出，完全不受理智控制。她甚至不知道自己说了些什么。她就只觉得浑身上下无比轻松，好像插翅飞了起来。然后，奇迹般地，她惊讶地发现，他的名字竟是她的理想：燕子，高翔。

高翔愣在原地，茫然地注视着燕子。双眼也似起了一层雾。

黑衣女人趁机从高翔手中挣脱出来。

高翔猛然一惊，一个箭步抓住那女人的胳膊："你这是故意伤害未遂！走，跟我上派出所！"

那女人立刻浑身瘫软，哇的一声号哭起来："求求你！别把我送到那儿去！我男人已经死了，我要是再进去了，我女儿怎么办？我求求你了！"

燕子向高翔点点头。她想说：她是个可怜的女人。可她突然说不出话来。她的力气仿佛在一瞬间用尽了。她仿佛跌回了地面。其实她从来都不曾飞翔。

高翔松开手，那女人立刻瘫坐在地板上。高翔由她哭了一阵，把面巾纸盒扔到她面前："别哭了。说吧，你怎么会找上门的？"

那女人抽出几张纸擤了擤鼻涕，哽咽着说："我老公这个人啊，他真的是一辈子老老实实的，一丁点儿的坏事都不敢干。"她把目光转向燕子，"你见过他，你大概知道他是个好人，怎么突然就去贪污了呢？我收拾他的东西，找到一个密码箱。我撬开一看，心里就全明白了。那箱子里有一封信，是留给我的。信里说他知道他对不起我和女儿，他也知道他鬼迷心窍了，可事已至此，他只能走到底。他说他离开我们娘儿俩，也不都是为了那个女的，他也为了能让我们过上好日子，狗屁！"

黑衣女人剧烈地咳嗽了几声，几乎要窒息了，好歹缓过气，继续说下去："他说他有一大笔钱，他说他到了地方就给我们寄钱来，还说女儿以后可以出国读书，说让我找个自己喜欢的人嫁了，再生几个孩子，我们一家他都包了！他这个没良心的，他这是准备好了要跑啊！"

黑衣女人呜呜哭了几声，继续说："我找了个私人侦探，让他查那狐狸精是谁，他管我要了三万，后来就把你……"女人看燕子疲惫地闭着眼，又忐忑地看向高翔，"把她给查出来了，说她和我丈夫一起去的斐济。那侦探给了我她的照片，我给我女儿看了，我女儿也说的确见过她。后来侦探给我出主意，让我去跟我老公同事打听打听，他到底贪污了多少，有没有同伙。我去一打听，都说没听说有同伙，就他一个人干的，还说贪污了好几千万，一分钱都没找回来。那侦探就断定钱都在她手里，出主意说要绑架她，然后逼她把钱交出来。侦探说她拿的都是贪污的钱，肯定不敢报警。我就又给了那侦探两万，还答应他钱一到手，就跟他三七分。可没想到，他们计划了好几次都没成功，后来又说她不在北京了，我就让侦探退钱，可侦探不退，然后说她又回来了，说马上就动手。可昨天夜里突然又给我打电话，说她……"黑衣女人的目光又在燕子和高翔两人之间来回走了一遍，低头说，"说你们路子野，有后台，他们不敢动手了，钱也不还给我。我……我就从学校实验室拿了那玩意儿，我本来没想真的泼的，就是吓唬吓唬……呜……"

黑衣女人又哭起来。

燕子疲惫地站起身，打开大门："走吧！"

那女人吃惊地抬起头。燕子又说了一遍："走吧！快点儿走，以后别再干这种傻事了，想想你女儿。"

黑衣女人半信半疑地站起身，偷看一眼高翔。

"走！"高翔吼了一声。那女人拔腿跑出大门。

燕子关上大门，转过身，浑身松软地靠在门上。

高翔上前一步，一把把她死死地搂在怀里。

顷刻之间，高翔胸前的衬衫湿透了。燕子想挣扎，却毫无力气。她已经失去了一切意识和知觉。失去了大脑，失去了内脏，失去了皮肤，失去了一切细胞，变成一块晶莹剔透的冰，渐渐融化在高翔炙热的怀抱里。一块全世界最甜美的冰。高翔则是全世界最贪婪的孩子，用滚烫的唇，吮吸着冰上融化的每一滴水。滚烫的舌尖，从耳垂一直滑向胸口。她仍像当年，如冰雪一般的纯洁。

燕子用尽最后一丝力气，搂住高翔的头。她本想在他耳边说些什么，可毕竟还是什么也没说出来。

不知过了多久。在清晨的微光中，燕子醒过来。

枕头分外舒适，床单柔软而光滑。晨曦躲在窗帘的缝隙里，仿佛害羞的小孩子，在偷偷往屋子里看。

大床的另一半却空着。

一张字条，静静地躺在枕边：

亲爱的燕：

对不起。请你忘了我，努力幸福地生活下去。

一个一直爱你，却又不配爱你的人

燕子跳下床，一把拉开窗帘。白光猛然跌在地板上，化作微薄的一摊。

两只网球，孤独地停在网球场上。

燕子慢慢地，慢慢地坐到地板上；轻轻地垂下头。一头乌黑的长发，流水一般倾泻。

4

几个小时之前。夜色正浓。

高翔笔直地站立在会议室的正中央。四个身穿警服的男人，分立在会议室两侧。其中一个，正是留着寸头的胖子。

在会议室的正前方，端坐着另一个穿警服的男人。他五十出头，腰板笔直，表情威严。

"你还有脸来见我！不是你拍着胸脯，说你决不会顾及儿女私情，一定能完成任务？"

"请求组织处分我！"

高翔面无表情，双目直视前方。自从酒吧那一夜，当他看见燕子含泪的醉眼，他就知道，这任务他完成不了。

"处分你？处分你能挽回损失吗？"正襟危坐的男人拍案而起，"你的草率行动已经打草惊蛇了！刘满德已经逃回香港了，叶永福也正在做逃跑计划，而我们还没有得到我们需要的关键证据！整盘计划眼看就要落空了！你让我怎么和上级领导交代？你让我怎么和香港廉政公署的人解释？让他们看我们的笑话吗？"

高翔沉默不语。如果时光倒转，他还会再做一遍。

"王局，我倒觉得未必全是因为老高打草惊蛇。"胖子插嘴道，"老高找人去万沉捞谢燕是周二的事情。但据我们的线人说，刘满德昨天才去的香港，而叶永福也是今天上午向银行预约了明天提取巨款，有准备逃跑的迹象。所以，也许就在周二和昨天之前，他们又从别的渠道得到了消息。"

"强词夺理！不管叶永福到底为什么逃跑，高翔的鲁莽行动肯定惊动到了对方。不论导致什么后果，他这种无组织无纪律的行为，都是绝对不可原谅的！现在上级领导下了命令，让我们放弃原先的计划，提前行动，抓捕叶永福。但即便明天就行动，叶永福也已经有所准备，这对我们，就意味着更大的困难和更多的危险！也就增加了流血和牺牲的可能！"

"王局！请组织派我参加明晚的行动！"高翔万分坚决。他要消失。彻底从燕子生命中消失。他没资格留在她身边。他的存在只会夺走她的一切。

"你？你什么行动也不能参加！先把你的枪和警徽交出来！"

"我了解万沉的情况！你就让我参加明晚的行动吧！"

"不行！"

"就给我一个将功赎过的机会吧！"高翔剑眉倒竖，双目发出灼灼的光。

那目光正穿透会议室坚实的墙壁，飞越沉睡的北京城，最后一次投向那三层的窗。在之前的一个多月里，他每晚都在那窗下，向着它凝视。

就像八年前。他坐在二手雪佛兰里，仰头看着那扇窗，等着灯光亮起来。

5

都市里的人们，对星期天又爱又恨，仿佛面对即将分手的情人，幸福眼看就留不住了。

但刘太太没这种感觉。对她来说，每天都是一样的。

以前，她女儿还在北京的时候，周末多少还有些不同。女儿有时会请同学到家里来。当然，女儿的同学聚会是不需要当妈的参与的。但刘太太有参与的责任。特别是当有男同学出现时。女儿是新潮的女儿，刘太太可不是新潮的妈。在女儿请客的周末，她不去健身房，也不去打麻将，更不去做美容或者按摩。她就在家看电视，顺便看着女儿，尽管看到的尽是横鼻子竖眼的女儿。

如今女儿去了美国，家里就只剩她和保姆。礼拜天也就不再有区别。

刘太太不睡懒觉。不是不想，是不会。以前在乡下，早起是与生俱来的习惯。后来男人做了生意，更是没白没黑。再后来男人去了香港。钱是不需要刘太太赚的，可孩子需要照顾。这样又过了多少年，家搬到北京。刘太太有了保姆，住了洋房，学会了开车，女儿也留了洋，再没理由早起，刘太太偏偏没学会睡懒觉。

刘太太也不稀罕学会睡懒觉，尽管健身房别的太太们都爱睡懒觉。刘太太喜欢早起，挎着篮子逛早市。她不高兴让保姆买菜。刘太太绝对不缺钱，可她也不缺时间。少给菜贩子两毛钱，能让她快乐好一阵子。

买完了菜回到家，下一站就是健身房。这是刘太太所能接受的为数不多的几样新鲜事物之一。健身房里能认识别的太太，或许能陪她聊聊天。尽管别的太太们未必都看得起刘太太。刘太太的文化不高，看不懂女儿衣服上那些洋文。在她眼里，洋文就和女儿的男同学一样，动机不良。尽管刘先生就是靠着跟洋人做生意发的大财，可是刘太太宁可男人少发点财，能在家里多露露面。刘先生每年在家的日子，加起来可能还不到一个月。

如今刘太太也不在乎了。以前是男人在外面她心慌，她想跟着可男人不让。现在就算是请，她还不乐意去了。男人爱在哪儿在哪儿，爱干吗干吗。她不琢磨也不打听。反正她是名正言顺的刘太太，结婚证锁在她卧室的保险箱里。

早上九点，刘太太已经逛完了早市，吃完了早饭。星期天健身房热闹得晚。说不定连值班小教练都还在打瞌睡。刘太太去健身房不是为了健身，就跟她去美容院不是为了美容一样。她的身材和容貌都不值得再多花钱。今天还早，她坐在沙发上看电视，耐心等着其他的太太们起床穿衣服。

不过除了刘太太，还真有人星期天一大早也不闲着。刘太太刚打开电视机，手机上来了封短信：

针眼相机，窃听器，专业调查服务：跟踪、银行账号、第三者，请接洽张小姐，159××××××××。

这种短信刘太太常接。自从前年买了辆宝马，她的手机号码就像登了报纸。卖保险的，卖房的，卖假药的，卖春的……卖啥的短信都有。昨晚十点还有人打电话卖保险，要找刘先生。刘太太并非每次都跟陌生人在电话里聊天。但昨晚格外无聊，所以顺便多说了几句。卖保险的就喜欢得寸进尺，刘太太只好跟他说："这件事我不懂，你还是跟我先生说吧。不过呢，他现在不在北京，不，周末不会回来了。这个月都不回来了。真不好意思！"把电话一挂，似乎真有点意思。

其实跟踪窃听比卖保险有意思。可惜那只是一条短信，大概是骗人的。刘太太正打算把短信删了，家里座机又响了。别看是星期天，电话的声音此起彼伏。刘太太皱着眉去接电话，心里却暗暗庆幸，没有过早出门去健身房。

电话里是个细声细气的陌生女人，开口就讲洋文，叽里咕噜的。刘太太的好心情少了一半："什么啊！听不懂！打错了！"

刘太太正打算要挂断电话，对方却突然改口，大着舌头说起了中国话："你好，我是香港宝成保险公司的Yuki，请问刘太太在不在？"

原来又是卖保险的，刘太太略感扫兴。不过对方的口音挺有意思，嘴里好像含着热豆腐。刘太太虽不如别的太太喜欢购物，香港还是去过几次的。刘太太打算再多聊两句："我就是。"

"噢？你也姓刘吗？"

"什么？我不姓刘，我姓崔。"

"噢，那刘太太在吗？"

"我就是刘太太！我不姓刘，可我先生姓刘。你到底有什么事儿？"刘太太有点恼火。这香港人是不是缺心眼儿？

"你先生也姓刘？这么巧哦，对不起，可我找的是刘太太，Ms. Maria Lau。"

"什么马尾巴老？"刘太太一头雾水。

"是啊，Maria Lau，就是刘满德先生的太太，能不能麻烦你帮我通报一下？我有事找她！"

香港人的口气竟然还有点不耐烦。刘太太恍然大悟：难道把我当成老妈子了？！

"我就是刘满德的太太！你到底想干吗？"

"啊！真的吗？您的中国话实在太好了！您真的是刘太太？"

"废话！我没事儿冒充别人太太干吗？你是不是有毛病？"

"刘太太，真的抱歉，是这样，刘满德先生上个月为您购买了一款人寿保险。作为答谢，我们公司将赠送一份礼物给您。刘先生在登记单上填写的是英国伦敦的地址，留的电话却是中国的。我们想通过电话确认一下邮寄地址，好把礼物寄给您！"

"英国的地址？什么地址？"

"No. 1397 Hyde Park Road，London……"

"得得得，什么乱七八糟的！"刘太太打断对方，却突然冒出一个令她不安的念头，"你刚才说刘满德说他太太叫什么？"

"Maria Lau，"香港小姐也疑惑起来，"您确定您是刘太太吗？因为刘先生有拿他太太的照片给我看哦，是个英国人呢！"

"什么？他给你看他太太的照片？他给你看他太太的照片干什么？你不是卖保险的吗？"

"因为我是在酒会上认识刘先生的，刘先生当时正和几个朋友喝酒，他的朋友都说他太太很漂亮，让他把照片拿出来给大家看，刘先生就把他手提电话上的照片给我们看，哇，很漂亮的洋太太呢！我就向他推荐我们的圣诞情侣保险产品……"

刘太太心中"咯噔"一声。

老公在外面有情人，这她不猜也知道，不过情人居然是个洋人，而且还公开称作是刘太太，在伦敦还有地址，还给她买保险当作圣诞礼物……

不安瞬间升级成愤怒。刘太太敦实的身体好像蓄势待发的航天飞机："他给那婊子买了多少钱的保险！？"

"这个……您真的也是刘太太吗？"对方似乎突然醒悟，惊慌道，"真的 Sorry 啊，我想也许是刘先生当时有一点儿醉了，他也许是在开玩笑！Sorry 啊刘太太，您千万不要多想，刘先生一定是醉了！不然不会把电话填错……不不！是把地址填错了！没关系，我们想办法直接联系刘先生好了，Sorry 啊！打扰您了对不起！"

对方不由分说地把电话挂了。

刘太太狠狠把电话听筒摔到桌子上。她只觉两眼发黑，一颗心咚咚地要往脑袋里跳。她使劲儿喘了几口粗气，很想再找些东西来摔。刘太太一屁股坐在沙发上，抓起手机，正要往外扔，手机却一下子亮了起来，屏幕上是那条要删没删的短信：

> 针眼相机，窃听器，专业调查服务：跟踪、银行账号、
> 第三者，请接洽张小姐，159×××××××××。

有个念头，在刘太太脑子里一闪。她犹豫了片刻，拨通了短信里的号码。

"你好？"对方又是女的，不过声音比较粗，操着地道的北京口音。

"能查吗？第三者？我怀疑我老公在外面有女人。"刘太太直截了当。

"当然了，这是我们最拿手的。"

"在香港英国也能查？"

"您是说，您爱人的情人，在香港和英国？"

"我老公在香港！那女的在英国！"一个第三者还不够啊，香港还要再来一个？

"那您想知道什么？"

"我想知道那女的长什么样，住谁的房子，我老公一年见她多少次面，给她多少钱！"刘太太越说越气。

"您知道她叫什么吗？"

"叫什么老马尾巴？还是马尾巴老？反正是个洋名儿。我老公叫刘满德，刘备的刘，满意的满，德行的德！"

"您有她英国的地址吗？"

"什么什么疙瘩什么的，唉，我不知道！就听了一耳朵，我又不懂洋文！你们自己查不出来吗？到底成不成？外国的？"

"您先别急，我们当然能查得出来，外国的也没问题。不过得稍微贵一点儿。"

"多少钱？"

"五万。"

"五万！你抢劫啊？"刘太太尖声叫道。

"您想想，您连名字和地址都不知道，我们虽然能查，可也得从头开始啊！我们得先跟踪您的爱人，一直跟到那女的出现，然后再跟踪她，直到把她的住址和电话都弄到手。如果按照您说的，她人在英国，那我们还得派人去英国，那花费肯定少不了的。不过呢，您要是能事先提供一点儿线索，那我们也许能少收些。"

"我能提供什么线索？"

"您有您爱人的信件吗？特别是有外国地址的？"

"信件？好像有几封印着洋文的，不过不多，那个死人！一年到头不回家，什么都不带回来！不过家里有台计算机，小的那种，能折叠。他去年带回来的，女儿说要，他就留下了，没带走。有用吗？"

"有啊！当然有用了。这样吧，您把这些信啦、电脑啥的这些东西，都拿来给我们看看，如果能用得上，我就给您便宜点儿。"

"能便宜到多少？"

"三四万吧。"

"说个死数！几万？"

"三万。"

"两万！"

"两万五！"

"就两万！不然我找别人了！这种广告到处都是！"

讨价还价是刘太太的本行。

"我们可是专业的，别的有好多是骗人的！"

"我怎么知道你们不是骗人的？"

"我们就只收五千块定金，等查出结果来，我们才收全款。"

"你们要是骗人的，五千块也不少啊！"刘太太精明着呢。

"这……"电话那头的女人好像很为难。刘太太决不让步。讨价还价的事儿她见多了。刘太太说："没定金！做出来给钱。做不出来不给！不成就算了！"

"唉！好吧！那您就先过来，带着东西！定金总得给一点儿吧？不然我没法交代，三五百的也成！"

刘太太下午三点半走进上岛咖啡。

侦探公司没有正经的办公室，这刘太太能理解。毕竟不是光明正大的生意，没有办公室没关系，只要真能办事就成。

刘太太把"折叠计算机"紧紧抱在胸前。咖啡厅里人不少，还不至于光天化日强抢豪夺。刘太太故意没带多少现金，钱包里一共一千块。计算机值钱，刘太太犹豫着要不要交出去。

侦探公司一共来了两个人，一男一女。女的姓张，二十多岁，虎头虎脑，看不出能有多大本事。男的姓王，四十多岁。王先生笑而不语，好像肚子里有些货色。

刘太太开门见山："我可没带现金。等你们查出结果了，一手交钱一手交货！"

张小姐面露难色。王先生想了想说："好吧！我们这回就不收定金了。"

"老板，这怎么行？"张小姐吃惊道。刘太太听出来这就是电话里的女士，晃着头说："不是你说三五百也成吗？难道三五百还好意思收？"

"没关系的，这位大姐看上去就是守信的人。"王先生转向刘太太，"电脑和信件您带过来了吧？"

刘太太心里有点儿犹豫。

"您要是不放心，就在这儿等着，两个小时以后，我们就可以把电脑还给您。"

"谁知道你们会不会还啊?"刘太太嘟囔了一句。

"我们都是专业的,客户多着呢,我们可犯不着骗您一台电脑。"张小姐吊着眼角瞥了一眼刘太太怀里的电脑,"还是这么旧的款式,能值几百块钱?"

刘太太反驳:"我怎么知道你们是不是专业的?"

王先生插话道:"刘太太,您说您爱人叫刘满德?"

"是啊!"刘太太点头。

"您看看这个,他是不是您爱人?"

王先生边说边从包里取出一张纸,递给刘太太。居然是一张黑白照片的复印件。虽然不够清楚,但人脸都不难识别:有个七八岁的洋小孩正手举奶油蛋糕。小孩身后站着一男一女,体态丰盈的洋女人正和瘦小的中年男人脸贴脸搂在一起。那长脸的中年男人,不是自己的老公又是谁!

刘太太虽然早有心理准备,可还是一阵天旋地转:"这孩子!这孩子是谁的?"

王先生却一把夺回复印纸,放回包里:"那我就不知道了。也许明天,或者后天,您就什么都知道了。"

刘太太忙把电脑和信件都交给张小姐。才三个小时不到,就把照片都搞到了,看来还真有点儿本事。

王先生果然没有食言。不到两个小时,张小姐就把电脑和信件都还给刘太太。还让刘太太在一张纸上签了字。刘太太很认真地读了,无非是说,刘太太自愿让他们检查和收集了电脑里的信息。刘太太心想,电脑里能有啥值钱信息?只要把电脑还给她就行了。

刘太太问查到了些什么,张小姐耸耸肩,说电脑里什么都没有,这些信也用不上。刘太太问那怎么办?张小姐说自然还有别的方法,只不过时间会久一些。刘太太又问会不会涨价。张小姐摇头道:"老板说了,只要您多给介绍几个活儿,这次就当打折了。"

刘太太抱着电脑走出上岛咖啡,心想那王先生和张小姐说不定已经发现了什么,只不过不肯告诉她。不告诉也能理解。她不是一分钱定金都没交吗?等明天再给张小姐打个电话,答应交上一点儿钱,说不定就有消息了。刘太太恨不得立刻坐飞机去英国，找那洋女人拼命。

刘太太却没想到，从此以后，那位张小姐的电话，就再没开过机。

燕子、老方和 Tina 在国贸附近的小饭馆共同举杯。今天的行动实在太顺利，老方都忍不住称赞 Tina：第一次参加高难度的"角色扮演"就一举成功完成任务！燕子也在敲边鼓：今天你立了头功了！小饭馆里的灯光虽然昏暗，却遮不住 Tina 眼中兴奋的光芒："哈哈！也别光鼓励我了！其实 Yan 姐最棒了！别看你没直接露面，香港口音简直没治了！Yan 姐，你是从哪儿学的啊？"

燕子一下子想起芝加哥的中餐馆。那些发红的虾，那些混着油烟的夜晚。还有老谭。她嘴角的笑意淡了。

老方接过话茬："那当然了，人家 Yan 可是久经沙场了，国际行动也单枪匹马地执行过呢！"

"什么国际行动？"Tina 瞪圆了眼睛。老方嘻嘻笑着，并不立刻回答，故意吊 Tina 胃口。燕子试图打断老方："别听老方瞎吹。"

老方却反倒兴致更高："我瞎吹？难道 Steve 没派你去的斐济？难道我没在机场接您？"

Tina 脸上的惊异顿时增加了十倍："去斐济干吗？"

老方答："拿财务处长的硬盘。"

Tina 瞬间提高了分贝："我的天啊！原来那位高人就是你！哦哦哦！我终于明白了！怪不得我把你带去华夏公司，Steve 气得要开除我！罪魁祸首果然是你啊！"

燕子黯然一笑。徐涛掉落的黑皮鞋又出现在她眼前。直到现在她还是会感到自责。尽管她的理智已经劝慰过一万遍：是他咎由自取。也许，她真的并不适合调查师这种工作。她从来都不是一个足够冷静和理智的人。比如 Steve。Steve？燕子脑海里突然划过一个问题：Steve 有没有继续华夏贪污案的调查？徐涛去斐济见的"领导"是谁？他显然有个情人，而且和那情人一起贪污并准备逃跑的。那情人是不是徐涛提到的"领导"？徐涛的老婆为什么说：徐涛并没有合谋？

"Tina，还记得吗？Steve让你查过从首都机场出境去斐济的旅客名单？里面有没有一个华夏房地产公司的？"

Tina摇头："没有。怎么了？"

"我在斐济的时候，那财务处长跟我说过，他在等一位领导。我感觉那领导有点儿可疑，干吗要大老远地跑到斐济去见面？那财务处长也不像是能自己贪污几千万的人，可后来又说是他自己干的，没有同谋。我总觉得有点儿不对劲儿。"

"噢？这就怪了。"老方也皱起眉，意味深长地说，"Steve的眼睛里可不该揉沙子。"

"嗨！管他呢！那又不是咱们的项目。让Steve自己操心去吧！"Tina嘻嘻哈哈地说，"今天真来劲儿！都能拍电视剧了！这集就叫'燕姐智取刘满德电脑硬盘，老方和Tina跟着升官发财'！"

燕子点了一下Tina脑门子："真是财迷！"

Tina把头一闪："我可没开玩笑！眼看就到年底了，下周就要年终总结了！"

"怎么个总结法儿？"燕子只是好奇，那总结已经跟她没关系了。

"就跟Steve谈话呗！他告诉你过去的一年干得好不好，然后明年会不会提级或加薪。提级我是没份儿了，不过你大有希望！你还别不信哈！你看，Case Manager都让你当了吧？这可是自古以来没有过的事儿呢！就算有名无分，可现在，刘满德的电脑硬盘都弄到手啦！不提你提谁？嘿！你别装了！心里其实特美是吧？"

燕子默然一笑，把目光转向窗外。她用不着装，因为这一切都跟她没什么关系了。窗外居然飘着细雪。

燕子一时间看得痴了。这雪，下了多久了？

那个人，他是不是也看见了？

高翔所在之处的确也在下雪。这是一场覆盖整个华北地区和太行山脉的雪。但他并没有注意到车窗外的细雪。他正坐在一辆大巴车里，一身特警的装束，和漆黑的夜混作一体，唯有一双明亮的眼睛，在黑暗中闪烁着严峻的光。

五辆旅行大巴，在数辆小轿车的引导下，借着夜色悄然驶入万沅县城，慢慢靠近沅鑫洗浴中心。车里坐满荷枪实弹、全副武装的特警和武警。

这是属于高翔的行动，他必须参加，而且他要冲在最前面。

他已经从另一个战场败下阵来，这是他最后的机会。他本以为，多年的从警生涯，早已将他铸炼成冷血动物，生死都已置之度外，更何况儿女私情。

可他错了。因为那只归来的燕子。

不是因为她的美丽，尽管她的美貌犹似当年；也不是因为她的纯洁和善良，尽管她的眼睛仍和当年一样的清澈。他的失败，只因她目光中的那一丝忧伤。只有细细的一丝，却是用刀刻入灵魂深处的。别人可以看不见，他却不能。

当他在 GRE 的门前，再次见到她的一刹那，他的失败就已注定了。一败涂地。因为他知道，她并不快乐，尽管已经时隔八年。从她的目光中，他仍能看到那由他造成的伤。

就如同他心中的伤一样，永远无法愈合。

十分钟后，万沅县城里突然热闹起来，过年似的。

县城的许多居民都被一阵噼噼啪啪的声音惊醒。有个孩子问父亲：外面是不是在打仗？睡眼惺忪的父亲嘟囔着说：好好地打什么仗？兴许是谁家死了人，在放鞭炮。

就在县城最中心的地段，一群身着黑衣的身影，正匍匐在沅鑫洗浴中心楼门外。楼里没有灯光，子弹正呼啸而出，划出一道道闪电似的光。

行动并不顺利，遭遇了顽强抵抗，叶永福已有所准备。在洗浴中心门前的僵持，已经持续了二十分钟。有几名警员已经受了伤。

院子外面的高音喇叭不停重复着："叶永福！你被警察包围了！不要再负隅顽抗了！缴枪投降吧！"

突然间，枪声戛然而止，楼里鸦雀无声。夜变得死一般的寂静。

有个矫健的身影，纵身而起，向着楼里冲进去。此刻他只有一个信念：速战速决，减少伤亡。

片刻间，枪声突然又起。

"老高！！"有人高喊一声。却没人跟着他冲进楼里。枪声越发密集，子弹的轨迹是双向的，织成一张密不透风的网。

高翔仰面跌倒的一刻，并没感觉到疼痛。他只觉小腹被人猛然一击，身体随即失去了重心。

高翔的后背紧贴着冰冷的水泥地。他想再站起来，可突然间一点儿力气都没了。那坚硬的地面仿佛具备强大的磁场，正把他往下吸，沉入地壳深处。

四周变得越来越黑。唯有头顶斜上方，有一小片殷红色的天空。那是一扇打开的玻璃窗。一些晶莹剔透的碎片，正纷纷地穿过那扇窗，随着他一同下落。他竭尽全力不让眼睛闭上，他想看清那些碎片。它们看上去美极了。

风是在激战将要结束时起的，风中夹杂着雪花。

当第一片雪花落在高翔额头时，他的视线已彻底模糊。

透过眼前那一片混沌，他仿佛看见一整片广阔无垠的夜空。许多纷飞的雪花，正朝着他和燕子落下来。

他们依偎着伫立在冬夜的街头，仰望雪花飞舞的夜空。他们的手指正紧扣在一起，仿佛一辈子都不会分开似的。

三百公里之外，燕子突然从梦中惊醒。

其实算不得是噩梦。燕子站在深夜的街头，看着一个瘦高的背影，一步一步渐渐走远。她并没追赶他，也没呼唤他。她穿了白色的裙子，裙角随风飞舞。夜很冷，夜空里没有星。

燕子醒过来。眼前同样漆黑一片。

梦是反的。也许明天天一亮，高翔就会出现在她面前。就像多年前，在中餐馆门外，他站在铺着薄雪的街道上。他微笑着，看着她。

燕子闭上眼。

一滴泪，从眼角滑到耳边，痒痒的。

第九章

黄雀在后

星期三中午，燕子完成了"晚餐"报告的初稿。距离 Steve 的最终期限还有两天。最关键的证据还没到手——刘满德的电脑硬盘仍在分析中。

报告初稿共 150 页，燕子只用了两天就完成了。这在 GRE 的调查师里已属神速。

报告里详细叙述了大同永鑫的发展历史，以及三位初始控制人——叶永福（万沅地头蛇）、黄志新（县长秘书及代言人）和刘满德（重婚的英籍华人）的背景和历史。

报告还叙述了万沅机械厂的国有资产如何转移到大同永鑫，大同永鑫又如何被翻倍卖给香港怡乐集团。在 GRE 所有的尽职报告中，"晚餐"的报告算得上超详尽，几乎能和预算十万美金的欺诈调查报告相提并论了。

GRE 的每份报告开篇，都有一段概述，总结概括后面一两百页的内容。"晚餐"初稿的概述是这样的：

据客户（英国古威投行）提供的信息称：怡乐集团，一家香港上市公司，于 2009 年 8 月以五千万美金成功收购大同永鑫煤炭机械有限公司，一家位于山西大同的采煤机械零配件制造公司。古威投行拟于近期购入怡乐集团 30% 的股份，遂聘请 GRE 对大同永鑫的背景做独立而秘密的调查，以便进一步了解该企业的背景和历史，及其是否存在任何未披露的不良信息，以及对其投资将面临的任何其他风险。以下为该项目调查结果的概要：

怡乐集团于 2001 年在香港证交所挂牌上市，曾经历数次借壳上市，更换实际控制人和投资行业。其当前的主要控制人是 2008 年获得该公司控制权的。2008 年 10 月，古威投行（客户——请注意客户早在 2008 年已经入股怡乐集团……）所控的永辉控股以两亿港币收购了怡乐集团 60% 的股票；另外一家在 BVI 注册成立的公司，大洋控股，同时以五千万港币收购了怡乐集团 15% 的股票；收购之后，公众股持股量为 25%。据进一步调查显示，大洋控股的真实控制人或为英籍华人刘满德（有待确认，证据尚在收集过程中）。永辉控股和大洋控股成为香港怡乐集团的主要控制人之后，刘满德随即担任香港怡乐集团的董事会主席。此次收购之后，怡乐集团进行了新一轮的融资扩股，发行新股价值两亿余元港币。新股发行之后，永辉控股和大洋控股分持怡乐集团 22% 及 5.5% 的股份。剩余 72.5% 的股份为公众股东持有。2009 年 8 月，香港怡乐集团以五千万美元购入大同永鑫。

大同永鑫于 2009 年 1 月在山西省大同市万沅县注册成立。原始注册资金三千万元人民币，法人代表及执行董事为叶永福（万沅当地具黑势力背景的商人）。香港福佳控股为大同永鑫成立时的唯一股东，拥有其百分之百的股份。香港福佳控股又分别被三家 BVI 注册的公司控股：长佳控股拥有香港福佳 30% 的股份，金盛控股拥有其 60% 的股份，紫薇控股则拥有其 10% 的股份。香港福佳控股同时拥有三名董事，分别为叶永福、刘玉玲和张红。

据查，张红为紫薇控股的实际控制人。而张红同时又是万沅县县长秘书黄志新的妻子。张红在香港福佳（也就是大同永鑫）中所持的 10% 原始股份的最终受益人，或为万沅县县长。刘玉玲是刘满德的女儿。因此，大同永鑫的初始控制人，或为叶永福、黄志新（或万沅县县长）及刘满德三人（有待确认，证据尚在收集过程中）。因此，2009 年 8 月香港怡乐集团收购大同永鑫的交易，实为关联交易，即刘满德将其部分控制的公司大同永鑫的全部股份，销售给了自己担任董事会主席的香港怡乐集团，然而该关联关系并未以任何形式披露。

进一步调查显示，大同永鑫的前身为万沅县梨山镇机械厂。该厂于 20 世纪 70 年代建厂，为国有企业。自 2000 年以来经营困难，于 2008 年申请破产重组。叶永福及刘满德等人，伙同当地政府官员（万沅县县长），出资两百余万元安置原厂职工，买断工龄，之后重新注册一家新公司大同永鑫，并将原机械厂的设备及财产划归新公司所有，从而将其变成几人的私有财产。于 2009 年 1 月至 8 月期间，叶、刘及当地政府官员又先后数次低价购入旧机械设备，并在香港怡乐集团高层（刘满德）的配合下，通过不实审计，将工厂的设备、房产和土地加倍折算资本，遂将万沅机械厂的注册资金改为三亿元人民币。据现场调查结果显示，万沅机械厂的全部设备、房产和土地使用权的价值不超过两千万元。更需说明的是，大同永鑫的几个实际控制人在获得该两千万元的财产和设备时，除出资两百万元买断工人工龄之外，再无任何其他投资，因此其行为涉嫌非法侵吞国家财产。2009 年 8 月，大同永鑫的初始控制人（叶永福、刘满德、黄志新）成功将大同永鑫以五千万美元（即约三亿四千万人民币）的价格卖给怡乐集团，从中谋利达三亿三千八百万元。即便扣除大洋控股（刘满德控制）当初收购怡乐集团 15% 股份时所投入的五千万港币，刘、叶和黄（或为万沅县长的代言人）所获取的实际利润亦接近两亿九千万元人民币，几乎达到初期投入的六倍。

结论：刘、叶和黄涉嫌非法侵吞国有资产，并将国有资产非法外移；而在香港怡乐集团对大同永鑫的收购项目中，存在严重的关联交易及欺诈。大同永鑫为香港怡乐集团的核心运营子公司，但该公司的实际财产不超过两千万元人民币；而怡乐集团当前的股票市场价值高达约六亿元港币。另外怡乐集团的董事会中存在严重的内部欺诈现象，因此对怡乐集团的投资具有极高的风险。

概述后是由电脑绘制的结构关系图：

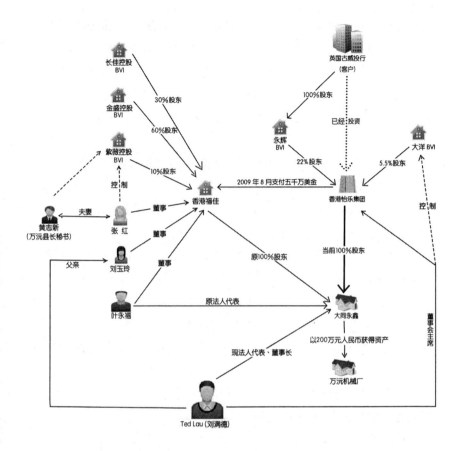

报告初稿虽已完成，其中几项推断尚未板上钉钉。成败与否，全在刘满德的电脑硬盘。

中午 12 点，燕子把报告初稿发给 Steve，倦意顿时铺天盖地。两天半的时间，完成一份 150 页的报告，彻底算得上是"废寝忘食"了。白天黑夜混作一团，一心都在工作上，过去的不必回忆，未来的也不必设想，其实正是她所需要的。报告完成了，心里反倒空了。好在非常疲惫，她就只想回家睡一觉。

手机却好像是成心要跟她捣乱，突然狂叫起来。燕子从包里掏出手机。

133035×××33！

久违的号码。燕子曾因为它提心吊胆，此刻却竟然丝毫不觉得恐惧了。除了高翔，还能是谁呢？高翔早知道有人要对付燕子，所以一直在暗中保护她。燕子仍不知道高翔到底是何背景，怀有什么目的。

但她此刻已经不那么关心了。她就只在乎一个问题：他以后还会不会出现？自那天早上，看到高翔留在枕边的字条，燕子似有一种预感，他又会像八年前一样，把她丢下，多少年都不再出现。但此刻，当她再见到这个号码，心中一下子释然了。不只如此，还有兴奋，而且紧张。这次不是短信，而是电话！高翔终于决定用这个号码直接跟她对话了？

燕子把手机举到耳畔，小心翼翼地按下接听键，仿佛生怕把对方吓跑了，声音微弱而干涩："喂？"

"你好，请问是谢燕吗？"是个粗犷的北京口音，绝不是高翔。

燕子心里一沉，警觉地问："是我。你是谁？"

"我……"对方沉吟了片刻，"我是高翔的同事。我现在用的这部手机就是高翔的。"

果然是高翔的手机。燕子并没有猜错。可他为什么不自己打过来？

"高翔在哪儿？他为什么不直接打给我？"

对方沉默不语，加重了燕子心中的不祥预感。她又追问一遍："高翔在哪儿？！"

对方忽略燕子的问题："听着，我这里有些东西，是高翔让我转交给你的。今天下午，你有时间吗？"

"有！"

"下午一点，在你公司楼下。我在车里等你。"对方把电话挂断了，仿佛他下达的是个命令，燕子必须服从。

燕子拨打高翔的号码，已经停机了。再拨打那 133 的号码，居然也关机了。

手机上显示的时间是 12∶55 pm，还有五分钟，她的确别无选择。

燕子穿上外套，提起皮包。Tina 拉住她的胳膊，小声在她耳边说："你去哪儿啊，今儿 Steve 年终总结谈话，下午可能就要轮到你了……"

2

燕子一眼就看到停在路边的切诺基。燕子认识这辆车，在小城餐厅门口见到过的。这是高翔的车。燕子心中一喜：是高翔来了？他为何叫别人打电话？难道是要和她开个玩笑？

车里却并非高翔。是个三十多岁的留着寸头的胖子。燕子同样也认识他。

"怎么是你？"

"是的，是我。"

"高翔在哪儿？"

"他没来。"

"他在哪儿？"燕子又问一遍。

那人却沉默了。燕子心中一沉，再问一遍："他在哪儿？！"

"你真的想见他？"

"是！"燕子斩钉截铁地点头。胖子沉思了片刻，向着燕子一挥手："上来吧！"

切诺基以每小时百公里的时速，穿过分外拥挤的都市。

"你带我去哪儿？"

"去找高翔。"

"他在哪儿？"

"到了你就知道了。"

"那些短信都是他发给我的？为什么要用另一部手机？"

"为了保护你。这部手机没人知道。"

燕子明白了。那是高翔为了跟燕子联络而准备的手机。而高翔的上级——天知道那是谁——大概并不想高翔私自联络燕子。燕子豁然醒悟：她早就是目标了！在"晚餐"项目之前就是了。而把她锁定成目标的人，正是高翔的"领导"。但这是为了什么？她有什么可调查的？

"你一直在跟踪我？"

"是的。"

"你们到底是为谁服务的？"

"到了你就知道了。"

切诺基驶上京承高速，如脱缰野马，向北飞驰而去。最好再开快一点儿，她要早些看见高翔。她的心正悬着。她有很多问题，需要当面问他。

远山逐渐清晰。

切诺基终于驶离了高速，转入一条狭窄的公路。笔直伸向田野深处。

公路变成土路，蜿蜒着穿过山脚下的村庄。燕子愈发紧张，十指紧扣，默默注视着路的前方。

切诺基钻过一座铁路桥，顺着山势绕过一道弯，一座松柏簇拥的大门出现在燕子眼前——"龙山公墓"。

忽然之间，天昏地暗，世界忽然什么都没有了。

3

周围的墓碑都是花岗岩的，高翔的却是汉白玉，似乎有些过于单薄。就像他瘦高的身躯，穿着白色衬衫，站在芝加哥飘雪的街头。

墓碑上的字是新刻上去的：

> 高翔同志，于二〇一〇年十二月五日，在参加某项特殊
> 任务时壮烈牺牲。

燕子并没有流泪。就像多年之前，在高翔临别前的夜晚。有生以来，她第二次感受到，在最伤心的时候，泪水未必会流下来。

胖子提着一只黑色的电脑包，在燕子身边垂首而立，一言不发。

许久之后，燕子幽幽地问："他执行的什么任务？"

"在万沅，抓捕叶永福。他很勇敢，冲在头一个。"

"他在调查大同永鑫的案子，对吗？"

胖子点点头。

"他到 GRE 来做审计，其实是为了通过我，了解更多有关这个案子的情况，对吗？"

胖子仰起头，长叹一口气："这些重要吗？"

燕子黯然道："不。不重要了。"

她其实不知道什么重要，什么不重要。她只觉得自己在往下沉，

四周的青山绿水都在跟着她往下沉，但她心里很麻木，并没有明确的感受。她不知她是在悲伤，还是在愤怒。她其实什么都不知道。

"给。这是你的。"胖子把手里的黑色电脑包交给燕子。

"给我的？这包不是我的。"燕子吃力地抬起头，疑惑地看着胖子。任何一种最普通的动作，对她都是一种挑战。

"包不是你的，可里面的电脑是你的。"

燕子半信半疑地接过电脑包，拉开拉锁。里面果然是她从美国带回北京的手提电脑。燕子心中一抖，脑子立刻清醒起来。她警觉地问："它怎么会在你这儿？"

"它本来在老高那儿，他……"胖子哽了哽，"他临走前，特意嘱咐我把这个交给你。"

燕子恍然大悟。那个清晨，高翔不告而别，竟偷走了她的电脑！

"你的电脑不在了，你都没发现？"胖子皱着眉头问。

"呵，这台电脑我早不用了。"燕子苦笑了一声，心里似乎有一把刀在割，使她突然有了明确的压倒一切的感觉：愤怒。

她低下头试图控制自己的情绪，半天才又努力抬起头来，望向那崭新的墓碑，用她所能想象的最轻蔑和嘲弄的口吻，对着墓碑说："傻瓜！我怎么会用自己的电脑做公司的工作呢？你这个傻瓜！何苦费这么多心机……"

"住口！"胖子在一边低声咆哮。燕子被那咆哮所震慑，怔住了。过了片刻，胖子悠悠地说："可他并没有把你的电脑上交！他临走前做的最后一件事，就是在我耳边小声告诉我放电脑的地方，求我把它亲手交给你！你有什么资格责备他？知道吗？要不是因为你，他现在也不会躺在这里！"

燕子惶然瞪着胖子。

胖子越发激动了："要不是为了你，他也不会违反纪律私自让山西公安厅的同志去万沅把你救回来，因此惊动了叶永福。要不是为了你，他也不会受到处分，行动也不会提前，他更不会为了将功赎过坚持参加这次行动，而叶永福也不会事先做好准备！他也就不会牺牲！"

胖子深吸了一口气，努力克制自己的情绪，继续说下去："要不是因为你，他也不至于连个烈士都评不上！一共就只有5000块的抚恤金，就连这块碑，还是大伙儿一起凑钱给他立的！唉！"胖子长叹一声，"除了我们，连个能给他扫墓的亲人都没有！"

燕子像是被人迎面一拳，脑子里嗡的一声："他父母呢？他……他的爱人……和孩子呢？"

"他父母早去世了。他五年前离婚了，没有孩子。"

燕子的心脏狠狠地一抽："可他说，他爱人在山西……"

"那是骗你的。"

"为什么？"燕子声音颤抖，一股难耐的酸楚涌上心头。他没告诉过她，他没想告诉她！

胖子深深叹了口气："为了什么，你心里该清楚。"

燕子闭上眼。是的，她清楚。她彻底清楚了。她还清楚他为何要坚持参加行动。

高翔留给她最后的话，再次浮现在她脑海中：

> 亲爱的燕：
>
> 　　对不起。请你忘了我，努力幸福地生活下去。
>
> 　　　　　　一个一直爱你，却又不配爱你的人

泪水终于如洪水决堤一般，倾泻而下。

4

燕子在国贸门口下车，却浑然不知自己身在何方。

她木然穿过大厦前厅，走进电梯，按下 38 层的按钮。她就好像一台机器人，没有感觉，也没有意识。她只是在执行着执行了千百遍的程序。她推开公司大门，穿过前厅，把手指放在指纹识别器上。她穿过狭长的走廊。

"哎！你怎么才回来？"Tina 大惊小怪地嚷嚷，让燕子清醒了一些。Tina 瞪大眼睛看着燕子，仿佛她刚刚做了天理难容的事情："Steve 找了你好几回了！怎么回事儿啊你，跑哪儿去了？不是告诉你今儿下午 Steve 要找你做年终总结？你还不赶紧去？"

Tina 不容分说，一把夺过燕子手中的电脑包，帮她脱下外套，把

她推到 Steve 办公室门外："要升官儿发财了！还不赶紧的？"

Steve 依旧精致无瑕，也依旧面无表情。

这一回，燕子也同样面无表情。两人好像庙宇墙壁上的精致佛像，被侵略者削去了面颊，毫无生机地相对着。

Steve 先开口，使用比平时更为严肃的语气："最近这两周，你的有效工时偏低了。还有两次，在上班时间无故缺勤。"

"我的报告，你看过了吗？"燕子所答非所问。Steve 提的那些，对她毫无意义。

"我在谈考勤的问题。"Steve 的表情费解而不满。他的员工何时忽略过他的责问？

"我的报告，符合要求吗？"燕子的目光平静而柔和，像机器人似的重复自己的问题。Steve 眯起眼，似乎对燕子产生了特殊的兴趣："你的报告，我正在看。"

"那等你看完了，我再进来。"燕子机械地转身。

"Yan！"

燕子停住脚步。

"从明年 1 月 1 号起，你就是高级调查师了。你的月薪是一万五千元。"Steve 的语气永远理智而冰冷。

燕子转回身来："Dinner 算是按要求完成了？"

Steve 看着燕子，不置可否。

"那老方呢？他什么时候能回来上班？"

"我自有安排。"

燕子点点头。

"Yan！"Steve 沉吟了片刻，眼角和嘴角的肌肉突然变得松弛，"Thanks for the hard work. I really appreciate it.（谢谢你的努力工作，我真的很感激。）"

Steve 微微一笑，眼中闪过一丝让燕子看不懂的光。这是燕子第三次见到他的微笑。

燕子调转了身，快步走出办公室。她眼前还有另一张笑脸，挥之不去。不如 Steve 这般精致，是另一种粗犷的英俊。在喧嚣的后厨，他曾微笑着在她耳边低语："卖给我一半儿，成吗？"

5

第二天中午，GRE 香港办公室的电脑法证技术员，把电脑硬盘分析结果发进 Tina 的电子邮箱。

"晚餐"虽由燕子负责，她却只是初级调查师。Tina 是中级调查师，和电脑法证团队的联络由 Tina 负责。这是 GRE 的规矩：职称高的负责和其他部门外联。在别的项目组，项目经理一定职称最高。但"晚餐"工作组只剩两名成员，燕子的级别最低。

"哇！"

Tina 欢呼一声，跳起来抱住燕子的胳膊："证据！证据都找到了！刘满德就是大洋控股 100% 的股东！公司注册资料居然都存在他电脑里！上面还有他的亲笔签名呢！"

无须燕子挣脱，Tina 已回到自己电脑前，好像过冬之前的胖松鼠，在光秃秃的枝杈间跳来跳去。燕子心中一阵轻松，随即又是一阵失落。项目完成了，一切都结束了。

Tina 还在继续兴奋地叫着："金盛控股的注册资料也有！刘满德也是金盛控股的股东！居然连紫薇和长佳的注册资料也都找到了！你的判断完全正确！张红就是紫薇控股 100% 的股东！叶永福是长佳 100% 的股东！就是刘满德联合了县长秘书和叶永福，把大同永鑫的废铜烂铁卖给自己控制的香港上市公司！这下子所有的证据都找到啦！完美！"

Tina 拿起笔，在燕子打印出的结构图上又添了几笔。

"把结果发给我。"Steve 不知何时出现在燕子和 Tina 身后。

燕子问："要不要把这些结果加进报告里？"

Steve 摇头："不必了。我自己加。"

"那这项目算是完成了？"

Steve 没回答。他没再看一眼燕子，转身走进办公室，关上门。

Tina 吐了吐舌头："这家伙可真各色！满意了也不能给人个笑脸儿！他肯定正琢磨要给你啥新项目呢！你现在可是名副其实的项目经理了！呵呵！"

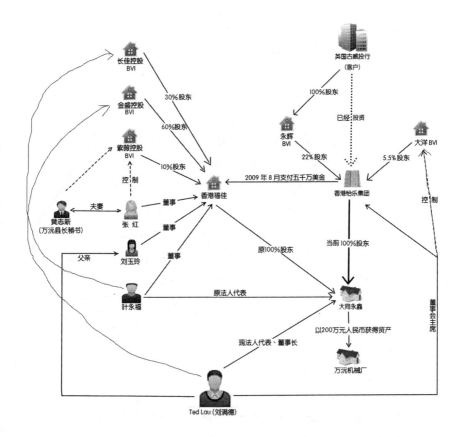

"没有新项目了。"燕子讪讪一笑，"我该辞职了。"

"辞职？"Tina 双目圆睁，仿佛看到了外星人。

燕子的手机响了。手机响得正是时候，因为她也不知道该怎么向 Tina 解释。但手机上显示的号码却让燕子有些意外：芝加哥的号码。难道是老谭？燕子快步走进"匿名电话间"。

"你好，我能和谭太太讲话吗？"地道的美式英语，中西部口音。绝对不是老谭。

"我就是，我能帮您什么？"燕子心中莫名的紧张。

"你好。我是谭先生的律师。谭先生委托我给您打这个电话。"

"他的律师？我怎么没听他说过？"

"他新近才委托的我。谭夫人，我给您打电话是为了通知您，我已经给您订好了明天上午十点从北京飞往芝加哥的 UA850 次航班的机票。是商务舱。请您提前两小时到首都机场的 T3 航站楼。我订的是电子客票，您只需携带您的护照就可以了。"

看来，老谭是要来真格的。其实这没必要。燕子说话算话，她早就下了决心。更何况，北京还有什么可留恋的？燕子心中又是一痛。她想再去公墓一趟，最后一次。就只有她自己。

"明天是不是太急？我需要些时间收拾东西。"

"谭夫人，那就请您现在立刻开始收拾吧！因为我和谭先生都希望你能马上回来。"对方并无通融的余地。燕子一阵恼火。老谭的律师也能对她发号施令，把她当作老谭的财产？

"对不起。我明天走不了。机票能不能推迟几天？"

燕子加重了语气。对方倒似乎并不在意，客气而有分寸地说："谭夫人，这恐怕不行。一个月以前，谭先生已向法院提出离婚申请，文件也早已递交到法庭了。法庭在等着您的回复，下周一是最后期限，所以您需要明天就动身返回芝加哥，这样才来得及去法庭做陈述。当然您明天也可以不上飞机，那样的话，法庭将认为您自动放弃陈述的机会。而那就意味着，您已无条件接受离婚，谭先生对您也就没有任何责任和义务了。"

燕子瞬间蒙了，不相信自己的耳朵。律师仿佛猜出她的感受，慢条斯理地又重复了一遍，好像按下"重播"键的电话留言机。

老谭向法庭提出离婚？一个月以前？

难道老谭千里迢迢到北京来，只是为了跟她一起度过最后的时光？！

想不通。燕子无论如何也想不通！这毫无迹象，完全不符合逻辑！

"所以我建议您，还是明天就去搭乘 UA850 次航班。记住，上午十点，T3 航站楼。"律师礼貌地道别，挂断电话。

燕子呆立在原地，手机举在耳边，尽管手机里已是一片寂静。

"我请求辞职。"燕子直视 Steve 双眼，使用她所能想象的最平静的语气。她突然发现，Steve 的目光并不那么令人恐惧。

"这真遗憾。"Steve 也目不转睛地凝视着燕子。目光中看不出惊讶，也看不出遗憾，看不出任何喜怒哀乐。他仿佛早知道这一刻要到来，又像根本就不关心它到底会不会到来。那一双眼睛，好像太空里的黑洞，并不释放任何信息，却能把别的吸进去，进去就再也出不来。

燕子又补充了一句："今晚下班我就把一切收拾好。"

"按规定，你应该提前一个月通知公司。"

"可以扣掉我的薪水吗？"

"可以重新考虑吗？"

燕子决绝地摇头："对不起。"

"你现在就可以走了，不必等到下班。"Steve说罢，把目光挪到电脑屏幕上，就像燕子已经不存在了。

"谢谢。"燕子轻声说。

"请把钥匙、电脑和门卡交给Linda。"

"谢谢。"燕子又谢了一遍，这次很是由衷。她知道Steve有足够的能力刁难她，起码让她更加难堪，就像几个月前，在楼下的星巴克。可Steve没有。他就这样随随便便地放了她。燕子悄无声息退出房间，为Steve关上门。

Steve把手指贴在唇边，侧目瞥了一眼窗外。那平时紧闭的百叶窗帘，被他拉开了一条缝。窗外夕阳西下。他知道会有这一幕，所以把百叶窗打开了，在办公室里安静地等着她。他想看一看，在夕阳的光辉下，她是什么样子的。

一切都在Steve预料之中，并无第二种可能。否则，也许他会把她留下。

7

燕子飞速把一切属于她的东西装进纸箱子。

Tina哭丧着脸站在她身边，似乎马上就要哭出来："真的要辞职？不能先请两个礼拜假吗？非得明天就走？机票不能改期吗？Yan姐姐，你还回来吗？你要走了我会想你的！"

燕子拉住Tina的手，微微一笑："我以后会回来的。这儿有我的家啊！哦！对了！今晚到我家来吧！我想送你点什么，可没时间去买了，你到我家来，喜欢什么就拿什么吧！"

"真的？你不是逗我玩儿吧？"Tina 有些难以置信似的忽闪着大眼睛。

"当然不是。"

"我想拿什么就拿什么？"

"是啊！"

"你不心疼？"

燕子摇头。听到这两个字，她心里果真疼了一下。能让她心疼的东西，她早就已经失去了，又或者从来都没得到过。

"就连爱马仕皮包你也肯给？"

"你怎么知道我有爱马仕的皮包？"燕子有些意外，努力回忆：自从星巴克的面试，她好像就只用过一次爱马仕的皮包，是在斐济回北京的路上。

"你背过啊，你忘了？呵呵，怎么啦？不舍得了吧？我就是说说玩儿呢，嘻嘻！"Tina 嘻嘻笑着，有些尴尬似的。燕子也跟着笑了笑，为了不让这尴尬扩大。但她很确定自己从没把爱马仕带到公司。见识过 Steve 在星巴克的轻蔑眼神，她怎么可能再把爱马仕背到公司？

但一切都已无关紧要了。Steve，Tina，GRE，这里的一切，都无关紧要。

"有什么舍不得的？这是我家地址！今晚记得来啊！"燕子随手抽了张纸，飞速写下自己的地址。

"你真的要把爱马仕送给我？"Tina 可真是惊讶了。

"不就一个包吗，那算什么？我不是你亲姐姐吗？"燕子拨了拨 Tina 的头发，把她头顶的"喷泉"往下捋了捋。

Tina 的眼睛居然发了红。

燕子笑道："你别夸张啊！一会儿 Steve 还要跟你总结谈话呢！这次肯定要给你升职了！让他看见你这样，还以为我欺负你呢！"

"Yan 姐姐……我……我帮你！"Tina 感动得不知所措，抢着要为燕子搬纸盒子。燕子心中暗笑，这孩子也真是夸张。她挡住 Tina 的手："别！没事儿！晚上记得来找我！"

燕子搬起纸箱，仰首微笑着走出公司。在 GRE 的几个月，简直就像一场梦，一场试图自食其力的梦。小孩子才会做的。在这最后时刻，她得自己拿着自己的东西走出去。自食其力。

许多人抬起头来观看。前台 Linda 把脖子伸得老长。

电梯门缓缓关闭，把 Tina 关在门外。燕子坚持不让她送。尽管纸箱有点儿沉。杯子、字典、耳机、CD，一株仙人掌，结着毛茸茸的小白团。她得把它送到爸妈家去，尽管它不用如何照料。它就像老谭，浑身带着刺。

想到老谭，燕子没来由的一阵委屈。老谭也不打算要她了。

起码应该当面跟她说清楚，不要找什么鬼律师。

燕子低下头，鼻子酸酸的。她什么条件都不要，她就是不接受离婚。全世界曾有两个真正关心她的男人，不能一个都不剩。她知道她伤害过老谭。她想，如果老谭见到她，见到她搭乘他为她安排的航班赶回来，说不定会原谅她。

电梯门无声地开启。燕子走出国贸 A 座的大堂，迎面撞上红彤彤的落日。北京的黄昏，竟然也能如此灿烂。

8

"为什么我不能有 promotion（提级）？" Tina 站在 Steve 办公室中央，一脸委屈地看着他。

"你上个月刚刚 promote 到中级调查师，按照公司的规定，是不能这么快提升的。"

"可你说过，这个项目做完了，就给我升高级调查师的！"

"我说的是，如果你在这个项目中的表现令我满意，就可以升高级调查师。" Steve 微微抬了抬眉毛。

"你对我有什么不满意的？"

"没有满意到破格提拔的程度，你犯过致命错误。再说，GRE 从来没有 30 岁以下的高级调查师。"

"你出尔反尔！" Tina 大叫。

Steve 不动声色："我有我的标准，请不要在我的办公室里大声喧哗。"

"那老方呢？你答应过让他回来上班的！"

"公司不能聘请一个被解雇的员工。"

"你这个骗子！"

"很遗憾。"Steve 耸耸肩。

"你不能这样对待我！"Tina 无助地又喊了一句，眼泪流下来了。

"如果你对公司的决定不满意，可以向纽约总部投诉，也可以辞职。"

"辞职就辞职！"

"批准了。你明天不必来上班了。"Steve 轻描淡写，仿佛在讲一个笑话，只是脸上并没有笑容。

"我不走！凭什么让我走？你这个骗子！呜——"Tina 呜呜地哭起来。

Steve 眉间闪过一丝厌恶。他站起身说："我现在要出去开个会，不能奉陪了。请你离开时，不要带走任何与工作有关的东西。你知道 GRE 是做什么的。"

Steve 绕过 Tina，走到办公室门口，手握着门把手说："请吧？"

Tina 一跺脚，走出门去。

Steve 关上办公室的门，扬长而去，背影潇洒而飘逸。

Tina 狠狠看一眼 Steve 的背影，把鼻涕和眼泪抹在手背上。是的，她知道 GRE 是做什么的！

Tina 拉开抽屉，从里面拿出一个黑色小套子。她抬头看看办公大厅，没人注意她。她轻轻拉开那套子，里面有一张折叠的锡纸，和几件细小的金属工具。

Tina 把目光转向 Steve 办公室那扇紧紧关闭的门，一双眼珠子好像正打算要跳出来咬人。

9

晚上八九点的光景，朝阳公园边的豪华小区里夜色阑珊。燕子盘腿坐在客厅中央的木地板上，看着一只半空的皮箱发呆。

一只皮箱，带不走这房子里的所有东西，也带不走几个月的时光。明天之前，她卖不了房子，也卖不了汽车。仅仅这一只皮箱，就连鞋柜里的高跟鞋都装不下。可她真的急着离开，几乎等不到明天。老谭到底是为了什么？在一个月前，竟莫名其妙地开始申请离婚？

会不会是恶作剧？老谭给她订好了飞机票，找个借口让她赶快回去？老谭的思想很简单，常常像个孩子。

燕子稍稍安心了些，站起身来，慢慢踱到窗边。冬天彻底降临了。树叶都落光了，在突兀的枝杈间，有几颗星，在寒冷的夜空中闪烁。

她环视四周，注意到墙壁和木地板接缝处的踢脚线上，有一道黑色的疤痕。那是浓硫酸灼烧后留下的痕迹。那疤痕刺痛了燕子。她心肌上也有一块疤痕。多年的老疤，新近被揭开了，鲜血淋漓。

燕子缓缓穿过客厅，走向大门。她并没开门，只是转过身，靠在门上。这次没人冲上来抱住她。

在过去的几周里，曾经有一个人，在暗中一直跟随着她，保护着她。他会像童话里的英雄，从天而降。可现在，他在另一个世界。

燕子背后却有了动静：是电梯门幽幽敞开的声音。然而，这单元的第三层，除了燕子家并没有其他住户。燕子莫名地紧张起来。

细碎的脚步声，正向着大门走过来。

燕子立在原地，一动不动，屏住呼吸。如果他来自另一个世界，她不想把他吓跑了。

门铃突然嘹亮地响起来，惊心动魄。燕子低声问："谁？"

"Yan，是我，Tina！"

是啊！又能是谁呢？燕子黯然一笑。笑自己的神经质，笑自己的痴心妄想。她拉开大门，门外却站着老方，笑眯眯看着燕子。

"老方？！"

"Yan，Tina 她有件事儿要告诉你。"老方一闪身，露出背后的 Tina。Tina 一脸愧意，低头咬着手指甲。

燕子把老方和 Tina 让进客厅。客厅里灯光很明亮，Tina 却好像见不得人似的，总要故意往老方背后藏。燕子这才注意到，Tina 眼睛肿着，眼圈儿通红。燕子向着 Tina 伸出手："怎么了？谁欺负你了？"

"你瞧瞧你！干吗跟小媳妇似的？"老方回头皱着眉说。

Tina 这才勉强从老方背后走出来，拉住燕子的手，半天才憋出一句话："我……我舍不得你走嘛！"声音小得让人听不见。

"切！"老方用鼻子出了一声，一脸的不屑。

燕子突然想起了什么，放开 Tina 的手，一阵风似的进了卧室，再出来时手里拿着爱马仕皮包："来！这个，是不是你看的那只？"

Tina 看见包，眼睛亮了亮，随即又黯淡了。她轻轻地点点头。燕子心中更加不解，这是在星巴克面试时带的包，Tina 不可能见过。燕子心里莫名地有点儿紧张。她把包递到 Tina 眼前："送给你！"

Tina 犹豫了片刻，抬手要接，燕子却突然一抽手，把包抱回自己怀里。Tina 吓了一跳，浑身不由得一抖。燕子凑近 Tina 耳边："我把这包送给你，你告诉我一件事，好不好？"

Tina 抬头看着燕子，目光颇为惊恐。燕子心中更加确定，这其中必有隐情。她盯住 Tina 的眼睛："再告诉我一次，你是在哪儿看见过这包的？"

"我……"

老方在旁边又"哧"了一声："切！脸皮真厚！还好意思要人家东西！看你憋到什么时候！"

燕子斜一眼老方，用力把包塞进 Tina 手里："算了算了！不问你了！别理他！我高兴送你！拿着拿着！"

Tina 却突然"哇"地哭出了来："Yan 姐！我是在公司楼下星巴克看到的！在 Steve 面试你的时候！Yan 姐，是我对不起你啊，是我害了你，你可别恨我！呜——"

Tina 的眼睛好像失灵的水龙头，泪水哗哗地往下流。燕子从盒子里抽出几张面巾纸递给 Tina，心却不禁悬了起来："别哭了，慢慢说，怎么了？"

"Yan 姐，昨天我跟你说，刘满德的电脑硬盘分析结果出来了，那几家 BVI 公司的注册文件都找到了，记得吗？"

燕子点点头。

"其实，刘满德电脑硬盘好几天前就分析完了。里面什么都没有！"

"什么？"燕子倍感意外，"所以，什么证据都没找到？"

"不是，"Tina 摇头，"证据都找到了。只不过，不是在刘满德的电脑硬盘里找到的！"

燕子越发紧张，呼吸都有些困难。

"那些文件，都是……都是在你的电脑里找到的！"

"我的电脑？我的电脑怎么会有那些？"燕子不解，几乎以为自己听错了。Tina点头肯定："是的，你的电脑！不是你公司的电脑，是你电脑包里的那台手提！昨天……昨天我趁着你跟Steve谈话的工夫，偷偷复制了那电脑的硬盘。"

Tina抠着手指头，不敢抬起头来。

"你？这太不可能了！你什么时候学会复制电脑硬盘的？哦！我明白了，你是不是联合了老方在逗我呢？你们演得还真像啊！哈哈！"

燕子哈哈大笑，心里却在发虚，甚至感觉到恐惧。她盼望Tina和老方也都笑起来，然后告诉她的确是玩笑。可他们没有。

"没有逗你！我说的都是真的！"Tina急道，"我本来就会的！Steve在你来上班之前，就教给我怎么复制硬盘了！"

燕子的笑容僵在脸上。在她上班之前？为什么偏偏是在她上班之前？

"Yan姐，我真没跟你开玩笑！"Tina的眼神万分认真，完全没有开玩笑的意思。

"可是，为什么要复制那台电脑？"燕子努力克制内心的惶恐，"那是我从美国带回来的电脑，自从到GRE上班，我就再没碰过它。而且不光我没碰过，这几个月也没别人碰过它，里面怎么可能有那些证据呢？"

"你是没碰过，可你老公碰过。"Tina唯唯诺诺地说。

燕子一头雾水，可后背却冒了冷汗。什么意思？！

"你老公在大概两周前用这台电脑登录过他在Yahoo的邮箱，他用的登录名和密码都还在硬盘里。他的Yahoo邮箱里有几封从香港发来的邮件。那几家BVI公司的注册文件，就在邮件的附件里！"

"干吗要把邮件发给他？"燕子的声音有些发颤。

"因为刘满德并不是大洋控股和金盛控股100%的股东。他就只有那两家公司50%的股份。另外的50%，由你老公拥有！而且，他还是这两家公司的董事！不信你看这个。"

Tina从书包里翻出几张纸，是BVI公司注册文件的复印件。

燕子一屁股跌坐在沙发上。复印件在她指间微微抖动。她抬头看看 Tina，低头看看手中的文件，再抬头看着 Tina，半天才说出话来："这……这到底是怎么回事？"

"Yan 姐姐，我真的对不起你！你抽我一顿吧！" Tina 又抽泣起来，"你也知道，我在 GRE 算是垫底儿的，是个人就比我有前途。我都干了快四年了，没提过级，没涨过工资，谁都不愿意用我，结果变成 Steve 御用的。我跟你不一样！我变成御用的，那就和走人不远了……"

Tina 狠狠吸了吸鼻涕，老方在一边催促："别瞎扯，快说正事儿！"

Tina 赶忙言归正传："可就在两个月以前，Steve 突然找我谈话，说现在有个特大的项目让我参加。他说如果这个项目成功了，他就给我提高级调查师。他还给了我一本电脑法政的说明书，让我一周内把自己电脑的硬盘复制出来给他。那东西真晕啊，我熬了十天的夜，才好歹交了差，我那叫费劲儿……"

"怎么又跑题了？说大项目！"老方再次提醒 Tina。

"嗯，那个项目……就是'晚餐'。"

"晚餐？！"燕子重复了一遍，有些魂不守舍。她攥紧了拳头，手心里滑溜溜的都是汗。

Tina 点点头："不过这项目和你了解的不太一样。这不是三万美金的尽职调查项目。这其实是个 20 万美金的项目，是投资后的反欺诈调查！"

燕子愈发惊愕。但这不是才合情合理——古威投行不是早就入股了怡乐集团？

"你是说，是古威怀疑它在怡乐集团的投资遭到了欺诈？"

"对对！"Tina 连连点头，"就跟你发现的一样，英国古威投行一年前就和 Ted Lau 合作，投资入股香港怡乐集团，收购了大同永鑫。后来古威听到传言，说大同永鑫根本不值多少钱，所以就找人做了内部审计，发现果然存在虚报资产的问题。英国古威当初是被 Ted Lau 拉进这个项目里的。古威怀疑是 Ted Lau 从中欺诈，就雇了 GRE 来做调查。所以就有了'晚餐'这个项目！"

燕子骤然醒悟，心脏剧烈跳动，后背一阵阵地发寒：Ted Lau 的欺诈和老谭有什么关系？

老方接过话茬，皱着眉问 Tina："这些都是 Steve 告诉你的？"

"切！他才不会跟我说这么多呢！这些都是我今天刚刚发现的！他当时就只说这是个欺诈调查，说目标人是 Ted Lau，英籍华人。应该是以前从内地出去的，不过在内地的历史不清。他说 Ted Lau 有个熟人在芝加哥开饭馆，那个熟人的老婆刚回北京……"

Tina 怯怯地看看燕子。

燕子心慌得喘不过气，费了不少力气才发出声音来："我？"

Tina 点点头。燕子惊恐地看着 Tina："猎头公司给我打电话，还有后来的面试，都是 Steve 一手策划的？"

"那我就不清楚了，不过我想应该是吧。反正 Steve 跟我说你有可能会来 GRE 工作，让我想办法通过你了解一些 Ted Lau 的底细。后来，你就来面试了。Steve 让我远远儿坐在旁边，观察是不是有人跟着你。"

怪不得 Tina 见过那只爱马仕皮包！

"Steve 这小子！果然有两手啊！"老方频频点头，"看来自打你面试那天起，'晚餐'的调查就开始了！"

Tina 继续往下说："我那天果然发现，有个人在跟踪你。记得在食堂和篷街见过的那个胖子吗？留着寸头的那个？你面试的时候，他也进来排队买咖啡，你面试了没两分钟就走了，他付了钱，可咖啡还没好，他没拿咖啡就走了！"

"嘿！我就知道是他！"老方一拍大腿，"我不是后来告诉过你，那家伙我在机场接你的时候就见过？看来除了 Steve，还有别人早就一直盯着你了！"

是警察。燕子已经知道胖子的身份了。她心里更慌，隐隐地似乎明白了些什么：警察早就在注意她了。因为她的老公和大同永鑫的案子有关系！不只警察，Steve 也早就因此盯上她了。而她却一直被蒙在鼓里！

Tina 接着说："你上班之后，我又在公司附近看见过他几回，就更加确认他在跟踪你。后来，工商局推荐了一家公司来做审计。以前工商局很少主动介绍审计公司的，而且是那么小的一家公司。Steve 怀疑那审计公司和跟踪你的胖子是一伙儿的。他让我查了查那个审计公司的老板，就是那个姓高的……"

燕子心中狠狠一痛。

"结果什么也查不出来。手机新开设的，使用的身份证号码不存在，全国所有叫高翔的三十多岁男性都查了，也没有他的。Steve 猜他可能也是冲着你来的。所以姓高的到公司的第一天，Steve 特意让你早到公司，支开 Linda，他就是想给你们制造一个单独相遇的机会。他躲在办公室里用监控镜头看你们的反应，主要是想看高翔是不是冲着你来的。如果是的话，他的表情和反应，总会和陌生人之间的偶遇有所区别。当时我也在他办公室里，一看就知道，你们俩以前认识。Steve 就跟我说，让我想办法通过你接近姓高的，以便调查他到底什么来头。"

原来如此。螳螂捕蝉，黄雀在后！

Tina 继续说下去："可没想到，你和姓高的都故意躲着对方，一点儿没接触。我也就更没机会接近姓高的了。Steve 就让我想别的办法。比如让你注意到有人跟踪你，看看你有什么反应。他说也许你一慌，姓高的也会有反应。结果那天在篡街，你真的就慌了，还拿出一个号码儿让我拨。Steve 查了那个号码。是神州行，刚刚开通的，没有机主信息。没打过电话，只发过短信，都是给你的。"

老方问："那还是没弄清楚那姓高的底细了？"

Tina 答："不是的，后来查出来了。是通过汽车牌照查出来的。"

"姓高的牌照难道有记录？"老方诧异。

"当然不是他的。他的牌照我们早查过，根本没有记录。有一天中午，我和燕子在电梯门口儿碰上他。他在打电话，说让什么人给他送文件过来。我就偷偷跟着他下楼，在门口看见一个开丰田车的女孩，把什么东西交给他。我就把丰田车的牌照记下来了。是个私人牌照，车主姓蔡，应该就是那个女孩。牌照登记档案里有她留的手机。Steve 找人查了那个手机，发现她跟公安部经侦局的座机通过很多次话。"

"原来是给警察盯上了！也是啊，侵吞国有资产，腐败案嘛！"老方说。

"嗯，"Tina 点点头，扭脸对燕子说，"Steve 本来还想让我找机会来你家，看看能不能找到点儿什么，发现经侦局也在调查这个案子，他就不让我来了。担心落个'妨碍司法调查'。他说要把主动权交给你，我们从旁观察。你还真挺厉害，把县长秘书和刘满德都挖出来了，还发现刘满德就是 Ted Lau，这些都是你给 Steve 的意外惊喜。"

"Tina！"老方瞪了 Tina 一眼。Tina 忙停住嘴，偷偷看一眼燕子。燕子瞪着 Tina，目光里充满了惊愕和恐惧。她声音颤抖地问："我还给了 Steve 什么？"

"没别的了！剩下的就不是你给的了。是……"

"是你这个鬼东西偷的！"老方抢道。Tina 低下头，压低了嗓门儿："就是你的电脑硬盘里的 Yahoo 账户和密码。大洋控股和金盛控股的成立文件，都是 Ted Lau 通过电子邮件发给你老公的，你老公签字后再用电子邮件发还给 Ted Lau。那些文件你老公都没删，还都存在他邮箱里。"

燕子狠狠咬住嘴唇，脸上早已全无血色。

"Yan 姐，对不起！我真的是没办法！Steve 以前的御用调查师，后来全都被炒了！你说都到这份儿上了，那肯定是老板让干什么就干什么，是吧，老方？"

"嘿！别把我往一块儿拉啊！你跟 Steve 的阴谋，我可一点儿都不知道！"老方辩解道。

"得了吧！你倒把自己撇得挺干净？Steve 叫你去机场接 Yan，没嘱咐你观察一下儿都有谁盯着她？"

燕子恍然。难怪老方记得在机场见过胖子。他是留了心的。Tina 机关枪似的继续往下说，比自己坦白时畅快得多："你去山西之前，难道没得到过 Steve 的批准？你在山西没偷偷给他打电话汇报过工作？没他的批准你敢化装进厂？他开除你，那不是演戏给 Yan 姐看的？只不过假戏真做罢了，趁机把你这块心病给除了！这种事儿，用脚指头都能猜得出来！"

"可我不知道 Yan 跟这项目有关系啊！我更不知道 Steve 这是给 Yan 下了个套儿！这孙子真鬼啊！他可算是把调查干到家了。你也够能演的，不是从头到尾都知道得清清楚楚的？"

"切！"Tina 也用鼻子出了一声，"你这根老油条，哪能连这都想不清楚？谁信哪！再说了，谁从头到尾都知道得清清楚楚？你用大脑想想，Steve 这种人，他能告诉我多少？"

老方撇撇嘴没吱声。Tina 转向燕子："一开始，我真的不知道你老公跟 Ted Lau 是一伙儿的！真的！我就以为跟 Steve 说的似的，你只是个'熟人的老婆'，调查你只是为了从侧面了解 Ted Lau 的事儿呢！真的！直到今天早上拿到你硬盘的分析结果，我才知道，你老公也是有份儿的……"

燕子早已讲不出任何话来。

老方接过话茬，问 Tina："那你刚才说的那些，什么古威投行对永鑫做了审计，发现虚报资产，但 Ted Lau 不认账，说他也是被害者那些事儿，难道也是在 Yan 的电脑硬盘里找到的？"

"那当然不是了！你成心是吧？"Tina 在书包里翻了一阵，拿出几张纸来，"给！这是'晚餐'的项目建议书！你们自己看吧！"

Tina 把那几张纸扔在茶几上。燕子盯着那纸愣了片刻，一把抓起来。

项目名称：Dinner II（晚餐——第二期）；

客户：Great Venture Investment Bank（U.K.）Inc（英国古威投资银行公司）

目标：Ted Lau；Edward Tan

项目开始/结束：2010 年 10 月 9 日/2010 年 12 月 8 日

项目类型：内部欺诈调查

项目预算：US$ 200,000

项目介绍：

……

Edward Tan。老谭。

原来老谭是调查目标之一！"晚餐"正是包含着"中餐馆"的含意！

这一份项目介绍比 Steve 给燕子的项目建议书多出许多页。每一页都印满了英文，看上去黑乎乎一片。燕子试图继续往下读，脑子里却嗡嗡作响，震得她什么也读不进去。

"嘿，行啊你，连 Steve 的东西也敢偷？"老方多少有些惊异地看着 Tina。

"切！有什么不敢？像他这种小人，就得用其人之道还治其人之身！想用完了就把我扫地出门儿？想得美！"Tina 边说边继续在书包里翻着，"别看咱不是什么好调查师！开几把锁，可难不倒我！刚才趁大伙儿都下班了，我到他办公室里好好地'探索'了一圈！看看，我拿到了什么！"

Tina 掏出巴掌大的一块金属块，拍在桌子上。

"乖乖！这东西我还真认识！这就跟上回 Steve 让我从 Yan 手里取回来的那玩意儿长得一样。难道是……Steve 的电脑硬盘？"老方把小眼睛睁圆了。

"这是他硬盘的拷贝！我没把他原来的那块换出来，时间不够，不过有这个也够了，我倒要看看，他电脑里都有些啥！"

Tina 扭头看着燕子："Yan 姐，你记得吗？上次那个华夏房地产财务处长的贪污案？你说得一点儿都没错，Steve 的确让我查过从北京出关去斐济的乘客名单，而且我还真找到一个姓赵的女的，是华夏房地产的副总。你说一个副总跑到斐济去跟财务处长约会，能有好事儿吗？可后来 Steve 居然就没下文了，也不让我继续查了。后来，那处长跳楼的那天早上，我听 Steve 和那帮华夏房地产的老板那意思，说贪污都是那处长自己干的，我心里就一直纳着闷儿呢！我看这里面一定有文章！"

Tina 的声音似乎很遥远，燕子一点儿也听不清楚。她脑子里的嗡嗡声越来越大，震得她两眼发白。

"可你拿这玩意儿有什么用？总不能发到 GRE 香港实验室去吧？"老方问。

"嗨！用不着！中关村的能人多的是！我今儿晚上就去找我哥们儿，破解这块硬盘对他是小菜一碟。我打算先把华夏房地产的报告拿出来看看！我还打算找人查查 Steve 的手机，别以为别人不知道他有好几个手机，锁在抽屉里别人就不知道号码了！老方，你认识能查手机的吗？肯定不能用 GRE 的渠道。"

"嘿！那可是违法的。"老方眨眨眼。

"切！还跟我来这套！有没有吧？"

老方勉为其难地看看 Tina，勉强说："要不，我带你试试？"

"好啊！啥时候？"Tina 喜出望外。

"现在就可以。他们这种人，好夜里干活儿。"老方做个鬼脸，站起身来。Tina 转身拉住燕子的胳膊，噘起嘴："Yan 姐，你真的别恨我啊！"

燕子只觉着胳膊被谁拉了一下，耳中除了嗡嗡声，什么也没听见。她呆呆坐在沙发上，身体僵硬，一双大眼睛里充满了泪水。Tina和老方看着燕子，也都不敢出声了。

过了许久，燕子喃喃道："怪不得。"

"怪不得什么？ Yan 姐姐，你没事儿吧？怪不得什么？"

"怪不得我做的每一件事，都有人通风报信！我要调万沅机械厂的档案、我让你去山西，他们都知道！"燕子抬头看着老方，歇斯底里地高声叫，"可他为什么不告诉我？"

"谁啊？不告诉你什么？"Tina 一脸疑惑。

"难道他不相信我？难道我会出卖他？"燕子发狂般地尖叫，泪水顺着脸庞落下来。

"你到底在说谁啊？ Yan 姐，你没事儿吧？"Tina 焦急地摇晃燕子的胳膊。老方一把拉开 Tina，叹了口气，低声对燕子说："别怪你老公，他不告诉你，那是为了你好！"

燕子呆呆地看着老方，仿佛听见了，又像没听见。

"唉！走吧！让她清净清净。"老方拉起 Tina，"Yan，别想太多了，赶快回美国吧。既然经侦也在调查这个案子，你最近还是别回来了。"

不知过了多久，也不知夜已经有多深，反正客厅里的灯光一直亮着。

燕子双手捧着 Tina 留下的那几张纸。她都不记得是什么时候把它们拿起来的，也许根本就没放下过。反正她都不记得。她也不记得是何时开始阅读的。那些字本来揉成了一团，她一个词也分辨不出的，可现在，她的确是在阅读，逐字逐句地进入她的视野，印入她的大脑。

"晚餐"的项目建议书里是这样写的：

英国古威投行于 2008 年 10 月与港商 Ted Lau 共同投资收购香港怡乐集团的股份。古威出资三千万美金，Ted Lau 所控制的大洋控股则出资七百万美金。香港怡乐集团随后发行新股募资，并以五千万美金收购了位于中国山西的大同永鑫煤炭机械有限公司。古威投行之后得到消息：大同永鑫存在虚报资产的问题。古威投行遂对大同永鑫进行了秘密内部审计，证实虚报资产属实。因 Ted Lau 为此次投资并购的主要发起人，古威怀疑 Ted Lau 对其存在欺诈，因此聘请 GRE 对 Ted Lau 进行秘密调查。

该项目的第一期调查由 GRE 伦敦办公室在 2010 年 8 月进行。该期调查获取了 Ted Lau 在英国的信用记录，显示他在 2006—2008 年期间存在巨额债务。因此 GRE 推断，其用来投资香港怡乐集团的资金，应另有来源。GRE 伦敦办公室遂查询了 Ted Lau 宅电的通话记录，获得了他近年来在全球范围内频繁联系的人员名录，其中包括数个国家的几十名人员。GRE 对这些人进行了基本的背景调查。由于地区和经费限制，未能对远东地区的人员做完善的调查。但在对美国境内人员的调查中，GRE 注意到一位 Edward Tan 和 Ted Lau 的联系尤为密切。此人为美籍华人，在芝加哥经营中餐厅，经济实力雄厚，有为 Ted Lau 提供资金支持的可能。GRE 的纽约办公室随即对 Edward Tan 进行了深入调查。除获知其在美国的个人及家庭信息外，还通过特殊渠道发现 Edward Tan 曾于 2009 年初将七百万美金汇入香港某银行户头。由于 GRE 纽约办公室无法进一步调查香港非美资银行账户的信息，而对 Edward Tan 的调查亦无新的进展，遂将该项目第二期转到 GRE 北京办公室，进一步调查 Edward Tan 是否亦参与大同永鑫的欺诈案，并尝试获取 Ted Lau 与 Edward Tan 进行欺诈的证据。

燕子的视线长久地停留在最后几个字上。

Edward Tan 进行欺诈

老谭？欺诈？不！老谭是绝不会欺诈的！他还没学会。他是个吝啬的人，可他也是个胆小的人。他就只会朝着他的伙计和燕子发脾气。

老谭是个好人。

"他不告诉你，那是为了你好！"老方的话又在燕子耳边响起。

"赶快回美国吧！经侦也在调查这个案子……"

接下来将会发生什么？老谭是大洋控股和金盛控股的股东和董事。换句话说，大同永鑫的交易，他既是买方也是卖方，涉嫌关联交易和上市公司欺诈。按照公司法的规定，他对公司的行为负有全权责任。即便他并不了解内情，甚至不知道这样做是犯罪，但这并不能免去他的罪责。中国警方已经介入了。国际刑警呢？美国的财产会不会都危险了？那可是他十几年的心血！用他结满老茧的双手，在油腻嘈杂的后厨里，一分一分赚出来的！

老谭会不会进监狱？！

这想法让燕子从沙发上一跃而起。她飞奔到电话机旁，拨下一长串的号码。那是老谭的美国手机。

"对不起，您拨打的电话已关机。"电话里永远重复着同样的声音，语气平静得令人绝望。

燕子丢下电话，飞奔回客厅，开始飞速地整理箱子。

"原谅我！请原谅我！我这就回来了！我马上就回来了！"燕子一边整理一边自言自语，泪水一颗接一颗地落进箱子里。

第十章

最后的晚餐

老谭站在一扇并不算宽阔的窗前，凝视着窗外璀璨的城市灯火。

他从衬衣口袋里掏出几张纸，又仔细地看了看。他已经看过无数遍了。都是银行转账的收据，一共两千五百万美元。这些钱，是他一分一厘积攒的。在骄阳下，在风雨中，在烟熏火燎的后厨里。那是他的血汗，是他一生的成就。

然而此刻，这些都不再属于他，也许永远都不再属于他了。但他内心很平静，甚至感觉很轻松。这件事办好了，他就再无牵挂了。这是一场赌博，但他别无选择。其实赌博的输赢，对他已经没什么意义。无论结果如何，一切都该是值得的。过去的八年，他的心中被一个人填满了，那是他一生中最快乐的时光。那已是他这一生里得到过的最佳恩赐了。

可他一直都知道，那为他带来快乐的天使，内心并不快乐。

老谭坐回床头，为自己点燃一根烟。这是禁烟的房间，可那又如何呢？他们大概不会有机会罚他的款了。

鸟儿总归要飞出笼子的，哪怕那笼子是用金子铸成的。他的亲爱的鸟儿。他该送她一双金色的翅膀，让她飞得更高一些，更远一些，也许那里才有真正属于她的快乐。

老谭再次抬起头，卖力地看向窗户。他老了，视线已经有些模糊。他突然很想看一眼阿燕，玻璃窗里却只有他自己的影子。

烟雾在玻璃窗前弥漫。璀璨的都市灯火，正在渐渐融化。

$\triangledown$ 2

"Steve！我收到你的报告了！天啊，简直不敢相信！你真是个天才！"电话机里传出查尔斯兴奋的声音。这位 GRE 纽约办公室的高级项目经理，刚刚收到了一份从业 30 年所见过的最精彩的调查报告。

"谢谢，Charles，我只不过兑现我的承诺而已。"

"Steve，其实……"查尔斯清了清嗓子，声音冷静下来，意味深长地问，"你保证调查所使用的手段都……都没问题？"

"你指的是什么样的问题呢？"Steve 明知故问，他绝不亲口说出那个词，也绝不默认他理解那个词。他知道这家公司暗藏的规矩：无风不起浪。

"比如，法律。美国的法律，中国的法律，你知道，按照 GRE 的规定，我们在做项目的时候是不能违反美国和当地国家法律的。而且，采用非法手段得到的报告也是不能卖给客户的。"查尔斯果然经验丰富。尽管他从没到过中国，却看过上百份来自中国的报告。从这一份里，他分明嗅到了些什么。

"Charles，商业调查在中国并不违法。实际上，中国很需要能够协助警方进行反商业欺诈调查的公司，比如 GRE。"Steve 的声音平静而淡定，眼睛却微微眯起来。不入虎穴，焉得虎子。GRE 中国办公室在他掌控之下，就如同被他驾驶的汽车，违章有时候是难免的，只要别发生事故，再躲开摄像头。

"这我当然知道！不然我们也不可能在中国经营了十年，不是吗？只不过……"查尔斯顿了顿，继续说，"这么精彩的报告，我还是第一次看到。它简直就像一个奇迹，不得不令人遐想，Steve 是怎么做到的？"

"我的项目经理的确很有本事。"Steve 微微一笑，眼角流露出一丝怪异的光，辨不清是骄傲还是遗憾。

"哈！是不是那位叫作 Yan 的项目经理？能让她透露一下吗？报告里的某些信息是怎么得到的？"

Steve 耸耸肩，侧目看向窗外："其实我也很想知道呢。可 Charles，她辞职了。"

"什么？她辞职了？为什么？GRE难道不该留住这样的人才吗？"

"她个人的原因。Charles，我也很遗憾。"

"是吗？这真是太可惜了！Steve，其实我一直想问你一个问题。"

"什么？"

"Yan是她的姓，还是名？请原谅我，Steve，你们中国人的名字，我一直没完全弄明白。"

"Yan是她的名字。她姓Xie。"

"噢，对了，那个Edward Tan的妻子，是不是也叫Yan？"

"是的。"

"噢！那真是巧了！"查尔斯狐疑地说。

"是的，的确很巧。"

"Yan在中国是常用名？"

"是的，Charles。Yan在中国的确是个常用名。而且，是个很美的名字。"Steve再次把目光投向窗外。百叶窗再次被他打开了。午夜的灯火，宁静如一幅油画。

"Steve，我想你一定在怪我啰唆了，不过，向目标嫌疑人泄露任何有关公司的信息，都是严重违反公司的安全保密条例，更不要说让目标嫌疑人进到公司里，自己调查自己。"

"是的，Charles。对于公司的规定，我和你一样清楚。"

"哈哈，好吧，管他呢。反正我拿到我的报告了，而且它的确非常精彩！我想我最好不知道别的！谢谢你，Steve！下次我得请你喝一杯！哦，对了！"查尔斯仿佛突然又想到了什么，"燕子的确是一种很可爱的鸟，而且，记性也很好呢！希望有一天，她能飞回来找你！"

Steve哈哈一笑，眉间却又微微一皱。他到底希望她飞回来，还是不希望？Steve放下电话，下意识地拉开抽屉。这是他在GRE十年来养成的习惯。尤其是过去的几周，他的目标更加明确，他要确保那两样东西并没有被别人碰过。

抽屉里井井有条。就和他上次打开时没什么区别。

Steve那张精美的脸却突然扭曲变形了，双目中流露出罕见的惊异目光！

他低声骂道："Shit！"

3

十几个小时之后的万米高空，自北京飞往芝加哥的 UA850 航班上。

燕子的身体陷入商务舱的舒适座椅里。那座椅在黑暗中伸展开来，仿佛一只怪异的手掌，把燕子瘦小的身体握在其中。

其实机舱外阳光明媚。但小窗板都拉上了，机舱里很昏暗，只有零星的几盏阅读灯还亮着。

燕子头顶的阅读灯也关闭了。她昨夜彻夜未眠，现在却并没多少困意。她胸前还压着一摞纸，那是"晚餐"的最终报告，却并不是燕子发给 Steve 的版本。厚厚的一摞纸，好像一本大开本的《不列颠百科全书》，压得她喘不过气来。可她不知该把它们扔在哪里，只有小心翼翼地捧着，好像捧着一枚定时炸弹似的。

就在登机前半个小时，燕子接到 Tina 打来的电话。Steve 的硬盘成功破解了，里面不但找到了华夏房地产项目的报告，还找到了"晚餐"的最终报告。此版本出自 Steve 之手，已通过他的公司邮箱发给纽约办公室的查尔斯。查尔斯回复 Steve 的邮件里提到，GRE 已授权英国古威把报告交给香港廉政公署和中国内地警方，以及中国内地、香港、英国和美国的法庭。老谭躲在美国，或许可以躲避牢狱之灾。但英国古威仍可在美国提出民事诉讼，燕子和老谭仍将一无所有。

首都机场的贵宾厅里有供乘客使用的电脑和打印机。燕子赶在登机前，把报告打印了出来。

那份报告很长。一共有四百多页。飞机起飞两个多小时，她只读完了概要的部分。内容虽然和她交给 Steve 的版本大相径庭，却已没什么令她意外的了。

过去的一个多月以来，发生的每一件事，对她都没什么意外之处了。

猎头公司打来的第一个电话。

星巴克的面试。

斐济的任务。

一个让她担当项目经理的新项目。

她和高翔的重逢。

行动一次一次地泄露；老谭的极力阻挠：一份见不得人的工作！

……

她自以为能成为出色的调查师，其实却是最无知的一个，比Steve和高翔无知，比Tina和老方无知，甚至比老谭都无知！

她竟是这世界上最愚蠢的人。

螳螂捕蝉，黄雀在后。黄雀之后呢？还有狡猾的猎人！每个人都是猎人，每个人又都是猎物。这是怎样一个世界啊！

信任。这恐怕是人类最为稀缺的资源。你信任谁？你的老板？你的同事？你的老朋友？你的爱人？燕子仿佛听到一个声音，在她心中高声呐喊：你信任他们吗？你还能信任谁？

燕子突然万分后悔。她后悔回到北京，后悔非要找一份工作。后悔最近三个月发生的一切。在此之前，她信任身边的每个人。但现在，她已经失去了这人类最珍贵的东西，也许一辈子都再也找不回了！不仅仅是她，还有许多人，在短短的几个月之内，丧失了对所有人的信任。在香港待产的紫薇姐姐、每天去健身房消磨时光的刘太太、还有徐涛的女儿丫丫……丫丫这辈子都将不会忘记，她曾经跟着爸爸去过斐济，在那里见到过一位年轻美丽的"阿姨"，她曾经那么喜欢的"阿姨"，却偷偷盗取了父亲的硬盘，让她永远地失去了父亲！丫丫长大以后还能相信谁？

也许老谭是对的。秘密调查师，一份见不得人的工作，以揭露阴谋的名义，肆意践踏着人类的单纯和信任。她也曾经是其中一员，而最终被深深践踏的，其实正是她自己！

骗子固然可恨。但为了抓住骗子，又有多少无辜的人会被欺骗？

请你忘了我，努力幸福地生活下去。

傻瓜！不论如何努力，恐怕再也找不到幸福了！

燕子睁开眼。她周围那几盏零落的阅读灯，正变成一团团昏黄而模糊的光团，渐渐地扩大。

中午 12 点，GRE 北京分公司的午餐时间到了。

前台秘书 Linda 打算去吃午饭，正拿着镜子补妆，突然听见门铃响。

Linda 一抬头，老方正站在门外。Linda 把玻璃门打开一条缝："我怎么不记得你是在这儿上班的？"

"不在这儿上班，就不能来找人了？"

"找谁？" Linda 眉毛一扬。

"找 Steve。"

"预约了吗？"

"当然了！"

"那我得先问问！" Linda 转身去拿电话机，老方趁机从门缝里挤进来："别打！呵呵，你就让我见见他吧，我真的有事儿！"

老方给 Linda 鞠了个躬。

"没门儿！" Linda 哼了一声。

"别价啊，帮帮我吧！" 老方凑近 Linda，压低声音，"知道吗？马上又要有人事变动了。"

"什么？" Linda 皱眉问。

"人事变动啊！你没见吗？最近人事变动特多。我走了，Yan 走了，Tina 也走了！下一个是谁，你知道吗？"

"是谁？" 这件事对 Linda 真是太有诱惑力了。

"嘿嘿，" 老方微微一笑，"你让我进去，我就告诉你！"

"谁让你进来的？" Steve 面无表情地看着老方。

"这很重要吗？" 老方一脸媚笑。

"你希望我打电话叫保安，还是直接叫警察？"

"我就占用你一分钟。等我说完了，你就不会打了。"老方朝着Steve眨眨眼睛，别有意味地说，"当然，除非你想直接让我去跟警察说。"

"你要说的事情，最好能让我感兴趣。"Steve眯起眼看着老方。

老方清了清嗓子："我就是想跟你探讨一下，咱们公司——不——你们公司的营业执照上都写了些什么？"

"这个好像已经和你没关系了吧？"

"是啊，现在的确没有，可以前有。我想知道我以前做了那么多次盯梢、偷拍，打了那么多匿名电话，到底是不是合理合法的？"老方抱起胳膊。

"正因如此，你已经不在这里工作了。"Steve把目光转向电脑屏幕。这是他惯用的"送客"姿势。但老方显然不准备就此作罢。

"我怎么记得，咱们的营业执照，就只容许做咨询啊！我怎么还记得，美国总部一直三令五申，不许违反当地法律呢？还有，在你之前的中国区领导，怎么从来没人要求我去干那些偷鸡摸狗的事儿呢？"

"哈哈！"Steve冷笑了两声，抬头狠狠盯着老方，"你果然是在浪费我的时间！你要是现在不立刻出去，我就打电话叫警察了。有关你以前做了什么违法的事，你可以自己去跟他们说。"

Steve伸手去拿电话机。

"哦！呵呵，看来你不在乎这个！就算有人真的要没收你的营业执照，你也有办法摆平，是不是？而且现在又多了个赵总，她路子好像挺野啊，中央领导也认识？呵呵，要不你先给她打个电话？问问她有人要是从你的办公室窗户里跳出去，摔个血肉模糊，她有没有办法也帮你摆平？"

老方笑得更殷勤，一张圆脸好像盛开的牡丹花，一双小眼睛藏在花瓣缝隙里，盯着Steve察言观色。Steve脸上正发生着一些极其细微的变化，不仔细看是看不出来的。

Steve问："你有什么证据？"

"你写的报告啊！"老方说，"呵呵，赵总真的很走运呢，居然写报告的人把她坐飞机去斐济约会的事儿给忘了，只字儿没提！你说她运气是不是很好？"

Steve 始终很平静，淡然一笑："你也知道她有背景。对于有背景的人，我们的报告里是不能提的。这是公司的惯例。"

"是吗？就只因为这个原因？那为什么有个人从那个可怜虫跳楼的前几天开始，就一直跟赵总通电话？而且一直通到前天。哦，让我想想，对了，前天晚上十一点。呵呵，一聊就是半个小时？哦，不过你别担心，这个电话号码可没在 GRE 员工登记表里登记。是个很秘密的手机吧？可得把它藏好了，千万别让别人看见。更别让人家知道号码，不然的话，纽约总部说不定有一天会发现，中国区大名鼎鼎的 Steve，曾经和被调查人暗中勾结，篡改报告，呵呵！哦，对了，警察可能也会非常感兴趣呢！"

老方仍面带微笑。Steve 也面带微笑。两人微笑着对视，好像久别重逢的老朋友，怎么看也看不够似的。

几分钟之后，老方从前台经过。Linda 赶忙站起身，截住老方的去路。

老方问："你还没去吃饭？"

Linda 横眉立目："你想要我？"

"哪儿敢啊！我这就告诉你新的人事变动是什么。"老方使了个眼色。Linda 连忙把耳朵凑近些。

"新的人事变动，就是下周一我回来上班！把我的办公桌收拾干净啊！"

老方说罢，大摇大摆地走出公司，留下 Linda 站在前厅里，目瞪口呆。

6

"老谭呢？"

这是燕子走进芝加哥那家她再熟悉不过的中餐馆之后，所说的第一句话。

"老板娘？"餐厅的小经理正在门口等着待客，看见燕子万分惊异，"您不是在中国吗？怎么突然回来了？"

"你别管那么多，老谭呢？他在哪儿？"

燕子向着后厨长驱直入，经理跟着燕子一路小跑："老板他不在啊！他不是去北京了吗？没跟您一起回来？"

燕子猛地刹住脚步："他早就回美国了啊！"

"有吗？可他没到店里来啊？他两个礼拜前说要去北京，然后就再也没到店里来！连个电话都没打过！"小经理一脸费解。

"这怎么可能？"

燕子一步跨进后厨。厨房里忙忙碌碌，热气腾腾。唯独没有老谭的影子。

"老板真的没回来呢！"小经理怯怯地又说一遍。

老谭没有回来？燕子有点发蒙，心又提了起来。最近这48小时发生了太多事情，她再也承受不了任何意外了！

"经理，有个电话，是找老板娘的！"

穿马甲的小侍者跑进厨房来报告。燕子快步跑到前台，拿起电话机。她能感觉到自己浑身都在微微打颤。

"谭夫人？您回到芝加哥了？"是老谭的律师。

"我先生在哪儿？"

"他不在美国。"

"那他在哪儿？"

"谭夫人，我就在您餐厅隔壁的咖啡厅里，您能过来一下吗？"

尖锐的电话铃声，把老谭从梦中惊醒。

天还没亮。窗外的维多利亚港还沉浸在灯火之中。

老谭摸起床头的电话。

"你在哪儿呢？"电话里的男人火急地喊。

"我在香港呢！昨晚刚办完事情！今天的飞机飞美国！"

"哎呀！你怎么还在香港？我不是前天就让你走吗？"那人心急火燎地说，"我已经离开香港了！你也赶快走啦！唉！贪那点房产干吗？保人更重要啦！"

"不是你叫我来香港，卖掉房子，把钱汇走？"

"唉！那是上个礼拜了，那时他们还没拿到证据！现在不一样了！我刚刚接到可靠的消息！廉政公署正在找你！"

"廉署找我做什么？你们当时做了些什么，我又不懂！"老谭从床上缓缓地坐起来。

"阿谭，那两家公司里，你既是股东，也是董事！文件你以前都签过字的！"

"我知道。可那又怎样？"

"按照公司法，你对公司的行为是要负责任的！"

"可你不是说过，公司都在海外注册的，资料只有我们手里有，别人不会拿到吗？"

"我正要问你呢！你上次是用哪里的电脑给我发的 E-mail？"

"用我家的。"

"你老婆的？"

"是。但她很久不用了。"

"哎呀阿谭啊！你真是越老越糊涂了！为什么要给我发邮件？还要用家里的电脑？"

"我着急嘛！我回到北京，发现我老婆居然在调查你那家工厂！你又跟我说，让我把我老婆的动向随时报告给你！我能不紧张吗？我要再看一看，你当初让我签的都是什么嘛！不过，我没有让别人看到过我的密码啦！"

"你肯定吗？你老婆没有看见吗？"

"当然没有！她正调查这件事，我怎会让她看到？"

"但只要你用过那台电脑，都会留下痕迹啦！别人总有办法知道的！唉！你真是老糊涂了！"

"你还怪我？我还没怪你呢！我怎么知道你做的是犯法的事？我怎么知道那些注册文件都是见不得人的？要不是你叫我继续从我老婆那里探听消息，我早就逼她辞了那份工！拉也把她拉回美国了！你开始的时候还骗我，说什么是你的仇家在调查你，想在你的公司里鸡蛋挑骨头，让你的股票贬值！"

"我不这么告诉你，我说什么？我告诉你你投资了一堆垃圾，转手高价卖给别人？还不吓死你？一辈子只会靠炒菜和洗盘子赚钱，你以为钱是这么好赚的？你投七百万，没过一年，我就给你两千五百万，让你在香港买这么多房子？再说，我看到势头不妙，不是立刻打电话，把实情告诉你了？不然的话，你能及时把房子都卖掉，把钱汇出香港？"

"唉！"老谭深深叹一口气，"我也后悔啊！就是太贪！听信你的鬼话，把钱借给你做投资！你说的一点儿都不错，我这辈子就只会靠炒菜和洗盘子赚钱！我早就不该相信你的。以前在香港，你就是歪点子最多的一个！表面风光，背地里被债主追得到处跑。你说你需要赚钱还债，那么可怜，我看在兄弟情分上，才把大半生的积蓄都借给你投资！"

"正因为兄弟情分，我才不想白借你的钱啊！我给你公司的股份，兄弟一场，有福同享嘛！你给我七百万，我还你两千五百万，这还不够意思？我怎么知道会弄成今天这个样子？"

"唉！算了，阿德啊，我也不怪你，是我自己太贪！"老谭长叹一口气，"你叫我来香港处理房产的时候，我就猜到会有这一天了。唉！"

"谭哥，别的不多说了，你赶快离开香港吧！"

老谭刚刚放下电话，门铃就响了。

"谁？"老谭用英语问。

"先生，我们是酒店的服务人员。"门外是清脆温柔的女声。

老谭缓缓站起身。最近这些日子，奔波劳顿，腰腿明显不听使唤了。毕竟已过天命，离花甲不远了。

老谭打开门。门外却站着几个西服革履的男人。为首的一个说："您是 Edward Tan 吗？我们是香港廉政公署的。请您跟我们走一趟。"

芝加哥谭家菜中餐馆的隔壁，是一间华人开的咖啡厅。一个伙计趴在柜台上看电视，电视中正在转播凤凰卫视的中文新闻。

咖啡厅就里只有一位客人。是个中年白人男性，四十出头，高个子，浓眉，络腮胡子，让人想起林肯。他端坐在咖啡桌后，面前摆着一摞文件。

"谭夫人，您能及时赶到真是太好了。我这里有好多文件等着您签呢！"

"我先生在哪儿？"

"您能先把这些文件签了吗？"

燕子拿起最上面的一份文件看了看。离婚协议书：燕子和老谭自愿离婚，离婚后双方对各自名下的一切财产分文不取。协议书的最后有老谭的亲笔签名。

燕子的双眼顿时湿润了。难道老谭不愿意再见她，打定了主意彻底跟她切断一切关系？她的确对不起老谭，但她不是故意的。他不能连辩解或者道歉的机会都不给她！燕子把离婚协议书狠狠丢在桌子上："我不签。我不想离婚。"

"可您的丈夫想和您离婚。"

"那就让他亲自来跟我说吧！他在哪儿？"泪水自顾自地从燕子眼角滑落。

律师耸耸肩："恐怕来不及了。您丈夫已经向法庭申请了离婚，而且就像我在电话里跟您说的，那个申诉马上就要到期了。"

燕子冷冷一笑："算了吧。我咨询过了，这不符合法庭的程序，因为法庭的通知没交到我手里。在我不知情的情况下，到期了也只是你们的申请作废。"

"哦？您下飞机还不到两个小时呢！"律师吃惊地看着燕子。

"两个小时足够做很多事情的。"燕子冷笑。过去的几个月里，她的确学会了不少东西。不过代价太惨重了。

"哦，您真聪明！"那律师也微微一笑，"那好吧，我向您坦白。离婚的想法，您先生是三天前才有的。所以他还没来得及向法庭提出申请。他希望你们俩一起提出这个申请。谭先生委托我准备了这份协议，他相信您会愿意在这份协议上签字的。好聚好散，这样不是更好吗？"

律师再次把离婚协议书递给燕子。

"你让他亲自来跟我谈！他在哪儿？"燕子歇斯底里地叫。咖啡厅的侍者惊慌地向这边张望。

"这样吧，咱们做一个交易。您在这些文件上签名，我告诉您，您的先生在哪儿，好吗？"

燕子接过协议书，把它撕得粉碎。

"实在太糟糕了！"律师摇摇头，"这样的话，我就只好用这一份了。"律师冲燕子挤挤眼，转身从皮箱里取出另一份文件。

燕子接过来一看，内容和刚才的一份一模一样，但区别在于，那上面居然有她的签名！

"这是假的！伪造的！"更多泪水夺眶而出。老谭不能用这种无赖的方式对待她！全世界都在欺负她，老谭也跟他们一样！燕子怒不可遏，恨不得把手中这一份也撕碎。律师像是看穿她的心思，耸耸肩说：

"哦，是吗？那真遗憾。不过这份文件的原件已经提交给法庭了。您手里的只是复印件。也就是说，您和您的丈夫，哦，错了，您的前夫，已经于昨天友好地离婚了。当然，您还是可以去法庭申辩，说所有材料都是伪造的。但他们说不定会觉得，您是因为没分到财产，反悔了。"

燕子这才注意到，协议上落款的时间竟然是两天之前。

"这太可笑了！"燕子仰起头，一把抹去脸上的泪水。她并不是为了财产，但她不能如此不明不白，"我有办法证明我没签过这份文件！太容易证明了！"

"是啊，也许的确容易证明。不过，那得经过司法程序。在您准备做这些之前，您前夫让我把这个交给您。"

律师递给燕子一张纸，纸上是老谭小学生般的字体：

> 阿燕，对不起。为了我们的未来，请相信我。#13BL356 Ul2594005

"这是什么？"燕子不解地问。

"是一家海外银行的账号。账户是用您的名字登记的。"

"用我的？"

"是的，用您的，所以只有您能取得出来。不过您不用担心，除了您和谭先生，没人知道您有这个账户，包括美国或者香港政府。我这里有个查询电话，您要不要打一下试试看？"

电话那端是电脑合成的枯燥声音。一长串的单项选择题：生日，出生地，身高，父母的姓名，最爱喝的饮料，最喜欢的电影，2009 年 5 月在芝加哥购买的 Gucci 皮包的价格……

燕子默默地在电话上按入正确答案的号码。原来，她的一切都在老谭心里。燕子的指尖有点儿不听使唤，开始不住地颤抖。她知道是她冤枉了老谭。她冤枉了那个一辈子只会拼命干活儿、会为她挤牙膏和做早饭的老谭！

"恭喜您！您已通过身份认证。您的账户余额为：两千五百万美元。" US$25, 000, 000

燕子抬起头，眼中充满了泪水："他为什么不直接告诉我？"

"您忘了吗？他已经和您离婚了。他当然没理由继续和您保持联系。再说，您并不了解您前夫的生意，他什么都没跟您说过。不是吗？而且在您离婚之后，从您前夫那里，一分钱都没拿到，对吧？"那律师顽皮地眨眨眼，却又一本正经地说，"请您别辜负谭先生的一番苦心！"

燕子全都明白了。她拼命咬住嘴唇，泪水还是断线般地落下来。

律师抬眼看了看天花板，不无惋惜地说："希望谭先生已经离开香港了。上帝保佑。"

"啊！他在香港？"

燕子失声尖叫。看电视的侍者又被吓了一跳。律师却平静地点点头，仿佛早已预料到她的反应。

"可那很危险啊！他怎么能去香港？！"燕子的心脏剧烈地收紧，紧得让她窒息。

"我什么都不知道。"律师摆摆手，又耸耸肩，起身提起皮箱，"好啦！我的事情都办完了。谭夫人，哦，不，谢小姐，您该出去旅游一下，周游世界。不过，顺便说一句，谭先生的确是个好人。我认识他很多年了。不然的话，我也不会帮他这个忙。你知道，对一个律师而言，这是很有风险的。"

那律师冲燕子一笑，转身走出大门。

咖啡厅里只剩燕子一人，伙计不知跑到哪里去了。

电视机显得格外聒噪。

凤凰卫视的新闻主播朗声读着：

　　……据称此次案件涉及数千万美元的上市公司欺诈，同时亦涉及内地国有资产的盗用和外流，因此香港廉政公署同内地公安部经侦局展开联合调查，直至日前，怡乐集团的大股东向警方提供了其通过私营调查公司获取的有力证据，警方才正式发布逮捕令。至发稿时截止，该案的主犯英籍华人Ted Lau 尚下落不明，但另一名从犯，Edward Tan，今晨已在中环的一家酒店被警方逮捕……

一个风烛残年的老人，在屏幕上一闪而过。

燕子哭了。无声地恸哭起来。电视机屏幕瞬间一塌糊涂。

燕子走在芝加哥的大街上，漫无目的，朝着一个方向。

风起了，带着三三两两的雪花。刺骨的寒意吞噬了这座城市。燕子却并不觉得冷。除了心脏的剧痛，她没有任何感觉。那是一种难以形容的痛，痛彻心扉，如被地狱之火灼烧。烧得那么狂烈！剧痛之中，竟也有融融暖意。

是的，燕子感觉到了暖意。因为她再次感觉到了信任。老谭在被捕之前，通过离婚跟她撇清关系，又把巨款转移给了她。

还有高翔。高翔曾是第一个拿到手提电脑的人。他曾离成功近在咫尺，可他却并没有把它交给领导。

信任，人类最珍贵的东西。原来，那是源自爱的。

燕子似乎突然明白了什么，浑身顿时充满了力量。她不能在这里浪费时间。她得去救她的爱人，救这辈子永远值得她信任和依赖的人！

路尽了。

燕子抬起头，看见一片浩瀚的湖水。无边的密歇根湖。碧蓝的湖水里，不知藏着多少秘密，孕育过多少欢乐和哀愁。

尾声

两周之后，北京时间：11：00 pm。

Steve 正从办公室里走出来。公司里除了他，早已空无一人。

Steve 穿过办公大厅，穿过狭长的走廊，走出公司的大门，一边走一边打手机。

Steve 略带调侃地说："赵总，有事吗？"

"讨厌！不是告诉你了，别叫我赵总。"电话那端是个女人的妩媚声音。

"那叫你什么？"Steve 微微一笑。

"叫我菊，菊花的菊。那是我小时候的名字。除了你，没有别人知道。"

"好吧，菊，不是告诉过你了，以后不要打这个号码吗？"Steve 走进电梯。

"可你没把新号码发给我啊！"

"我不方便。"

"你可别想要我！"那女人有些神经质起来，"是不是我调到上海了，你就不爱搭理我了？"

"怎么会呢？"

"这可难说！一看就知道，你是个花心大萝卜，是不是？"

"咱们才认识一个月。就算我花心，新鲜劲儿也还没过呢。"

"好啊！你果然花心！快说，心里是不是还想着你那个小调查师呢？要不赶快把人家追回来？"

Steve 听出对方半真半假的醋意，故意说："还别说，她走了，还真有点可惜！"

"好啊！我就知道！我这就找人，让她永远进不了中国！"那女人娇嗔地说。

"别那么小气！要不是她到斐济把你给挖出来，我哪能认识你？"Steve话锋一转。对方的语气果然柔和下来，撒娇道："呵呵，谁要你认识？还不知道你心里打的什么主意！"

"好了好了，我得挂了。我的司机来了。"Steve挂断电话。不论是逢场作戏，还是假戏真做，都要点到即止。

电梯门缓缓分开。大厦的门外，有一辆加长的房车刚刚停靠在路边。司机下车拉开后门，一个和Steve年龄相仿的男人走下车，微笑着朝大堂里挥手。

就在距离房车不远处，有辆小丰田正飞驰而过。

开车的是个姓蔡的年轻女子。她是一家会计公司的秘书兼会计。如今给私企小老板打工，就好像当使唤丫头。每天从睁眼到闭眼，没有一刻不是工作时间。小蔡举着手机："王总，您放心吧，我这儿正朝机场赶呢。"

"你开到哪儿了？你们高总的飞机再过20分钟就降落了！"

"知道王总。我晚不了！"小蔡半开玩笑半撒娇地抱怨，"不带这样的啊！不是说，下礼拜才回来吗？怎么突然又改今天了？提前半个小时打电话通知接机？我都准备上床睡觉了！"

"你还不知道你们高总？就他那个急性子，能在医院里待得住？浑身缠得跟木乃伊似的，只要听说有活儿干，照样往外跑！"

"得，我怎么听着这么不自在，是不是又有活儿啦？是不是我们又得换地方了？我就知道高总玩什么起死回生不会有好事的！我说王总，北京的被窝可还没焐热乎呢！"

"哈哈！你这个小鬼，小心高总揍你！"平时铁面无情的王总，总是能被小蔡逗得哈哈大笑，"放心，这回不是穷乡僻壤！"

"好吧，那是哪儿？"

"上海。"

"那还成。呵呵，哪家公司需要会计啊？不会又是调查公司吧？"

"你这个小鬼，问题还真多！等你见到你们高总，就都知道啦！"

小丰田在国贸桥上兜了大半个圈，沿着三环，向着首都机场的方向飞驰而去。

几座灯火通明的摩天大楼，静静伫立在夜空之下。就像一群巨人，翘首仰望着东方，等待着黎明的太阳。

2010 年 4 月 18 日第一稿
2014 年 2 月 14 日第二稿
2015 年 6 月 22 日第三稿
2017 年 8 月 30 日第四稿

图书在版编目（CIP）数据

秘密调查师 I 黄雀 / 永城著 . -- 北京：作家出版社，
2018.1（2019.9重印）
（悬疑世界文库）
ISBN 978-7-5063-9836-7

Ⅰ.①秘… Ⅱ.①永… Ⅲ.①长篇小说 – 中国 – 当代
Ⅳ.①I247.5

中国版本图书馆CIP数据核字（2017）第315399号

秘密调查师 | 黄雀

作　　者：永　城
统筹策划、责任编辑：汉　睿
装帧设计：天行云翼·宋晓亮
出版发行：作家出版社有限公司
社　　址：北京农展馆南里10号　　　邮　　编：100125
电话传真：86-10-65067186（发行中心及邮购部）
　　　　　86-10-65004079（总编室）

E-mail:zuojia@zuojia.net.cn

http://www.zuojiachubanshe.com

永城作品版权由北京嘉印文化传播有限责任公司全权代理
业务合作：info@joy-ink.com
www.joy-ink.com

印　　刷：三河市兴博印务有限公司
成品尺寸：152×230
字　　数：180千
印　　张：16
版　　次：2018年1月第1版
印　　次：2019年9月第2次印刷
ISBN 978-7-5063-9836-7
定　　价：45.00元